FRANCKE

Beverly Lewis

Was auch geschehen mag

FRANCKE
Verlag der Francke-Buchhandlung GmbH

2. Auflage 2000
ISBN 3-86122-382-1

Originaltitel: The Shunning

Published by Bethany House Publishers, Minneapolis, USA

Deutsch von Silvia Lutz
Umschlaggestaltung: Reproservice Jung, Wetzlar
Umschlagillustration: Dan Thornberg
Satz: Druckerei Schröder, 35083 Wetter/Hessen
Druck: St.-Johannis-Druckerei, 77922 Lahr · 32946

Francke-Lesereise

Prolog: Katie

Um die Wahrheit zu sagen, war ich spitzbübischer als meine drei Brüder zusammen. Und auch dickköpfiger.

Alles in allem muß *Papa* mir in meinen wilden Jahren seine „Was-du-heute-tust-damit-mußt-du-morgen-schlafen"-Predigt wohl jeden zweiten Tag gehalten haben. Ich war darauf nicht stolz, aber als ich neunzehn wurde, war ich bereit, mein böses Wesen abzulegen und den „geraden, schmalen Weg" zu gehen. Mit dem Herzen voll guter Absichten kniete ich also an einem strahlenden September-Sonntag nach einer zweistündigen Predigt nieder und ließ mich taufen.

Die Scheune war an jenem Tag vor drei Jahren, an dem fünf Mädchen und sechs Jungen getauft wurden, mit Verwandten und Freunden bis auf den letzten Platz besetzt. Eines der Mädchen war Maria Stoltzfus, die mir so nahe stand wie eine Schwester. Sie war damals erst siebzehn, jünger als die meisten, wenn sie als vollwertiges Mitglied in die Gemeinschaft aufgenommen werden, aber von Grund auf ehrlich und liebenswürdig. Sie sah keine Veranlassung, etwas, das sie schon immer gewollt hatte, noch länger hinauszuschieben.

Nach dem dritten Loblied hörte man ein leises Schniefen. Als jüngstes Kind und einzige Tochter meiner Eltern hätte ich nicht allzu überrascht zu sein brauchen, als ich sah, daß es von Mama kam.

Als die Frau des Ältesten die Bänder meiner Haube löste, schlugen einige Tauben in den Dachsparren der Scheune über mir mit den Flügeln. Ich fragte mich, ob das wohl irgendwie ein Zeichen sein könnte.

Dann war es Zeit für die bekannten Worte des Bischofs: „Aufgrund deines Glaubens, den du vor Gott und vielen Zeugen bekannt hast, wirst du im Namen des Vaters, des Sohnes und des Heiligen Geistes getauft. Amen." Er legte mir die Hände auf den Kopf, und der Älteste goß aus einer Blechtasse Wasser über mich. Ich blieb regungslos knien, während es über meine Haare und mein Gesicht lief.

Nachdem der Bischof noch einige Worte gesagt hatte, ließ man mich „aufstehen". Ich bekam den heiligen Kuß von der Frau des Ältesten, und mit neuer Hoffnung glaubte ich, dieser öffentliche Akt der Unterordnung würde mich in eine ehrliche, demütige Amischfrau verwandeln, genauso wie Mama eine war.

Meine liebe Mama.

Aus ihren haselnußbraunen Augen strahlte das ganze Licht des Himmels. Sie waren himmlisch braun, sagte ich immer. Und das waren sie auch, besonders wenn sie eine ihrer fröhlichen Geschichten erzählte. Wir waren gewöhnlich draußen und schälten Erbsen oder Mais, wenn solche Geschichten über ihre Lippen sprudelten.

Es waren immer dieselben Geschichten – bei Mama wurde die Wahrheit nicht verdreht, so weit ich das beurteilen konnte. Sie legte großen Wert auf Ehrlichkeit; und auch auf Gerechtigkeit. Sie ging sogar soweit, daß sie von den Touristen für ihre mit viel Liebe gekochten Marmeladen und Gelees, bei denen einem das Wasser im Munde zusammenlief, nie überhöhte Preise verlangte. – Ihre Geschichten, ach, wie gern sie Geschichten erzählte – nur um des Erzählens willen. Und die Frauen, die zu einem fröhlichen Nähtag oder einem gemeinsamen Einmachtag zusammenkamen, lauschten immer gern, egal, wie oft sie sich wiederholte.

Es waren Geschichten aus ihrer Kindheit und Jugend – wie die Pferde eines Tages mit ihr durchgebrannt waren, wie ungeschickt sie im Nähen war und wie anstrengend es war, drei schier unzähmbare Jungen großzuziehen. Dann wurde ihre Stimme ganz sanft, und sie sagte immer: „Das war alles, bevor wir unsere Katie bekamen" – als wäre mein Kommen etwas ganz Wunderbares gewesen. Mamas Liebe war unbestreitbar himmlisch. Sie schien direkt aus ihr heraus und in mich hineinzufließen.

Lange nachdem die Frauen die Pferde angespannt hatten und wieder nach Hause gefahren waren, schlenderte ich dann immer in die Scheune, kletterte auf den Heuschober hinauf und dachte nach. Dachte lang und angestrengt darüber nach, wie Mama immer alles anpackte. Es gab wahrscheinlich wirklich keinen Grund, mir Gedanken darüber zu machen, wie sie von mir sprach – wenigstens sagte das Maria Stoltzfus immer. Und sie mußte es schließlich wissen.

Soweit ich zurückdenken kann, hatte Maria immer recht. Ich war jedoch nie jemand, der sich allzu sehr nach ihrer Meinung richtete. Trotzdem haben wir alles gemeinsam getan. Manchmal mochten wir sogar dieselben Jungen. Maria war sehr klug und bekam in allen acht Klassen in unserem Schulhaus, das aus einem einzigen Zimmer bestand, die besten Noten.

Nach der achten Klasse hörte Maria auf, aus Büchern zu lernen, und konzentrierte sich darauf, eines Tages eine gute Ehefrau und Mutter zu werden. Da ich zwei Jahre älter war als sie, war ich ihr einen Schritt voraus. Wir wandten also unserer Kindheit den Rücken zu und ließen alles Spielerische hinter uns – wir blieben zu Hause bei unseren Müttern, kochten Seife und putzten das Haus, arbeiteten im Garten und gingen jeden zweiten Sonntagabend zum Singen. Immer miteinander. So war es bei uns, und ich hoffte, es würde immer so bleiben.

Maria und Katie.

Manchmal neckte mein Bruder Eli uns. „*Quälen* kommt der Sache schon näher", verbesserte Maria mich dann immer, was die Wahrheit und nichts als die Wahrheit war. Eli war draußen in der Scheune, striegelte die Kühe und bereitete alles zum Melken vor. Er rief laut, um unsere Aufmerksamkeit auf sich zu lenken, und sprach die Worte in einem Atemzug, als hätten wir einen gemeinsamen Namen. „Maria un' Katie, kommt in den Stall und helft mir! Maria un' Katie!"

Wir beschwerten uns nie darüber. Die Leute wußten, daß wir ganz verschieden waren. Ja, wir zogen gern unsere guten roten Kleider zum Abendessen und zum Singen an, aber wenn man der Sache auf den Grund ging, waren Maria und ich so unterschiedlich wie eine Kartoffel und eine Zuckererbse.

Selbst Mama sagte das. Allerdings kam Maria nie in einer ihrer Geschichten vor. Vermutlich mußte man zur Familie gehören, um in Mamas Geschichten vorzukommen, denn die Familie bedeutete ihr alles.

Trotzdem sollte kein Mädchen so verwöhnt werden wie ich. Mamas Lieblingskind zu sein war Segen und Fluch zugleich.

In ihren jüngeren Jahren waren meine drei Brüder – Elam, Eli und Benjamin – dickköpfiger als alle gottlosen Könige in der Bibel zusammengenommen – ein regelrechtes Verbrechertrio. Besonders Eli und Benjamin. Elam hat sich letztes Jahr um das Erntedankfest herum etwas gebessert, ungefähr in der Zeit, in der er Annie Fischer aus der Hickory Lane heiratete. Die Verantwortung, einen Hof zu leiten und eine Frau und ein kleines Kind, das nicht mehr lang auf sich warten ließ, zu versorgen, macht wahrscheinlich fast jeden Mann ruhiger.

Aber wenn ich je einen Lieblingsbruder benennen müßte, wäre das wahrscheinlich Benjamin, was aber nicht viel heißt, außer daß er mich von den dreien am wenigsten ärgerte. Er und die weichherzige Art, die bei ihm manchmal an die Oberfläche kam.

Nehmen wir zum Beispiel den letzten Sonntag: Beim Mittagessen, zu dem Bischof Beiler und seine fünf Kinder eingeladen waren, hatte Benjamin richtig verzweifelt ausgesehen. Der Bischof hatte an jenem Tag nach dem Gottesdienst unsere bevorstehende Heirat angekündigt. Wir waren jetzt also offiziell verlobt. Unsere Beziehung war kein Geheimnis mehr, und die Leute konnten die Nachricht nach Herzenslust in unserem Gemeindedistrikt verbreiten, genauso wie das schon seit dreihundert Jahren geschah.

Die Gerüchte über den vielen Sellerie, den Mama und ich im letzten Mai gepflanzt hatten, würden aufhören. Ich würde am Donnerstag, dem einundzwanzigsten November, Johannes Beiler heiraten und die Stiefmutter seiner fünf kleinen Kinder werden. Und ja, es gäbe Hunderte von Sellerieknollen bei unserem Hochzeitsessen – genug für die rund zweihundert Gäste.

Seit der Bekanntgabe der bevorstehenden Hochzeit legte Benjamin mir gegenüber einen sanfteren Ton an den Tag. Heute hatte er mir sogar geholfen, auf den Dachboden zu steigen, um Mamas Hochzeitskleid zu suchen, das ich einfach mit eigenen Augen sehen mußte, bevor ich mein eigenes fertignähen würde. Ben blieb bei mir und beugte sich über mich, als wäre ich ein kleines Kind, während ich das lange Kleid aus der großen, schwarzen Truhe zog. Es war in einem dunklen Blau und hatte eine weiße Schürze und einen weißen Umhang als Zeichen der Reinheit und Unschuld. Das Kleid war das schönste Hochzeitskleid, das ich mir vorstellen konnte.

Bens Worte kamen ohne Vorwarnung – sie purzelten einfach in die feuchte, kalte Luft hinaus. „Hast du es dir wirklich gut überlegt, ob du einen Witwer mit fünf Kindern heiraten willst?"

Ich starrte ihn überrascht an. „Also weißt du, Benjamin Lapp, das ist das Lächerlichste, was ich je gehört habe."

Er nickte in kurzen, abgehackten Bewegungen mit dem Kopf. „Es ist wegen Daniel Fischer, nicht wahr?" Seine Stimme wurde sanfter. „Weil Daniel ertrunken ist."

Als er das sagte – so sanft und einfühlsam –, hätte ich am liebsten geweint. Vielleicht hatte er recht. Vielleicht heiratete ich Johannes wirklich nur, weil Dan Fischer tot war, weil es für mich eine solche Liebe wie zu Dan nie wieder geben würde. Trotzdem war ich betroffen, als Ben dieses Thema so unverblümt ansprach.

Da stand der Bruder, der in der Schule hinter mir saß, mich an den Haaren gezogen, sooft er eine Gelegenheit dazu bekommen hatte, mich so oft die Scheune hatte ausfegen lassen, daß ich es nicht mehr zählen konnte . . ., und sich an dem Abend, an dem Papa mich dabei ertappte, wie ich auf dem Heuboden auf Daniels alter Gitarre spielte, gegen mich gestellt hatte.

Aber jetzt waren Bens Augen fragend und aufrichtig besorgt. Und er sprach seine Bedenken um mein künftiges Glück auch noch laut aus.

Ich hob die Hand und berührte sein gerötetes Gesicht. „Du brauchst dir keine Sorgen zu machen", flüsterte ich. „Dazu gibt es nicht den geringsten Grund."

„Bist du sicher, Katie ...?" Seine Stimme hallte in der Stille wider.

Ich wich seinem Blick aus, wandte mich ab und griff in die Truhe. „Johannes ist ein guter Mann", erklärte ich mit Bestimmtheit. „Er ist bestimmt ein sehr guter Ehemann."

Ich fühlte, daß Benjamin mich eindringlich anschaute. Einen langen, unbehaglichen Augenblick schwieg er. Dann erwiderte er: „Ja, er ist bestimmt sehr gut."

Das Thema wurde fallengelassen. Mein Bruder und auch alle anderen müßten einfach ihre Gedanken über mich und den vierzigjährigen Mann, den ich bald heiraten würde, für sich behalten. Ich war mir sehr wohl bewußt, daß Johannes Beiler mit dieser Heirat ein einziges Ziel verfolgte: Er brauchte eine Mutter für seine Kinder. Und ich, die mit großzügiger Mutterliebe gesegnet war, war wohl genau die richtige Frau, um diese Liebe weiterzugeben.

Achtung vor einem Mann war immerhin etwas Ehrbares. Mit der Zeit würde vielleicht sogar noch mehr in unserer Beziehung entstehen – in der Beziehung zwischen Johannes und mir, womöglich sogar ... Liebe.

Ich konnte nur hoffen und beten, daß mein Dan zu seiner ewigen Ruhe eingegangen war und daß ich eines Tages für würdig befunden würde, ihm dorthin zu folgen.

* * *

Gedanken an Dan und die goldenen Tore des himmlischen Jerusalems beschäftigten mich noch, als Ben schon längst wieder weg war. Hier war es jetzt eiskalt. Ich faltete Mamas Kleid wieder zusammen und legte es an die Stelle zurück, an der es aufbewahrt gewesen war, als mir ein winziges, rosafarbenes Kleid in die Hände fiel. Ein Babykleid aus Satin; inmitten unserer Familientruhe lag in dünnes Papier eingepackt das hübscheste Babykleid, das ich jemals gesehen hatte.

Ich entfernte das Papier und strich über den Stoff. Die Babys bei uns trugen einfache Kleider in blassen Farben. Diese hatten nie ein Muster, sie waren weder kariert noch gestreift. Und erst recht nicht aus Satin. Woher in aller Welt hatte Mama ein so herrliches Kleid?

Sorgsam begutachtete ich das Mieder und ließ meine Finger über die cremig weiche Oberfläche gleiten. Plötzlich war mir nach Tanzen zumute. Und – so ungehörig dieser Gedanke auch war – ich gab diesem inneren Drang nach. Ich stand auf und begann, mich mit einem kleinen Hauch von Satin an der Wange auf dem Dachboden im Kreis zu drehen.

Ich tauchte mit meiner lebhaften Phantasie in eine andere Welt ein – bunte Seide, funkelnde Edelsteine, goldene Spiegel. Mit beschwingten Drehungen schwebte ich so leicht wie eine Sommerwolke über die Holzdielen. Aber beim Tanzen erwachten die alten inneren Kämpfe in mir, mein Hin- und Hergeworfensein zwischen Schlichtheit und Schönheit. Wie sehr ich mich nach schönen Dingen sehnte! Da stand ich nun – zweiundzwanzig Jahre alt, öffentlich mit dem Bischof verlobt – und focht immer noch diese alten Kämpfe aus.

In meiner Frustration begann ich, ein trauriges Lied zu summen – eine Melodie, die Dan Fischer und ich erfunden und auf seiner Gitarre gespielt hatten, auf der Gitarre, die mir Papa streng verbot. Die Gitarre, die ich in all diesen Jahren vor seinen strengen Augen versteckt hielt.

Von Zeit zu Zeit brachte ich meine Musik und meinen Hang zu eitlen Dingen zum Altar der Reue. Ich betete lang und inbrünstig, aber trotz allem ertappte ich mich immer wieder dabei, wie ich verstohlene Blicke in einen Handspiegel warf und mich fragte: *Wie würden meine Haare wohl ohne den obligatorischen Knoten und den immer breiter werdenden Mittelscheitel aussehen?*

Als Kind hatte ich manchmal meine steife, weiße Baumwollhaube abgenommen und meine rotbraunen Locken ungehindert über die Schultern fallen lassen. Die Versuchung war am größten, wenn ich im oberen Stockwerk Staub wischen oder putzen sollte. Wenigstens hatte der Herr mir den Gefallen getan und meinen Haaren eine richtig schöne Farbe gegeben – einen rötlich-braunen Glanz –, und wenn die Sonne, die durch mein Fenster schien, richtig darauf fiel, leuchteten goldene Strähnen darin. In solchen Augenblicken haßte ich es, daß ich meine Haare wieder zu einem Knoten hochstecken und sie unter meiner Kopfbedeckung verstecken mußte.

Dann gab es noch das Problem mit der Musik – mit meinen eigenen Melodien. Einige schnell, einige langsam; alle verboten. Meine Kirche lehrte, daß Musik nur aus dem Kirchengesangbuch stammen dürfe und den Zweck verfolgen müsse, Gott anzubeten. Alles andere war Sünde.

Ich versuchte, die *Ordnung* einzuhalten, die ungeschriebenen

Regeln unseres Gemeindedistrikts. Mit jeder Faser meines Seins versuchte ich, eine demutsvolle junge Amischfrau zu sein. Aber die Entdeckung des schönen Babykleides hatte wieder alles aufgewühlt – meine eigensinnige Natur und die Auseinandersetzungen mit Papa wegen der Musik. Sollte ich es wagen, Bischof Johannes zu heiraten, wenn diese Sünden immer noch auf meiner Seele lasteten?

Ich warf einen Blick auf die Truhe, in der Mamas Hochzeitskleid lag. Nachdenklich ging ich hinüber, berührte mit einer Hand den schweren Stoff des Kleides und hielt in der anderen das Satinkleidchen – und verglich die beiden miteinander. Ich hatte gehört, daß es Bräute gab, eitle Frauen in der Welt außerhalb unseres Distrikts, die bei ihrer Hochzeit solche Dinge wie Satin und Spitzen und hauchdünne Schleier trugen.

Mamas blaues Hochzeitskleid war wohl in Wirklichkeit weit davon entfernt, schön zu sein. Außer dem feinen weißen Umhang und der weißen Schürze wies es keinen Unterschied zu ihren anderen Kirchenkleidern auf. Ich hielt das Kleid vor mich hin, hielt mein Kinn über den hohen Kragen und überlegte, ob ich es anprobieren sollte. Aber Mama war bei ihrer Hochzeit kräftiger gewesen als ich. Ich merkte, daß ich wahrscheinlich darin schwimmen würde, so groß war es.

Trage die Kleidung deiner Mama, führe das Leben deiner Mutter.

Das hatte Dan Fischer einmal gesagt, als ich ihm meine törichten Wünsche und Einfälle gestanden hatte. „Du weißt, daß das nur Spaß ist", hatte ich mich verteidigt und war überrascht über das gewesen, was er über das Leben meiner Mutter sagte – als ob damit etwas nicht in Ordnung wäre. Ich hatte jedoch nicht weiter gefragt. Ich ließ seine Worte einfach so stehen.

Dan hatte es damals bestimmt nicht begriffen, aber was ich hatte sagen wollen, war: Wie wäre es, „englische" Kleider zu tragen – nicht Mamas Kleider oder die Kleider einer anderen Frau hier, sondern wirklich schöne, moderne Kleider?

Ich packte das zerknitterte Hochzeitskleid weg und sah mir noch einmal das Babykleid aus Satin an. Als ich es behutsam hochnahm, sah ich, daß von Hand ein Name eingestickt war. *Katherine Mayfield.*

Augenblicklich regten sich in mir Neid und Eifersucht auf dieses Mädchen, diese Katherine, wer immer sie auch war. Was hatte *ihr* Kleid auf *unserem* Dachboden zu suchen?

Du sollst nicht begehren ... Ich konnte die Worte von Papas Lippen förmlich hören. Seit meiner Kindheit hatte er mir diese und viele ähnliche Worte eingeschärft. Worte wie: „Wenn du von Anfang an kein kleines Feuer entfachst, brauchst du dir nie Sorgen darüber zu machen, daß du einen großen Brand löschen mußt."

So war mein Vater. Er tadelte mich immer wegen irgendeiner Sache. Aber jetzt ... jetzt war ich eine erwachsene Frau, und mein böses Wesen war immer noch sehr lebendig. Anscheinend würde ich nie den an mich gestellten Ansprüchen genügen, wenigstens nicht in Papas Augen. Wahrscheinlich auch nicht in Gottes Augen.

Eine halbe Stunde später fanden mich meine Brüder schluchzend neben der Truhe auf dem Dachboden sitzen. Das kleine rosafarbene Kleid umklammerte ich immer noch. Von diesem Augenblick an war für mich nichts mehr so, wie es einmal gewesen war. Für keinen einzigen von uns hier in Hickory Hollow.

1

Die Novembertage hielten, wie es im Südosten Pennsylvanias üblich war, das Land in eisigem Griff. Der Wind zerrte kalt und unbarmherzig an Rebekka Lapps schwarzem Wolltuch. Ihre lange Schürze war schwer mit Holzscheiten beladen, während sie die verschneite Treppe zur Hintertür des Bauernhauses hinaufstieg.

Das große Haus war 1840 vom Ururgroßvater ihres Mannes, Josef Lapp, und seinem Freund, einem Maurer, gebaut worden. Anderthalb Jahrhunderte später war das Haus immer noch kaum verändert. Es stand – stattlich und groß – von der Außenwelt und ihrem Leben unberührt und unerschüttert da. Hier ging das Leben seinen seit Jahrhunderten gewohnten Gang – langsam und bedächtig – und mit Anstand und Würde wie eine amische Großmutter.

Einige Zeit später war, wie es bei uns Sitte ist, ein Haus, das sogenannte Großvaterhaus – ein Haus für betagte Angehörige – an der Ostseite angebaut worden.

Der Himmel hatte sich in ein tiefes Purpurrot gekleidet, als die Sonne sich anschickte, am Horizont zu verschwinden. Rebekka trat in die warme Küche, um das gehackte Holz in den Feuerrost auf dem großen, gußeisernen Ofen zu schieben. Als sie das getan hatte, nahm sie das lange Tuch ab und hängte es über einen der Holzhaken in der Abstellkammer, gleich neben der Hintertür.

Die Kartoffeln köchelten jetzt vor sich hin. Das Wasser spritzte über den Rand des schwarzen Kessels hinaus, als sie mit einer Gabel kontrollierte, ob sie schon gar waren – sie waren genau richtig. Als sie sich umdrehte, bemerkte sie, daß der Tisch immer noch nicht gedeckt war. Sie warf einen Blick in die Wohnstube. „Katie, Abendessen!" rief sie ihre Tochter.

Dann griff Rebekka mit der Erfahrung einer Frau, die, so lange sie sich erinnern konnte, eine breite Palette von landwirtschaftlichen Erzeugnissen gekocht und gebacken hatte, nach einem Topflappen und beugte sich vor, um den gekochten Schinken in der Röhre zu begutachten. „Ja, gut", flüsterte sie und lächelte befriedigt, als ihr das duftende Aroma in die Nase stieg.

Wenige Minuten später kamen wie auf ein Zeichen hin Eli, Benjamin und ihr Mann herein, nahmen die breitkrempigen, schwarzen Filzhüte ab, zogen die schweren Sackmäntel und Arbeitsstiefel aus und steuerten auf den schwarzen Holzofen zu, der fast in der Mitte der riesigen Küche stand.

„Draußen setzt ein Schneeregen ein", sagte Samuel und rieb die Hände zusammen. Er zog einen Stuhl an den alten Ofen heran und streckte seine Füße, die nur in Strümpfen steckten, aus und wärmte sie sich.

„Uns steht ein Kälteeinbruch bevor, ja", nickte Rebekka und warf einen Blick auf den langen Tisch auf Sägeböcken, der mit einem einfachen grünkarierten Wachstuch geschmückt war. „Katie-ie-ie!" rief sie erneut.

Als immer noch keine Antwort kam, runzelte Rebekka besorgt die Stirn. Ihre beunruhigte Miene erstaunte Samuel Lapp. Er sprach sie fragend darauf an. „Was ist denn los? Glaubst du, unsere Tochter ist krank?"

Rebekkas Blick wanderte zu der Gaslampe hinauf, die über dem Tisch hing. Sie fragte sich, wo Katie wohl war. Es war ganz und gar nicht ihre Art, zu spät zu kommen.

Von seinem Platz neben dem Ofen aus begann Samuel zu rufen: „Katie, Abendessen! Komm jetzt, beeil dich!"

Als die Tochter bei seiner Aufforderung nicht sofort die Treppe herabgesprungen kam, verfinsterte sich seine Miene zusehends. Rebekkas Wangen wurden bleich.

Offenbar fiel das sogar Eli auf. „Mama?"

Sie stand stocksteif da, als warte sie auf eine Stimme, die ihr vom Himmel eine Antwort gäbe. „Wo könnte Katie nur sein?" brachte sie schließlich mühsam über die Lippen und umklammerte mit beiden Händen den Teller mit dem dampfenden Schinken.

Samuel zuckte mit den Achseln und zog an seinem buschigen Bart. „War sie denn nicht hier im Haus?"

Rebekka drehte sich auf dem Absatz um und schaute ihre Söhne mit einem durchdringenden Blick an. „Habt ihr sie gesehen?"

„Ich kann mich nicht erinnern, sie heute nachmittag gesehen zu haben", antwortete Eli.

„Benjamin? Wann hast *du* deine Schwester das letzte Mal gesehen?"

Ben fuhr sich mit den Fingern durch sein dichtes, blondes Haar. „Ich weiß nicht ..."

„Hast du sie gesehen oder nicht?" wollte Rebekka wissen und bereute fast auf der Stelle den scharfen Ton, den sie ihrem jüngsten Sohn gegenüber anschlug.

Samuel trat an die Spüle und drehte den Wasserhahn auf. Während das Wasser über seine roten, schwieligen Hände lief, schaute er aus dem Fenster. „Eli und Benjamin waren mit mir draußen und haben Maisstiele zerkleinert", erklärte er, ohne sich zu seiner Frau umzudrehen, „kein Grund, ihnen Vorwürfe zu machen."

Seine tadelnden Worte trafen sie, aber Rebekka zwang sich zu schweigen. Eine rechte Amischfrau fürchtete den Herrn und achtete ihren Ehemann. Das bedeutete, ihm das letzte Wort zu lassen. Sie drehte sich langsam um und stellte den Teller mit dem Fleisch auf die Ofenplatte.

Immer noch in Strümpfen ging Samuel in das Wohnzimmer und rief die Treppe hinauf. „Katie ... Abendessen!"

In diesem Augenblick fiel Benjamin etwas ein. „Oh, vielleicht ist sie noch oben auf dem Dachboden. Ich habe ihr vorhin hinaufgeholfen."

Rebekkas Herz machte einen nervösen Sprung. *Auf dem Dachboden?*

„Was will sie denn da oben?" brummte Samuel, der über diese Verzögerung verärgert war.

„Sich Mamas Hochzeitskleid anschauen, glaube ich."

Rebekka schaute ihren Sohn mit großen Augen an. „Dann geh hinauf und hole sie, ja?" bat sie ihn und achtete sorgfältig darauf, daß ihre Stimme nicht ihre wachsende Angst verriet.

* * *

Benjamin folgte Eli, der die Öllaterne in der Hand hielt, und polterte mit knurrendem Magen die Treppe hinauf.

„Was meinst du, was los ist?" fragte Eli, als sie oben auf dem Treppenabsatz ankamen.

Benjamin warf seinem Bruder, der über ihm auf der Sprosse stand, einen fragenden Blick zu. „Mit Katie?"

„Nein", knurrte Eli. „Mit Mama."

Darauf hatte Benjamin sofort eine Antwort parat. „Katie heiratet nächste Woche – Mama verliert ihre einzige Tochter. Was soll denn sonst los sein."

„Ja." Es war nicht zu überhören, daß sich Eli nicht ganz sicher war, was Ben damit meinte. Aber eines wußten sie beide: Heiraten war ein selbstverständlicher Teil des Lebens in Hickory Hollow. Man suchte sich ein nettes, ehrliches Mädchen von hier und heiratete sie. Mama sollte Bischof Johannes dankbar sein; und Katie auch – daß der Witwer kam und sozusagen ihre Ehre rettete. Mit zweiundzwanzig war es für ein Amisch-Mädchen – egal, wie eigensinnig und verspielt sie auch war – nicht ratsam, allzu wählerisch zu sein. Seine Schwester hatte in den letzten Jahren schon mehr als einen Jungen vergrault.

Eli kletterte die Dachbodenleiter weiter hinauf, blieb aber auf der Sprosse stehen.

„Geh doch weiter", murrte Ben, der an den saftigen, zarten Schinken in der Küche dachte. „Das Essen wird kalt, wenn wir uns nicht beeilen."

Eli hob die Hand, um ihn zum Schweigen zu bringen. „Warte ... hör doch."

„Was ist denn?" Ben legte den Kopf schief.

„Hörst du es nicht?"

Ben strengte seine Ohren an und starrte angestrengt auf die Dachbodenluke über ihnen. „Also, ich glaube ... es hört sich an, als würde Katie weinen."

Ohne Vorwarnung stürmte er an Eli vorbei – kletterte direkt über ihn hinweg die Leiter hinauf. Dabei fiel Ben beinahe die Laterne aus der Hand.

* * *

Während Samuel die Auktionsnachrichten in der Zeitung *Die Botschaft* las, zog Rebekka die Schublade neben der Spüle heraus und holte fünf Bestecke heraus – für jedes Mitglied der Familie Lapp, das heute abend an ihrem Tisch säße, eines.

Ja, das war die Aufgabe einer Tochter, aber es spielte keine große Rolle, wer das Geschirr und das Besteck auf den alten Tisch legte. Katie hatte immerhin mit ihren Hochzeitsvorbereitungen alle Hände voll zu tun.

Wer hätte das je gedacht: ihre Tochter die Frau von Bischof Beiler und Mutter seiner Kinderschar. Der Herrgott sorgte wirklich für seine Kinder. Und das nach allem, was aus Katies erster großen Liebe geworden war – dem armen Daniel Fischer, der bei einem Bootsunfall ertrunken war. Ja, Rebekka empfand es wirklich als Segen, wie die Dinge sich entwickelten. Sie setzte sich und mußte an das erste Mal denken, als Katies tapsige kleine Hände diesen Tisch gedeckt hatten. Diese Erinnerung war angenehm – ein Bild aus längst vergangenen Tagen.

Das war damals eine gewisse Überraschung gewesen. Mit ihren gerade einmal dreieinhalb Jahren war das kleine Mädchen sehr mit sich zufrieden und hatte genau gewußt, daß ihr die Zustimmung ihrer Mama sicher war. Aber die späteren Jahre zeigten, daß es Katie Lapp nicht sonderlich interessierte, was die Leute über sie dachten.

Rebekkas süße Erinnerungen brachten gleichzeitig die geheime Angst zurück und drängten sie tief in das Innere ihres Herzens. An den Ort, an dem sie diese Angst, weitab von ihrem bewußten Denken, schon seit vielen Jahren vergrub.

Das Geheimnis.

Sie seufzte und versuchte, nicht an die Folgen zu denken, die eine Enthüllung des Geheimnisses für sie alle haben könnte. Katie . . . auf dem Dachboden? Bei diesem Gedanken lief ein Schaudern über ihren Rücken. Rebekka erhob sich und berührte ihre Haube. Während sie ihre Hand über die schmalen, weißen Bänder gleiten ließ, ging sie zur Hintertür und blieb in der Abstellkammer stehen.

Herr, Gott des Himmels, vergib mir. Diese Worte betete sie in den letzten zweiundzwanzig Jahren jeden Tag und fragte sich oft, ob Gott sie wirklich hörte. Vielleicht sah er ihre Aufrichtigkeit und ihr reumütiges Herz an und vergab ihr. Aber wenn das der Fall war, was tat Gott dann jetzt? Was ließ er da oben auf dem Dachboden geschehen?

Rebekkas Blick wanderte über den großen Hof und darüber hinaus zur Scheune. Über dem abfallenden Gelände, das zu dem zweistöckigen Heuschober führte, ging ein dichter Schneeregen nieder. Er hatte einen stürmischen Wind mit sich gebracht, dessen schrille Stimme unheilverkündend in ihren Ohren pfiff. Sie hörte ihn wie einen Eindringling gegen die Tür hämmern und war dankbar für den zuverlässigen Holzofen in der Mitte der Küche, der den großen Raum erwärmte.

Rebekka wandte sich von dem kalten Fenster ab, warf einen Blick auf die Uhr und hoffte, Katie würde sich beeilen und bald kommen. Das Abendessen wurde allmählich kalt.

* * *

Ein eiskalter Luftstrom begrüßte Benjamin, als er die lukenähnliche Dachbodentür aufschob. Ohne große Mühe zog er sich die Leiter hinauf und schwang sich in die Dachkammer. Hier bot sich ihm ein ungewohnter Anblick. Über eine rechtwinklige Truhe gebeugt, saß seine Schwester zusammengekauert auf dem kalten Boden und hatte den Kopf in ihren Armen vergraben.

Der Truhendeckel war geschlossen, und Mamas Hochzeitskleid war auch nirgends zu sehen. Aber in der Hand seiner Schwester befand sich ein ungewöhnlich aussehendes Stück Stoff – er konnte nicht genau erkennen, was es war. War das ein Stoff für eine Steppdecke? Nein, er sah fast glänzend aus – zu auffallend für die Quilts, die Katie oft mit Maria Stoltzfus und ihren vielen Kusinen und Freundinnen aus der Hickory Lane nähte. Unsicher, was er tun sollte, stand er da und beobachtete Katie, die einen knappen Meter von ihm entfernt auf dem Boden kauerte und schluchzte. Soweit er sich erinnern konnte, hatte er seine Schwester nie berührt, außer früher, als sie als Kinder miteinander gespielt hatten. Er war nicht sicher, ob er es jetzt tun sollte. Außerdem war sie so vornübergebeugt, daß sie ihn nicht anschaute und ihn auch nicht hatte kommen sehen. Sie würde wahrscheinlich entsetzt in die Höhe springen, wenn er die Hand auf ihre Schulter legte.

Während Benjamin immer noch überlegte, was er tun sollte, spähte Eli mit großen, blauen Augen über die Öffnung im Boden. „Psst, Ben“, flüsterte er. „Was ist los mit ihr?“

In diesem Augenblick begann Katie, sich zu rühren. Sie wischte sich das tränenüberströmte Gesicht an ihrer langen Schürze ab und schien einen Augenblick nicht zu wissen, wo sie sich befand. Dann drehte sie sich zu ihnen herum. Im Dämmerschein des Laternenlichts konnte Ben sehen, daß sie zitterte. „Mama hat das Abendessen auf den Tisch gestellt“, sagte er und beobachtete sie fragend.

Katie lehnte sich an die Truhe und schob sich hoch. Ben streckte eine Hand aus, um ihr zu helfen. „Es ist eiskalt hier oben“, sagte er. „Warum bist du so lang hier?“

Katie ignorierte seine ausgestreckte Hand und seine Frage und rückte ihre Haube zurecht. Dann richtete sie sich langsam auf, bis sie groß und mit beherrschter Miene vor ihm stand. „Ich komme schon hinunter. Verschwindet also, alle beide!“

Ben und Eli taten, wie ihnen geheißen wurde, und polterten die Leiter hinab – Ben mußte aber immer noch über Katies Tränen nachdenken. Er hatte gehört, daß Frauen vor ihrer Hochzeit plötzlich weinten. Sein ältester Bruder, Elam, hatte erst im letzten Jahr so etwas gesagt, wenige Tage, bevor er und seine Braut das Band zugeknotet hatten.

Er kratzte sich verwirrt am Kopf. *Die Tränen bedeuten bestimmt, daß*

Katie uns ab nächster Woche vermissen wird, folgerte er. Ein Grinsen zog über sein Gesicht. Aber es hülfe nicht weiter, wenn er Katie wissen ließe, was er dachte. So wie sie gebaut war, konnte man nicht vorhersehen, was sie sagen würde. Oder tun würde.

2

Katie ließ sich Zeit, um vom Dachboden hinabzusteigen. Sie wartete, bis ihre Brüder nicht mehr zu sehen waren, dann öffnete sie die Truhe und legte das Babykleid wieder an seinen ursprünglichen Platz zurück.

Unten angekommen, nahm Katie, nachdem sie sich wiederholt das Gesicht und die Hände gewaschen hatte, ihren gewohnten Platz am Eßtisch ein – rechts neben ihrer Mutter. „Entschuldigung, Papa ... Mama." Ihre Wangen glühten, ihre Augen waren geschwollen.

Natürlich würde sie nicht lügen. Aber sie hatte nicht die Absicht, den *wahren* Grund für ihr Zuspätkommen zu erklären. Niemand durfte je von ihrer abscheulichen Besessenheit erfahren. Eine Sünde, die man erkannt hat, erfordert eine Beichte – das wußte sie. Das war vielleicht gut für die Seele, aber unter den gegebenen Umständen unmöglich. Eine Beichte bedeutete, sich von der Sünde loszusagen, die Übertretung nie wieder zu begehen ...

* * *

Daß Katie keinem von ihnen in die Augen schaute, beunruhigte Rebekka. Samuel schien das jedoch nicht zu bemerken. Er beugte, ohne die geringste Bemerkung wegen Katies Verzögerung zu machen, den Kopf zum stillen Tischgebet.

Nach dem „Amen" bediente sich zuerst Samuel; danach vergeudeten Eli und Benjamin keine Sekunde und schaufelten sich aus der vollen Schüssel Butterkartoffeln auf ihre Teller. Als der Schinkenteller herumgereicht wurde, nahm sich jeder eine herzhafte Portion. Danach kamen die Bohnen und Chow-Chow – ein süßes Bohnengericht –, Maiscreme und Brot mit Apfelbutter. Eine dicke Scheibe Rosinenkuchen rundete die Mahlzeit ab.

Ein gelegentliches Rülpsen von Eli und Samuel signalisierte, daß Rebekkas Mühen in der Küche mit Erfolg gekrönt waren. Daneben hörte man nur das Kratzen des Bestecks auf den Plastiktellern und das befriedigte Schmatzen der Männer. Im Hintergrund knisterte das Feuer im Holzofen.

Von Zeit zu Zeit riskierte Rebekka einen Seitenblick auf Katie. Das Mädchen hatte noch kein Wort gesprochen, seit es sich gesetzt hatte.

Was belastet sie nur? fragte sich Rebekka beunruhigt. Die Angst schlug ihr auf den Magen und raubte ihr den Appetit.

Schließlich lehnte sich Samuel zurück und verschränkte die Arme vor der Brust – eine Geste, die anzeigte, daß er mit dem Essen fertig war. Zuerst war sich Rebekka nicht sicher, ob er sprechen würde. Schließlich stellte er mit beherrschter Stimme die Frage, die allen im Kopf herumging. „Und, hast du das Hochzeitskleid deiner Mama gefunden?"

Katie griff nach dem Glas. Betont langsam trank sie daraus.

Ein unangenehmes Schweigen legte sich wie ein kaltes Tuch über die kahlen, grauen Wände.

Die Sekunden verstrichen.

Rebekka konnte es nicht länger ertragen. „Katie, bist du krank?" Sie legte den Arm um die schlanke Taille ihrer Tochter. Katie wurde steif, sprach aber immer noch kein Wort.

Samuel war nicht der Mann, der Respektlosigkeit ungeahndet durchgehen ließ. Rebekka wußte, was jetzt kommen würde. So sicher wie ein Buschbrand bei einem Sturm. „Deine Mama und ich haben mit dir gesprochen", tadelte er seine Tochter, ohne die Stimme zu erheben.

Immer noch kam keine Antwort von dem Mädchen mit den herbstbraunen Augen und den rötlichen Haaren, die unter dem züchtigen, weißen Netz streng zu einem Knoten gebunden waren. Katie weigerte sich aufzublicken. Eli trat sie unter dem Tisch. Ein kräftiger, schneller Tritt gegen das Schienbein.

„Au!" Sie warf ihrem Bruder einen finsteren Blick zu.

Eli knurrte: „Kannst du nicht mehr sprechen?"

„Eli!" mischte sich sein Vater ein. „Das genügt!"

Rebekkas Griff um Katies Taille verkrampfte sich. Jetzt würde das Feuer bestimmt jeden Augenblick auflodern. Sie wappnete sich gegen die Hitze.

„Ich ... ah, Papa", begann Katie schließlich .„Es gibt etwas, das ich euch sagen muß ..."

Rebekka fühlte, wie die Anspannung aus ihren Muskeln schwand und sich wie eine Schlange davonschlängelte. Ihre Tochter hatte – neun Tage vor ihrer Hochzeit – in letzter Sekunde eine drohende Katastrophe abgewandt. Den Zorn ihres Vaters.

* * *

„Es gibt etwas, das ich euch sagen muß – euch beiden", sprach Katie weiter. Sie schaute zuerst Samuel an und dann Rebekka, die wie im Gebet die Hände gefaltet hatte. „Schon seit meiner frühesten Kindheit fällt es mir schwer, schlicht zu leben." Sie holte tief Luft. „Es fällt mir anscheinend schwerer als den meisten anderen Amischleuten."

„Du bist durch und durch amisch." Die Stimme ihres Vaters verriet keine Gefühle, klang dafür aber sehr bestimmt. „Ein schlichtes Leben ist das, was der Herrgott für dich bestimmt hat. Du solltest dich schämen, so etwas zu sagen, nachdem du getauft wurdest ... und im Knien deinen Eid vor der ganzen Gemeinde abgelegt hast."

Rebekkas Hände verkrampften sich in einem wortlosen Flehen noch mehr.

„Ich sollte vielleicht am besten mit Bischof Johannes sprechen." Katie merkte, wie ihr die Tränen in die Augen traten. „Ich muß mit ihm sprechen ... über ..." Sie schwieg und atmete erneut stoßweise ein. „Über die Hochzeit."

„Katie", mischte sich ihre Mutter schnell ein, „Warte lieber noch einen oder zwei Tage. Dann kannst du wieder klarer denken. Das wird vergehen. Du wirst schon sehen."

Katie starrte ihre Mutter an. „Aber ich habe gegen Papa ... und ... die Kirche ... gesündigt."

Samuels Miene verfinsterte sich. „Katie?"

„Es ist die Musik – die ganzen Lieder in meinem Kopf. Ich kann sie nicht zum Schweigen bringen", platzte sie heraus. „Ich habe es versucht, aber die Musik ist immer noch eine starke Versuchung für mich." Sie biß sich auf die Zunge und schwieg über die anderen Versuchungen – die scheinbar nie enden wollende Sehnsucht nach schönen Dingen.

Rebekka streichelte ihre Hand. „Vielleicht täte ein Gespräch mit Bischof Beiler uns allen ganz gut."

„Allein, Mama. Ich muß allein mit Johannes sprechen."

Samuels grünes Hemd und seine braunen Hosenträger unterstrichen die Röte, die an seinem Nacken hinauf in sein Gesicht kroch. „Wenn du dieses Instrument des Bösen zerstört hättest, als ich dich das erste Mal damit erwischte, würde diese Gitarre jetzt nicht *dich* zerstören."

Er tadelte sie mit einem durchdringenden Blick. „Du beichtest das vor der nächsten Predigt. Wenn du dich ernsthaft von der Sünde abkehren und das Fleisch kreuzigen willst, wirst du einen Weg finden."

„Ich versuche es doch schon seit Jahren, Papa. Ich wünschte, ich könnte die Musik einfach aus meinem Denken ausschalten." Aber noch während sie sprach, regte sich ihr eigenwilliger Sinn in ihr und forderte sein Recht. Sie *wollte* die Musik nicht aufgeben – nicht ihre geliebte Musik. Nicht den kostbaren Schatz, der ihr und Daniel Fischer so lieb und teuer gewesen war.

Ihr Eigensinn wurde von Schuldgefühlen überschattet. Sie hatte soeben ihren eigenen Vater angelogen. Eine Sünde hatte eine zweite geboren. Die Beichte war längst überfällig. Wenn sie je in den Vorhöfen der Herrlichkeit ihren Daniel wiedersehen wollte, dann wußte Katie, was von ihr erwartet wurde. Eine private Beichte vor ihrem betagten Ältesten, Prediger Yoder. Ihre erste Beichte überhaupt.

Samuel rückte seine Brille zurecht und betrachtete Katie über den Tisch hinweg kritisch. „Ich habe dir schon vor Jahren verboten, Gitarre zu spielen, und ich verbiete es dir jetzt erneut", sagte er. „‚Läßt auch die Quelle aus einem Loch süßes und bitteres Wasser fließen?'"

Mit einem kratzenden Geräusch auf dem Linoleumboden schob er seinen Stuhl zurück. Auffallend war das Fehlen des schweigenden Tischgebetes, das normalerweise jedes Essen abschloß. Vor sich hinknurrend schlurfte er ins Wohnzimmer. Eli und Benjamin zogen sich in einen entfernten Winkel des Hauses zurück und waren anscheinend dankbar, der beschämenden Szene entfliehen zu können.

Mutter und Tochter saßen in dem schwachen Lichtkegel nebeneinander und waren doch zugleich Welten voneinander entfernt. Rebekka zwang sich, ihr Zittern in den Griff zu bekommen. Sie war erleichtert, daß der Gefühlsausbruch ihrer Tochter nicht im geringsten etwas mit der Vergangenheit zu tun hatte – mit diesem schrecklichen Geheimnis, das sie alle verderben könnte. Jeden einzelnen von ihnen.

Während sie hier neben ihrer einzigen Tochter saß – dem Kind ihrer Träume –, hatte sie trotz allem einen Trost. *Dieser* Notlage konnte leicht abgeholfen werden. Ein Seufzen kam über ihre Lippen, und mit geschlossenen Augen betete sie ein stilles Dankgebet – für Katies Sündenbekenntnis. Für die zweiundzwanzig gesegneten Jahre, die sie mit diesem geliebten Kind bisher hatte erleben dürfen.

Sie schaute Katie in die Augen, wischte sich die Tränen von den Wangen und beschloß, auf den Dachboden zu steigen, sobald das Geschirr gespült wäre.

Still ging Rebekka mit Katies Hilfe daran, den Tisch abzuräumen. Sie erhitzte das Wasser, das von der batteriebetriebenen Brunnenpumpe nach oben befördert wurde, und ließ es ins Becken laufen. Dann gab sie das Geschirrspülmittel in das heiße Wasser. Sie mischte es durcheinander, steckte eine Handvoll Bestecke in das schaumige Bad und genoß die Wärme an ihren Händen. *Alles wird gut werden,* sagte sie sich. *Sobald die Hochzeit erst einmal vorbei ist, wird alles wieder gut.*

Die zwei Frauen arbeiteten den Geschirrberg schnell ab. Sie spülten diesmal jedoch ohne ihr übliches, fröhliches Plaudern. Schweigend räumte Rebekka die wenigen Essensreste weg, bevor sie den Mut aufbrachte, das Thema anzusprechen, das ihr keine Ruhe ließ. „Du willst es dir also noch einmal überlegen ... ob es gut ist, mit dem Bischof zu sprechen?"

Katie fegte die Krümel auf dem Boden zusammen. „Verstehst du denn nicht, Mama?" Sie drehte sich zu ihr um. „Ich will die Hochzeit doch nicht absagen. Ich frage mich nur, ob ich die beste Wahl für die Frau eines Bischofs bin."

Rebekka schaute ihrer Tochter forschend in die Augen. „Die Zeit für solche Fragen ist längst vorbei, Katie. Deine Hochzeit steht kurz bevor."

Katies Unterlippe zitterte.

„Was liegt dir wirklich auf dem Herzen, Kind?" Sie streckte die Hände nach Katie aus und zog das schlanke Mädchen in ihre Arme.

Ein langes, tiefes Schluchzen erschütterte Katies Körper. Rebekka versuchte, sie zu trösten. „Na, na", flüsterte sie, „das ist nur die Aufregung. Die bekommen alle Frauen, aber mit der Zeit lernt man besser, sie zu verbergen." Sie schwieg einen Augenblick. Dann fügte sie in einem Versuch, ihre Tochter aufzuheitern, hinzu: „Ich schätze, vor der Geburt deines ersten Kindes wirst du dich genauso fühlen."

Rebekka merkte, wie Katie sich ihren Armen entzog. Anstelle der Traurigkeit zog jetzt eine seltsame Miene über ihr Gesicht. „Was ist, Katie? Was ist los?"

Katie richtete sich auf und strich ihre lange Schürze und ihr Kleid glatt. „Ich hätte fast vergessen, dich etwas zu fragen."

„Ja?"

„Mama, wer ist Katherine Mayfield?"

Rebekka hatte das Gefühl, ihre Gliedmaßen könnten sie plötzlich nicht länger tragen. *Das kann doch nicht sein,* dachte sie.

„Der Name ist in ein Babykleid eingestickt. Ich habe es zufällig gefunden ... oben auf dem Dachboden. Es ist so hübsch. Aber wie kommt so etwas Elegantes in unser Haus, Mama?"

Ohne Vorwarnung wich jetzt endgültig alle Kraft aus Rebekkas Beinen. Sie taumelte quer durch die Küche auf die lange Tischbank zu.

Katie streckte die Hände aus, um sie aufzufangen. „Mama!"

Rebekka sank auf die Bank und zerrte an ihrer Schürze. Dann zog sie ein weißes Taschentuch heraus und begann, sich mit kurzen, abgehackten Bewegungen Luft zuzufächern. In diesem Augenblick wurde alles wieder lebendig – die Angst der ganzen Jahre, das lang gehütete Geheimnis …

Katie lief zur Hintertür und riß sie auf. „So, Mama", rief sie, während frische Luft durch die Abstellkammer in die Küche strömte. „So ist es besser, nicht wahr?"

Trotz der kühlen Luft merkte Rebekka, wie unaufhaltsam Hitze in ihren Kopf stieg. Sie versuchte, aufzuschauen, noch einen Blick auf das geliebte Gesicht zu erhaschen.

Nur ein tiefes Seufzen kam über ihre Lippen. *Katie, mein Mädchen. Mein geliebtes Mädchen …*

Verschwommen konnte sie sehen, wie Katie die Tür schloß und die winterliche Kälte wieder aussperrte und dann besorgt und aufgeregt an die Seite ihrer Mutter eilte. Aber so sehr sie es auch versuchte, konnte Rebekka Lapp das seltsame schwindelige Gefühl, das ihren Nacken hinauf in ihren benommenen Kopf kroch, nicht von sich abschütteln.

Sie sackte vornüber zusammen, und alles um sie herum wurde schwarz …

3

„Papa, komm schnell!“

Als er Katies aufgeregte Stimme hörte, eilte Samuel schnell in die Küche. Benjamin und Eli folgten ihm.

„Ich weiß beim besten Willen nicht, was passiert ist!“ Katies Herz pochte laut. „Wir haben uns einfach unterhalten – Mama und ich – und ...“ Ihre Mutter war körperlich so gesund, wie man es sich bei einer Bauersfrau in Hickory Hollow nur vorstellen konnte, und ganz gewiß stämmig und kräftig genug, um nicht aus heiterem Himmel in Ohnmacht zu fallen. „Ich hole ein paar Teeblätter.“

Obwohl sie nur ungern von der Seite ihrer Mutter wich, eilte Katie die Treppe hinab in den kalten Keller, in dem in sauberen Schrankreihen eingemachtes Gemüse und Obst aufbewahrt wurde. Sie fand die getrockneten Minzteeblätter in einer Dose und holte schnell ein paar heraus. Sie war immer noch verwirrt und konnte sich nicht erklären, warum ihre Mama so plötzlich ohnmächtig geworden war.

Katie hatte erwähnt, daß sie mit dem Bischof sprechen wolle. Hatte der Gedanke, daß sie vielleicht die Hochzeit absagen würde, ihre Mutter so sehr beunruhigt, daß sie davon ohnmächtig geworden war?

Sie stellte den Topf mit den Minzblättern wieder ins Regal zurück und schloß die Schranktür. „Katie, kommst du?“ rief Benjamin von oben.

„Bin schon unterwegs“, antwortete sie und stieg hurtig die steile Kellertreppe hinauf.

In der Küche kochte Katie etwas Minztee und warf dabei immer wieder einen besorgten Blick zu ihrer Mutter hinüber, die inzwischen das Bewußtsein wiedererlangt hatte und ihren Kopf auf einer Hand aufstützte, während Eli ihr mit dem Taschentuch frische Luft zufächerte.

Papa stand nachdenklich und schweigend an ihrer Seite. Jetzt, da seine drahtige Gestalt über seine Frau gebeugt war, wirkte er untersetzter als gewöhnlich. Katie fragte sich, ob er über ihr unbeholfenes, aber ehrliches Schuldgeständnis bei Tisch immer noch verärgert sei. Aber sie war trotzdem froh, daß sie es gesagt hatte. Wenigstens ein Teil ihres sündigen Wesens würde angegangen werden. Und wenn sie, wie geplant, den Bischof heiraten wollte, müßte sie morgen oder übermorgen eine persönliche Beichte ablegen.

Katie rührte das heiße Wasser um, damit der Tee schneller fertig würde. Sie schaute Rebekka besorgt an. Mit ihren gedankenlosen Worten – daß sie am besten mit Bischof Johannes sprechen sollte – hatte sie diesen Ohnmachtsanfall verschuldet! Sie hatte doch niemanden unnötig aufregen wollen und wünschte sich, sie hätte ihre Gedanken für sich behalten.

„Beeile dich doch, Katie", sagte Benjamin, der neben sie trat, um zu sehen, was sie so lange machte.

Sie löffelte schnell Honig in das heiße Wasser. Aber als die Blätter lang genug gezogen hatten, um den lindernden Minzgeschmack abzugeben, war Rebekka schon in ihr Schlafzimmer hinaufgegangen, um sich ins Bett zu legen.

Als Katie etwas später ins Zimmer trat, war ihre Mutter immer noch vollständig angekleidet, aber mit den wärmsten Decken aus der handgezimmerten Zedernkiste am Fußende des Doppelbettes zugedeckt. Sie reichte ihr die Teetasse mit der dazu passenden Untertasse. Ihr Vater nahm ihr den Tee mit einem kurzen Kopfnicken aus der Hand.

„Kann ich noch irgend etwas für dich tun, Mama?"

Samuel antwortete an der Stelle seiner Frau. „Das war alles."

Ohne ein weiteres Wort verließ Katie das Schlafzimmer ihrer Eltern.

* * *

Rebekka lehnte sich mit einem leichten Lächeln in den Lippen auf die Kissen zurück, nahm die Tasse entgegen und trank einen Schluck. „Das tut gut."

Er nahm die Petroleumlampe vom Nachttisch. „Ich gehe hinunter und heize den Ofen ein wenig an. Ich kann nicht zulassen, daß du dich erkältest. Immerhin steht die Hochzeit unserer Tochter bevor."

„Es besteht kein Grund zur Besorgnis."

Samuel schüttelte nachdenklich den Kopf. „Bei einem solchen Kälteeinbruch kann man leicht krank werden."

Rebekka zwang sich zu einem Kichern. Es blieb ihr in der Kehle stecken, und sie begann wie als Bestätigung seiner Worte zu husten.

Samuel Lapp war ein liebevoller und fürsorglicher Ehemann. Er versorgte sie mit allem, was sie brauchte – mit reichlich Nahrung von ihrem eigenen Land, einem festen Dach über dem Kopf ... Gasheizungen, Elektrizität, Telefone und derartiger Luxus waren etwas für die Engländer. Amischleute benutzten Pferde und Einspänner als

Fortbewegungsmittel, Propangas, um ihre kleinen Kühlschränke zu betreiben, und eine batteriebetriebene Brunnenpumpe im Keller für das Wasser in der Küche. Die Lapps hielten sich, ohne zu klagen, treu an alle Überlieferungen der „Alten Ordnung", genauso wie die Generationen vor ihnen.

„Wie kann man etwas vermissen, das man nie hatte?" fragte Samuel oft seine englischen Freunde auf dem Markt in Lancaster.

Rebekka beobachtete ihren Mann und erwartete, daß er ohne ein weiteres Wort das Zimmer verließe. Sie war etwas überrascht, als er an der Tür zögerte und noch einmal ans Bett kam.

„Bist du krank? Soll ich einen Arzt holen?" Seine aufrichtige Besorgnis war nicht zu übersehen. „Es ist kein Problem, den alten Melasse anzuspannen und zu den Millers hinüberzufahren."

Peter und Lydia Miller – Mennoniten, die den „englischen" Lebensstil übernommen hatten – wohnten ungefähr eine Meile entfernt in der Hickory Lane und hatten für Notfälle ihr Telefon angeboten. Bei mehreren Gelegenheiten hatte Samuel von diesem Angebot schon Gebrauch gemacht. Immerhin waren sie Verwandte – Vettern zweiten Grades von Rebekkas Seite her – und so modern wie die ganze Welt außerhalb Hickory Hollows.

„Ich brauche keinen Arzt. Ich bin nur erschöpft. Das ist alles", sagte sie leise, um ihn zu beruhigen. „Es wäre eine Schande, wenn sich Kusine Lydia meinetwegen grundlos Sorgen machen würde."

„Ja, du hast recht."

Lange Schatten flackerten auf der Wand vor dem einfachen Bett mit dem Holzgestell. Rebekka betrachtete sie und nippte nachdenklich an ihrem Tee. Sie seufzte tief, dann sprach sie in einem leisen Flüstern den Gedanken aus, der ihre Seele Tag und Nacht beunruhigte. „Unsere Katie ... sie hat Fragen gestellt."

Ein Muskel zuckte in Samuels Gesicht. „Ja? Was für Fragen?"

Rebekka zog ein Kissen hinter ihrem Kopf hervor und drückte es an ihre Brust. „Ich muß auf den Dachboden hinaufsteigen. Noch heute nacht."

„Du steigst heute nacht nirgendwohin. Schlag dir das aus dem Kopf. Ruh dich jetzt aus, hörst du?"

Rebekka schüttelte den Kopf. „Du vergißt das kleine rosafarbene Kleid", sagte sie in einem kaum hörbaren Flüstern. „Das wunderschöne Babykleid ... aus Satin. Katie hat es gefunden, glaube ich."

„Das muß warten. Morgen ist auch noch ein Tag."

„Wir können es nicht riskieren zu warten", beharrte Rebekka immer noch mit gedämpfter Stimme, da sie ihrem Mann nur ungern zu widersprechen pflegte. „Unsere Tochter darf es nicht erfahren ... es ist besser für sie, wenn sie es *nie* erfährt."

Samuel beugte sich vor und gab ihr einen Kuß auf die Stirn. „Katie ist unsere Tochter und wird es immer bleiben. Jetzt versuche zu schlafen."

„Aber das Kleid ..."

„Ein einziges kleines Kleid sagt dem Mädchen überhaupt nichts", beharrte Samuel. Er nahm das Kissen, das Rebekka umklammert hatte, und legte es neben sie. Später würde er seinen Kopf darauf legen. „Ich gehe jetzt am besten zu den Kindern hinunter."

Er trug die Lampe auf den Gang hinaus und schloß dann die Tür und ließ Rebekka in dem stockdunklen Zimmer zurück ... wo sie nachdachte und träumte.

Die Kinder ...

Es hatte eine Zeit gegeben, in der Rebekka sich nach mehr Kindern gesehnt hatte. Nach viel mehr Kindern. Aber nach Benjamins Geburt hatten zwei Fehlgeburten und eine Totgeburt ihren Tribut von ihrem Körper gefordert. Obwohl ihre Familie jetzt vollständig war, fragte sie sich, wie wohl das Leben mit mehr als drei ... oder vier Kindern im Haus gewesen wäre. Alle ihre Verwandten und fast jede Familie im Gemeindedistrikt hatte mindestens acht Kinder. Einige hatten sogar noch mehr – bis zu fünfzehn.

Es war etwas Gutes, ein junges Leben aufzuziehen. Sagte Gottes Wort nicht: „Kinder sind eine Gabe des Herrn, und Leibesfrucht ist ein Geschenk"? Kinder brachten Freude und Lachen ins Haus und halfen, die Arbeit in ein Spiel zu verwandeln.

Und in einem amischen Haushalt gibt es jede Menge Arbeit, dachte sie mit einem leisen Schmunzeln. Heu ernten, Kartoffeln stecken, Alfalfa oder Klee säen. Die Familien in Hickory Hollow arbeiteten immer Hand in Hand. Das *mußten* sie. Ohne den Luxus von Traktoren oder anderen modernen landwirtschaftlichen Maschinen dauerte alles länger. Das war der Lebensstil, den ihre Eltern, Großeltern und Urgroßeltern schon vor ihnen praktiziert hatten.

Anfang des achtzehnten Jahrhunderts hatten William Penn Samuel und Rebekkas Vorfahren dieses Leben ermöglicht. Den eng miteinander verwobenen amischen Gemeinschaften war gutes Land versprochen worden, und sie hatten begonnen, Siedlungen in Pennsylvania zu errichten. Sie dachte wieder an Samuels Ururgroßvater, der das Haus gebaut hatte, in dem jetzt Rebekka zitternd in ihrem dunklen, kalten Schlafzimmer lag.

Nach einer Weile fühlte sie, wie von dem Holzofen direkt unter ihrem Schlafzimmer die Wärme durch die Bodendielen nach oben stieg. Das hatte sie bestimmt Samuel zu verdanken. Dem stets liebevollen und umsichtigen Samuel. Er war in all den Jahren immer ein guter Ehemann gewesen. Manchmal ein wenig zu direkt in seinen Äußerungen, aber beständig und ein schwer arbeitender, fleißiger Mann. Ein frommer Mann, der die Lehren der amischen Kirche streng befolgte, der seine Nächsten wie sich selbst liebte ... und der vor langer Zeit eingewilligt hatte, ihr Geheimnis für den Rest seines Lebens mit ihr zu tragen.

* * *

„Wie geht es Mama?" fragte Katie, als Samuel mit der Öllampe in der Hand aus dem Schlafzimmer trat. Offenbar hatte sie auf dem Treppenabsatz gehockt und gewartet, um zu erfahren, wie es ihrer Mutter ging.

„Geh wieder an deine Arbeit." Samuel zeigte nicht einmal den Anflug eines Lächelns, aber seine Worte sollten beruhigend klingen. „Es besteht kein Grund zur Sorge. Überhaupt kein Grund."

Er ging zu seinem Schaukelstuhl mit der geraden Rückenlehne, zog ihn näher zum Holzofen heran und ließ sich mit einem Murmeln darauf nieder. Während er so tat, als lese er eine Spalte in der amischen Wochenzeitung, ließ er seinen Gedanken freien Lauf.

Was hatte Rebekka soeben gesagt – daß Katie das Babykleid gefunden habe? Er hatte dieses eitle Ding schon immer loswerden wollen. Es hatte keinen Sinn, das Beweisstück im Haus zu behalten. Das war nicht weise – viel zu gefährlich – besonders wegen des englischen Namens, der in das Kleid gestickt war.

Aber er hatte es nie über das Herz gebracht, Rebekka zu zwingen, sich davon zu trennen – nicht bei den starken Gefühlen, die sie in dieser Sache empfand. Was ihn betraf, so benötigte er dieses Kleid nicht, um sich an jenen unvergeßlichen Tag zu erinnern. Er hatte das Babykleid seit dem Tag, an dem ihre Tochter vom Lancaster-Krankenhaus zu ihnen nach Hause gekommen war, kein einziges Mal mehr angeschaut.

Jetzt war Katie dieses winzige Kleidungsstück in die Hände gefallen – sie hatte es auf dem Dachboden gefunden. Wie um alles in der Welt hatte das nach all diesen Jahren passieren können? Hatte Rebekka seine Anweisung nicht befolgt? Sie war eine gute und treue Ehefrau, seine Rebekka, aber wenn es um Katie ging, konnte man mit dieser Frau nicht vernünftig sprechen. Sie hatte eine Schwäche für das Mädchen. Natürlich hatte Rebekka ihm gehorcht und ihr möglichstes getan, und das Kleid versteckt. Natürlich hatte sie das getan.

Jetzt, da Katie jedoch das Kleid entdeckt hatte, würde er Rebekka daran erinnern, daß sie ein anderes Versteck finden müsse. Gleich morgen früh. Ja, das würde er tun.

* * *

Eli und Benjamin machten sich keine allzu großen Sorgen um ihre Mutter, stellte Katie fest, als sie in die Küche kam. Sie hatten ein spannendes Damespiel auf dem warmen Fußboden neben dem Holzofen begonnen und kaum aufgeblickt, als sie eingetreten war.

Sie ging zum Schrank, in dem die alte *Biewel*, wie sie sagten, und andere Bücher aufbewahrt wurden. Ehrfürchtig trug sie die alte, abgegriffene Bibel zu Papa und legte sie vor ihm hin, dann setzte sie sich auf die Holzbank an den Tisch. Sie nahm ihre Nähnadel und einen dunklen Faden zur Hand.

Ob Mama etwas dagegen hat, wenn ich ihr ein wenig Gesellschaft leiste? fragte sich Katie, während sie den Faden einfädelte. Sie würde sich besser fühlen, wenn sie mit eigenen Augen sähe, wie es ihrer Mama nach ihrem Ohnmachtsanfall ging.

Mit der eingefädelten Nadel am Saum ihres Hochzeitskleides warf Katie einen Blick auf ihre Brüder, ohne sie jedoch richtig wahrzunehmen. Sie bestand immer darauf, jeder Sache auf den Grund zu gehen und alles zu erfahren. Mit dieser eigensinnigen Ader hatte sie schon mehr Leid verursacht, als sie sich selbst eingestehen wollte.

Gut fünf Minuten lang saß sie da, nähte feine Stiche und hörte auf das gleichmäßige Strömen der Gaslampe, während sich in ihrem Kopf wieder eine verbotene Melodie meldete. Schweren Herzens unterdrückte sie den Drang zu summen.

Sie schaute von ihrer Arbeit auf, nahm allen Mut zusammen und sprach ihren Papa an: „Ich will hinaufgehen und nach Mama sehen, ja?“

Samuel hob in seiner Leseecke den Kopf. „Jetzt nicht.“

„Dann morgen?"

„Ja, morgen." Mit einem hörbaren Seufzen nahm er die Bibel für die allabendliche Andacht und das gemeinsame Nachtgebet zur Hand.

Ohne daß sie eigens dazu aufgefordert werden mußten, räumten Eli und Benjamin ihr Spiel weg und schauten erwartungsvoll ihren Vater an, der in den Seiten blätterte. Er kannte Gottes Wort wie seine Westentasche, und aus seiner ernsten Miene schloß Katie, daß er für die heutige Bibellese etwas Konkretes im Auge hatte.

Er las zuerst den Text in ihrer Mundart und übersetzte dann aus Gewohnheit in das geläufigere Englisch – wahrscheinlich, um die gelesenen Worte noch einmal eigens zu betonen. Katie legte ihre Nähnadel weg und versuchte, sich auf die gelesenen Verse zu konzentrieren. Aber solange ihre Mutter oben im Bett lag und sich von wer weiß was erholte, fiel ihr das sehr schwer.

„Römerbrief, Kapitel zwölf, Verse eins und zwei." Papas Stimme enthielt die Autorität, die sie alle zu respektieren gelernt hatten. Er begann zu lesen: „‚Ich ermahne euch nun, liebe Brüder, durch die Barmherzigkeit Gottes, daß ihr eure Leiber hingebt als ein Opfer, das lebendig, heilig und Gott wohlgefällig ist. Das sei euer vernünftiger Gottesdienst.

Und stellt euch nicht dieser Welt gleich, sondern ändert euch durch Erneuerung eures Sinnes, damit ihr prüfen könnt, was Gottes Wille ist, nämlich das Gute und Wohlgefällige und Vollkommene.'"

Gottes Wille, das Gute und Wohlgefällige und Vollkommene. Diese Worte nagten an Katies Gewissen. Wie konnte Gottes guter und vollkommener Wille in ihr zum Wirken kommen? Sie lebte in Sünde – in ständiger Sünde – und bereute es nicht einmal besonders und war auch nicht bereit, die erforderliche Buße zu tun.

Nach dem Vorfall auf dem Dachboden war ihr ohne jeden Zweifel bewußt, daß sie sich geistlich nicht in der Lage fühlte, Johannes Beilers unschuldige Kinder aufzuziehen ... oder ihm noch weitere Nachkommen zu gebären. Was hatte sie sich nur dabei gedacht? Wie konnte sie an ihrem Hochzeitstag und in all den Jahren, die noch kämen, als fromme, unterwürfige Ehefrau, als ein gehorsames Vorbild für die ganze Amischgemeinde an seiner Seite stehen?

Diese Fragen quälten sie. Sobald Papa sein kurzes Gebet abgeschlossen hatte, zündete Katie eine zweite Lampe an, ging in ihr Zimmer hinauf und zog sich zum Schlafen aus. Bevor sie die Bettdecke über sich zog, beschloß sie, statt Bischof Johannes Maria Stoltzfus einen Besuch abzustatten. Morgen früh nach dem Melken wollte sie als erstes mit ihrer liebsten und besten Freundin über alles sprechen. Maria würde wissen, was das Richtige war.

Als das geklärt war, gratulierte sich Katie zu diesem Entschluß, rutschte zwischen die kalten Baumwollbettlaken und blies die Lampe aus.

* * *

Gegen Mitternacht waren auf dem Dachboden gedämpfte Geräusche zu hören. Zuerst glaubte Katie, sie träume. Aber um fünf Uhr, als Papas Aufforderung, aufzustehen und bei den Stallarbeiten zu helfen, auf dem Gang erscholl, erinnerte sie sich an die knarrenden Geräusche der letzten Nacht. Ihr Herz schlug schneller, als ihr der Gedanke kam, auf dem Dachboden nachzusehen – eine unerwartete Gelegenheit, den schönen Satinstoff in den Händen zu halten und das weiche Gefühl des Stoffes wie verbotene Süßigkeiten heimlich zu genießen. Vielleicht würde ihre Sehnsucht gestillt, wenn sie noch ein einziges Mal den herrlichen Geschmack auf ihrer Zunge zergehen ließe.

Nur noch ein einziges Mal, dachte sie, während sie ihre langen, dichten Haare im Laternenlicht bürstete. Jahrelanger Gewohnheit folgend, drehte sie die Haare neben ihren Schläfen auf beiden Seiten zu einem strengen Zopf und zog sie dann zu einem glatten Knoten nach hinten.

Euer Schmuck soll nicht äußerlich sein wie Haarflechten, goldene Ketten oder prächtige Kleider ...

Sie setzte sich die weiße Netzhaube mit den lose baumelnden Enden auf den Kopf. Über ihre dicken, langen Wollunterhosen zog sie ein festes, braunes Arbeitskleid und eine schwarze Schürze.

Vielleicht könnte sie, Katie Lapp, die bald die Frau des Bischofs war, heute einen neuen Anfang machen. Vielleicht könnte heute alles anders werden. Vielleicht könnte sie heute eine Frau sein, die in Gottes Augen wohlgefällig war. Sie wollte es von ganzem Herzen, von ganzem Verstand und mit ganzer Seele versuchen.

Katie vernahm die Stimme ihres Vaters von unten, als sie sich über das Treppengeländer beugte und lauschte. Auch Mama war zu hören. Der Gedanke, daß ihre Mutter wieder auf den Beinen war und bestimmt ein herzhaftes Frühstück für die ganze Familie vorbereitete, tröstete sie. Dann mußte es Mama schon wieder bessergehen.

Wenn sie sich beeilte, hätte sie noch Zeit, um vor dem Morgengebet auf den Dachboden zu steigen. Sie eilte in ihr Zimmer zurück, holte die Öllampe und schlich auf Zehenspitzen zu der Leiter, die zum Dachboden führte.

So schnell sie konnte, kletterte sie die Sprossen hinauf. Oben angekommen, schob sie die schwere Dachbodentür auf. Nachdem sie sich in die rechtwinklige Öffnung hinaufgezogen hatte, blieb sie einen Augenblick stehen und rang nach Atem, bevor sie zu der alten Truhe ging.

Schweigend stellte Katie die Laterne auf den Boden und öffnete den Deckel. Mit pochendem Herzen und aufmerksam lauschenden Ohren, um es nicht zu überhören, wenn ihr Name gerufen wurde, durchsuchte sie an der Stelle, an der sie das Babykleid gestern entdeckt hatte, die obersten Kleiderschichten in der Truhe. Als sie keine Spur von dem Kleidungsstück sah, grub sie ein wenig tiefer. Dabei achtete sie sorgfältig darauf, nichts durcheinanderzubringen.

Als sie Mamas Hochzeitskleid ausfindig machte, stellte sie fest, daß die Stelle daneben leer war – daran bestand kein Zweifel. Es war, als hätte jemand den kostbaren Gegenstand absichtlich weggenommen.

Jetzt erst recht fest entschlossen, setzte Katie ihre Suche fort. Sie zog leichte Decken, feste, weiße gehäkelte Bettdecken, Tischdecken und verblaßte Baumwolldecken von Ururgroßmüttern heraus.

Sie fand auch die gesichtslosen Stoffpuppen, die Rebekka ihr als Kleinkind genäht hatte, aber das Babykleid aus Satin war unauffindbar. Es war einfach nicht da. Das elegante, wunderschöne Babykleid war fort.

Aber wo steckte es jetzt? Und wer hatte es weggenommen?

Eine tiefe Traurigkeit legte sich über sie. *Vielleicht soll es so sein*, dachte sie und wand sich unter den Gefühlen, die in ihrem Inneren tobten.

Während sie versuchte, ihre betrübten Gedanken von sich abzuschütteln, ging Katie daran, die Leinentücher und Decken wieder ordentlich in der Truhe zu verstauen, bevor sie den Dachboden verließ und sich zu ihrer Familie ins Wohnzimmer gesellte. Ihre Brüder, Papa ... und Mama waren bereits auf den Knien und warteten auf sie.

„Danke, o Gott, für all die Hilfe, die du uns gewährst", betete Samuel, sobald Katies Knie den harten Boden berührten. „Vergib uns unsere Sünden und hilf uns heute auf den Feldern ... auf *deinen* Feldern. Amen."

Es war weniger als ein zweiminütiges Ritual jeden Morgen und Abend. Aber die Gebete waren ein wichtiger Bestandteil ihres Familienlebens.

Als sie sich von ihren Knien erhob, freute sich Katie über das Leuchten in den Augen ihrer Mama; ihre Wangen waren auch nicht mehr kreidebleich. Aber die rosige Haut im Gesicht ihrer Mutter erinnerten Katie an die enttäuschende Suche auf dem Dachboden. Ihre Freude war wie weggeblasen – als habe jemand ein Streichholz ausgepustet. Es war Betrug von ihr gewesen, in der Hoffnung, sich einem weiteren Augenblick sündigen Vergnügens hinzugeben, erneut auf den Dachboden zu steigen. Sie hatte Gottes Gesetze gebrochen – und auch die Ordnung.

„Guten Morgen, Mama." Die Begrüßung kam ihr nur schwer über die Lippen. Katie küßte Rebekka auf die Wange, und die zwei Frauen begaben sich in Richtung Küche. „Ich bin froh, daß du wieder Farbe im Gesicht hast und nicht mehr so kreidebleich bist wie gestern abend."

Rebekka lächelte und nickte. „Ein guter Schlaf war alles, was ich brauchte." Sie stellte einen Kessel zum Kochen auf den polierten Holzofen. Sie war lange vor ihrer Familie auf den Beinen gewesen – ein Zeichen, das hoffen ließ. Bei Rebekkas nächster Bemerkung war Katie endgültig sicher, daß ihre Mutter wieder ganz die alte war.

„Du bist heute recht spät nach unten gekommen." Sie warf Katie einen fragenden Blick von der Seite zu. „Fühlst du dich gut?"

Zweifellos bezog sich Mamas Frage auf die Szene beim gestrigen Abendessen. Aber Katie wußte, daß es keinen Sinn hatte, das Gespräch auf die Gitarre und die Lieder, die sie so gern sang, oder auf ihre bevorstehende Beichte zu lenken. Und sie wagte es nicht, ihre Hochzeit zu erwähnen, die morgen in einer Woche stattfände. Nicht, nachdem Mama gestern abend in Ohnmacht gefallen war.

Maria Stoltzfus war diejenige, vor der sie ihre Probleme ausbreiten wollte. Mit ihr ließen sich die Dinge viel leichter bereden. Und es war auch besser so. Sowohl für Mama als auch für sie.

„Ja, mir geht es gut." Katie holte tief Luft. „Ich war heute morgen auf dem Dachboden und habe etwas gesucht", begann sie. „Deshalb war ich zu spät zum Gebet."

Sie bemerkte, wie sich die Augenbrauen ihrer Mutter überrascht nach oben zogen. „Du solltest dich jetzt lieber beeilen." Sie hielt ihr einen Teller mit einem bestrichenen Marmeladentoast hin. „Papa wird sich fragen, wo du so lange bleibst."

Katie trug den Teller zum Tisch und stellte ihn ab. Im Abstellraum setzte sie sich auf einen Stuhl und zog ihre Arbeitsstiefel an, dann nahm sie ihren alten Arbeitsmantel vom Haken. „Erinnerst du dich an das kleine Babykleid, von dem ich dir gestern erzählte?" rief sie ihrer Mutter zu und schaffte es kaum, ihren Eifer, mehr darüber zu erfahren, zu zügeln. „Ich konnte es vorhin einfach nicht finden."

„Babykleid?"

„Ja." Katie warf einen Blick durch den Türrahmen in die Küche, aber Rebekka stand mit dem Gesicht zur Spüle, und sie sah nur ihren Rücken. „Erinnerst du dich nicht mehr?"

„Nur verschwommen", kam die ausweichende Antwort.

Diese Antwort genügte – genügte, um Katie davon zu überzeugen, daß ihre Mutter nicht diejenige war, die letzte Nacht auf dem Dachboden gewesen war.

„Es tut mir leid, daß ich zu spät nach unten gekommen bin", platzte sie heraus. „Ich werde in Zukunft nicht mehr trödeln, Mama."

Katie eilte mit ihrem Toastbrot hinaus und fühlte sich besser, weil sie ihrer Mutter gestanden hatte, was sie getan hatte. Aber der Gedanke an das Babykleid ließ ihr trotzdem immer noch keine Ruhe. Wo war es hingekommen? Und wer konnte es genommen haben?

* * *

Rebekka wartete, bis sie hörte, wie die Tür ins Schloß fiel, bevor sie ans Fenster trat, um hinauszuschauen. Mehrere Paar Stiefelabdrücke zogen über den harten Schnee, der die roten Sandsteinstufen bedeckte. Die Spuren führten in einer diagonalen Linie durch den Hinterhof zum Hof vor der Scheune, der während der Erntezeit von den Heuwagen und offenen Marktwagen viel befahren wurde.

Sie beobachtete, wie Katie mit schlagenden Mantelschössen durch die Kälte zur Scheunentür eilte. Man konnte in letzter Zeit fast den Eindruck bekommen, das Mädchen bekenne jedesmal, wenn es sich umdrehte, irgendeine Schuld. Gestern abend die Sache mit ihrer Musik und daß sie deshalb den Bischof nicht heiraten könne und heute morgen schon wieder, weil sie zu spät zum Morgengebet gekommen war. Wenn der Prediger käme, würde sie alles beichten.

Rebekka seufzte und wußte nicht, welchen Reim sie sich darauf machen sollte. Sie fragte sich, ob mehr als nur die Aufregung wegen der Hochzeit dahintersteckte. Es war nicht zu übersehen, daß Katie seit ein paar Tagen nicht sie selbst war. Sie hatte sogar den Namen ihres Ponys von Tobias in Satin Boy geändert.

Rebekka überlegte, ob sie unter vier Augen mit dem Bischof sprechen solle, verwarf diesen Gedanken jedoch wieder und kehrte zum Ofen zurück, um den Getreidebrei und die Kartoffeln zu kochen.

Sie schaut, wie es in ihrem Hause zugeht, und ißt ihr Brot nicht mit Faulheit. Die Worte aus dem Buch der Sprüche gingen ihr durch den Kopf. Keine Zeit, um faul und träge zu sein.

Zum Frühstück gab es Eier, Leberwurst und gekochtes Getreide; Brot, Butter und Ananasmarmelade sowie selbstgekochte Apfelbutter – Katies Lieblingsspeise.

Mehrmals wanderte Rebekka, bevor Katie und die Männer zurückkehrten, zur Küchentür und starrte hinaus. Etwas lockte Katie auf den Dachboden. Hatte sie nicht gesagt, daß sie an diesem Morgen wieder oben war? Warum nur?

War es das Babykleid? Und wenn ja, was interessierte sie daran so sehr?

Rebekka beruhigte sich schließlich mit dem Gedanken, daß das Kleid in einem sicheren Versteck war, weit weg von der Truhe auf dem Dachboden. An seinem neuen Versteck würde es bestimmt nie gefunden werden.

Das Familiengeheimnis war gewahrt.

Sie holte tief Luft und ließ die stille Szene vor dem Fenster auf sich wirken. Die Sonne schlief immer noch hinter dem östlichen Hang, wo ein norwegischer Ahornbaum seine kräftigen Zweige über dem Milchhaus ausbreitete. Eine verwitterte Holzbank stand als Erinnerung an fröhliche, sonnige Sommertage, die wie goldener Honig tropften, neben dem breiten Stamm.

Goldene Tage. Dieser Gedanke machte sie traurig. *Die besten Tage.* Tage, in denen sie ihre schöne, kleine Tochter als Säugling versorgt hatte. Sie hatte Katie zwei volle Jahre lang vollkommene Annahme und Fürsorge zukommen lassen, wie es die Art ihrer Gemeinde war. Dann war ihr Baby scheinbar von einem Augenblick zum nächsten ein Kleinkind geworden, das zu einem gehorsamen amischen Kind erzogen wurde.

Einen Moment später sprang ein gut erzogenes, wenn auch widerspenstiges Mädchen mit Grübchen auf den Wangen und um den Kopf gewundenen Zöpfen die Straße zum Schulhaus hinab. Ehe Rebekka sich versah, fuhr Katie dann auch schon mit ihren Brüdern los zum Singen und kam spät abends mit dem einen oder anderen jungen Mann nach Hause – „Lehr- und Wanderjahre“ nannten sie diese Jahre.

In jener Zeit war Daniel Fischer in ihr Leben getreten – die Stufen hinter dem Haus hinauf geradewegs in ihre Küche. Und wenn er an dem Wochenende, an dem er seinen neunzehnten Geburtstag gefeiert hatte, nicht in Atlantic City segeln gegangen wäre, würde Katie jetzt ihr Hochzeitskleid für *ihn* nähen.

Aber anderthalb Jahre nach Daniels tödlichem Unfall hatte Katie Gott und der Gemeinde ihren Eid geleistet – ihr Taufversprechen – das Versprechen, die mündlich überlieferten Regeln, die bis zum Tod befolgt werden mußten, einzuhalten.

Katie, ihr liebes, eigenwilliges Mädchen. Sie würde sich doch sicher von ihrer törichten Ansicht in bezug auf Musik die Chance, einen Mann zu bekommen, nicht rauben lassen. Noch ein Jahr, und sie wäre endgültig zu alt zum Heiraten. Das Stigma, ein *altes Mädel* zu sein, war unter den Amischen eine große Schande. Die Heirat mit Bischof Johannes abzusagen wäre schlichtweg dumm – wenn nicht sogar respektlos. Ein Vergehen der schlimmsten Art.

Rebekka warf die Schultern zurück und wandte sich entschlossen vom Fenster ab. Sie würde dafür sorgen, daß Katie ihre Gedanken auf die vor ihr liegende Aufgabe richtete, sich auf ihre Hochzeit vorzubereiten. Das Babykleid mußte aus ihrem Denken verschwinden – genauso wie die Erinnerung an Daniel Fischer.

Wenn die Zeit günstig wäre, wollte Rebekka überlegen, ob sie noch ein besseres Versteck für das Kleid als die Zederntruhe fände. Vielleicht war das Kleid doch nicht so sicher versteckt, wie sie anfangs gedacht hatte. Selbst Samuel hatte sie an diesem Morgen darauf angesprochen.

Von Angst gequält, erneuerte sie ihren Entschluß, das Geheimnis gut zu hüten. Sie und Samuel würden es mit ins Grab nehmen. Das *mußten* sie einfach.

4

Als Katie auf dem Stoltzfus-Hof ankam, hatte Maria gerade alle Hände voll zu tun, zusammen mit ihrer Mutter Hähnchen zu braten. Etwa zehn Frauen saßen derweil um einen großen Tisch herum, plauderten gemütlich und nippten an ihrem Kaffee. „Ein Stepptag!" Nichts anderes fand hier statt! Zweifellos arbeiteten sie an Katies Hochzeitsdecke.

Warum wohl sonst bin ich nicht dazu eingeladen worden? dachte sie. Es war sehr ungewöhnlich, daß eine Braut am eigenen „Stepptag" nicht mitwirkte. Aber da Katie die Frau des Bischofs werden sollte, hatten die Frauen aus Achtung vor seiner Stellung wahrscheinlich etwas ganz Besonderes geplant. Eine Überraschung, etwas, was eher unter den Mennoniten üblich war und nicht unter den Amischleuten, ihren Verwandten.

Die Stepprahmen waren in der großen, spärlich möblierten Wohnstube aufgestellt, in der die Frauen zwischen achtzehn und achtzig auf Stühlen saßen, Tausende kunstvoller Stiche steppten und sich dabei über Gemüsegärten und Blumenbeete, neugeborene Kinder und bevorstehende Arbeitseinsätze unterhielten. Rebekka erzählte ihre bekannten Geschichten, und einige Frauen streuten den neuesten Klatsch bei. Sie wetteiferten, wer die kleinsten Stiche steppen konnte, und lachten dabei. Später würde es jede Menge zu essen geben, vielleicht sogar etwas von Abe und Rachel Stoltzfus' köstlichem Ananaseis.

„Stimmt etwas nicht?" flüsterte Maria und schaute Katie mit einem aufmerksamen Blick an, während diese sich an dem schwarzen, gußeisernen Ofen aufwärmte. „Warum läßt du denn den Kopf so hängen?"

Katie zuckte mit den Achseln und schaute ihre Freundin über die Schulter hinweg an. „Mir geht es gut." Sie war nicht in der Stimmung, die seltsamen Geräusche auf dem Dachboden zu erwähnen, die sie letzte Nacht um den Schlaf gebracht hatten. „Ich kann nicht bleiben." Die anderen wollten bestimmt mit ihrer Arbeit weitermachen. „Ich fahre am besten wieder."

„Aber du bist doch gerade erst gekommen." Marias Stimme klang fragend.

Katie ließ sich jedoch nicht beirren. Sie drehte sich um, um sich von den Frauen zu verabschieden – Frauen, die ihr genauso lieb und vertraut waren wie ihre eigene Familie. Da waren Rachel Stoltzfus, Marias Mutter, und Ruth Stoltzfus, Marias betagte Großmutter väterlicherseits, sowie Katies eigene Großtante, Ella Mae Zook, in der Gemeinde auch als die „Weise Frau“ bekannt, die neben ihrer gesprächigen Tochter, Mattie Beiler, verheiratet mit dem älteren Bruder des Bischofs, saß, sowie Becky und Maria Zook, Ella Maes Schwiegertöchter. Katie erblickte auch ihre Kusinen – Nancy, Susie und Rachel Zook; Naomi, Maria und Esther Beiler –, und es wurden bestimmt andere erwartet.

Alle begrüßten Katie herzlich und machten freundliche Bemerkungen über ihre bevorstehende Hochzeit. Aber keine erwähnte auch nur im entferntesten den vielen Stoff und die dicke Füllung, die auf den Rahmen aufgespannt waren und darauf warteten, daß in die bunte Decke Quadrate eingestickt wurden. Es wurde auch nicht erwähnt, daß Rebekka, die Mutter der Braut, noch nicht gekommen war.

Katie wollte nicht undankbar klingen, eilte aber, so schnell es die Höflichkeit erlaubte, hinaus und zum Einspänner ihrer Familie.

Sie war nicht überrascht, als Maria Stoltzfus durch die Hintertür in den Hof stürmte und ihr dicht auf den Fersen folgte. „Katie, warte doch!“

Aber sie ging unbeirrt weiter und mußte achtgeben, auf dem gefrorenen Boden nicht auszurutschen.

Maria holte Katie keuchend ein. Ihre vollen Wangen waren ganz gerötet. „Irgend etwas beunruhigt dich doch!“

Katie blieb jetzt abrupt stehen und drehte sich zu ihrer Freundin um. „Ich muß mit dir reden ... und zwar bald.“

„Ich komme später ein bißchen zu euch rüber. Ja?“

Katie schüttelte den Kopf. „Nein. Nicht bei *uns.* Wir müssen uns irgendwo anders treffen – irgendwo, wo uns niemand hören kann.“

Maria warf ihr einen fragenden Blick von der Seite zu. „Ich hätte gedacht, du sitzt zu Hause und nähst am Hochzeitskleid.“

Katie zwang sich zu einem kurzen Lächeln. „Es ist fast fertig.“

„Ich hätte gedacht, es wäre inzwischen schon *ganz* fertig.“

„Ja, ich weiß.“ Ohne Erklärung ging Katie zum Wagen, der gleich in der Einfahrt stand.

Maria lief ihr nach. „Vielleicht können wir jetzt reden ...“ Sie warf einen vorsichtigen Blick zum Haus. „... wenn du dich beeilst.“

„Das läßt sich nicht so schnell sagen. Wir sprechen lieber später darüber.“

„Katie, irgend etwas stimmt mit dir nicht. Das sehe ich dir an.“

Als sie Marias mitfühlenden Blick spürte, fing sie fast zu weinen an. „Es ist nichts, wirklich.“ Ihre Stimme wurde heiser.

Maria streckte ihre Hände nach Katie aus. Katie vergrub das Gesicht an der weichen Schulter ihrer Freundin. „*Nichts* stimmt", weinte sie. „Oh, Maria ... überhaupt nichts stimmt."

Maria nahm Katie bei der Hand und zog sie hinter das Pferd, wo sie vom Haus aus nicht gesehen werden konnten. „Wußte ich's doch. Begreifst du das denn nicht? Freunde sind dafür da, daß man mit ihnen über alles sprechen kann. Der Herr führt Menschen aus einem bestimmten Grund zusammen, genauso wie er uns – Maria un' Katie – zusammengeführt hat."

Als sie die vertraute Namenskombination aus ihrer Kindheit hörte, traten Katie noch mehr Tränen in die Augen.

„Himmel, es geht doch nicht ..." Maria schwieg kurz. Ihre Miene wurde todernst. „... es geht doch nicht etwa um die Hochzeit, oder doch?"

Katie zögerte. Aber das, was sie zu sagen hatte, war nicht für fremde Ohren bestimmt. Wenn auch nur die leiseste Möglichkeit bestand, daß jemand ihre Worte hören könnte ... „Jetzt nicht", beharrte sie.

„Es geht also doch um deine Hochzeit mit dem Bischof, nicht wahr?" drang Maria sanft weiter in sie.

Die ernste Besorgnis in dem engelhaften, runden Gesicht wahrzunehmen war ein großer Trost, aber als sie in die allwissenden Augen von Maria schaute, verließ Katie der Mut. Dieser Blick! „Wir sprechen heute abend darüber", war alles, was Katie sagen konnte. „Ich komme nach dem Abendessen zu euch."

Widerwillig stieg sie in den Wagen und lenkte das alternde Pferd zur Hickory Lane. Am Ende der lehmigen Auffahrt zum Stoltzfus-Hof, die jetzt mit tiefen, vereisten Furchen von Einspännerrädern, die sich in die verharschte Schneeschicht eingeschnitten hatten, überzogen war, bog sie nach rechts ab.

Während Melasse den Einspänner den Berg hinaufzog, meldete sich eine altbekannte Melodie in ihr. Sie versuchte, ihre grübelnden Gedanken abzulegen und die friedliche Landschaft auf sich wirken zu lassen.

Der Geruch nach Holzrauch hing in der Luft; über ihr zogen Krähen laut krächzend ihre Kreise. Ein Vogel sang ein kleines Lied und flog davon. Am Rand des bewaldeten Gebietes stand auf der anderen Seite der kaum befahrenen Straße ein einsames Reh, das sich nicht sicher war, ob es die Straße, die sich mitten durch die Amisch-Gemeinde zog, überqueren sollte. Das Gebiet war so von der Außenwelt abgeschnitten, daß nicht einmal die kleinste Markierung auf der Landkarte von Lancaster County die Existenz von Hickory

Hollow – dem Zuhause von zweihundertdreiundfünfzig Seelen – verriet.

Während das Pferd über die drei Kilometer lange Hauptstraße trabte, kam ein Hof nach dem anderen in Sicht. Der Gedanke, daß ein anderer Mensch sie so gut kannte wie anscheinend Maria, weckte gemischte Gefühle in ihr. Wäre Maria nicht die liebevollste und herzlichste Freundin gewesen, die man sich nur vorstellen konnte, hätte sich Katie gegen die Vorstellung, daß jemand ihr ins Herz schaute und fast noch eher als sie selbst wußte, was in ihr vorging, schlichtweg gewehrt.

Maria hatte die Situation genau richtig eingeschätzt und erspürt, daß es die Hochzeit war, die Katie Kopfzerbrechen bereitete. Vor fünf Jahren hatte sie es schon geahnt, daß Katie nie wieder einen Mann so lieben könnte, wie sie Daniel geliebt hatte. Damals schon, als sie noch kleine Mädchen waren, sagte sie, Katie sei das Lieblingskind ihrer Mutter. Ja, ob es ihr gefiel oder nicht, Maria irrte sich so gut wie nie.

Katie zitterte und schlug den Umhang enger um sich. War es wirklich möglich, daß ein Mensch einen anderen so gut kannte? Sollte eine Frau nicht eine Intimsphäre haben, einen geheimen Winkel in ihrem Herzen und Denken, zu dem niemand sonst Zutritt hatte?

Sie ließ die Zügel schnalzen und drängte Melasse, schneller zu laufen. *Vielleicht irrt Maria sich dieses Mal,* dachte sie. *Vielleicht hat sie doch nicht immer so furchtbar recht.*

* * *

Zu Hause stellte Rebekka fest, daß sie spät dran war. Der „Stepptag" würde bald beginnen, aber immer eins nach dem anderen. Sie hatte noch etwas Wichtiges zu erledigen, bevor sie aus dem Haus gehen konnte. Der Augenblick war günstig, da Katie noch nicht zurück war. Samuel und die Jungen waren fort, um Walnüsse und Hickorynüsse für die Hochzeit zu kaufen.

Eilig öffnete sie die Tür, die in den kalten Keller hinabführte. Hier lagerten achthundert Gläser Eingemachtes, die sie mit Frauen aus dem Gemeindebezirk eingeweckt hatte. Im Gegenzug hatte sie ihren Nachbarinnen beim Einmachen geholfen. Berge von Kartoffeln, Zwiebeln, Rüben und Bataten waren getrennt gelagert, mehr als genug bis zur nächsten Ernte. Reihen über Reihen von Einmachgläsern, die mit eingelegten Rüben, Mixed Pickles, Tomatensoße, Bohnensalat und köstlichen Marmeladen und Gelees gefüllt waren.

Aber es war nicht das Essen, das Rebekka jetzt in den kalten Keller führte. Essen war das allerletzte, was sie beschäftigte, als sie die schmalen Stufen hinabstieg. In ihrer Hand hielt sie ein Babykleid, das in ein feines Papier eingeschlagen war.

Das frühere Versteck des Kleides hatte ihr keine Ruhe gelassen. Gestern Nacht war sie, nachdem Samuel eingeschlafen war, auf den Dachboden geschlichen, hatte das Kleid und den hübschen Stoff, in dem es immer noch zu seinem Schutz eingewickelt war, auf dem Boden der Zedernkiste versteckt. Sie war so besorgt, daß jemand, irgend jemand es entdecken könnte, so daß sie, als Katie nach dem Frühstück unerwartet mit dem Einspänner davonfuhr, beschloß, diese Gelegenheit zu nutzen. Dieses Mal würde sie einen besseren, sichereren Ort für das Kleidchen finden.

Der Gedanke, das Kleid ins Feuer zu werfen, war ihr in den Sinn gekommen, aber als sie vor dem Holzofen stand, hielt sie doch etwas davon ab. Etwas, das beängstigend logisch – und absurd zugleich war. *Was ist, wenn mir eines Tages nichts anderes bleibt als dieses Kleid?*

Sie versuchte, den Gedanken von sich abzuschütteln, aber er erzeugte eine richtige Beklemmung um ihre Brust. Sie hatte das Gefühl, ihr müsse das Herz brechen.

Vorsichtig zog sie das Kleidchen aus dem Papier und begann schweigend zu beten. Dabei drückte sie den weichen Satinstoff an sich.

Oh, Herr, himmlischer Vater, verbirg dieses Kleid vor Augen, die deine unendlich große Gnade und Güte über unserem Leben zerstören könnten. Amen.

Sie betete in der Sprache der Amisch, einem abgewandelten Althochdeutsch. Rebekka sprach ihre Gebete nie so, wie sie sie „dachte". Der Herr verdiente immerhin Achtung und Ehrerbietung. Oh, sie hatte von anderen Leuten gehört, die meinten, es sei richtig, sich dem Gnadenthron so zu nähern, als plaudere man mit einem guten Freund. Aber allein diese Vorstellung kam für sie fast einer Gotteslästerung gleich!

Ganz hinten in dem großen Vorratskeller, hinter den Schränken mit dem eingemachten Obst und Gemüse erspähte Rebekka den schönen Eckschrank und das dazu passende Sideboard. Sie nahm eine Petroleumlampe, zündete sie an und ging auf die hübschen Möbelstücke zu, die Samuel vor fünf Jahren von Hand gezimmert hatte – in der Zeit, als Katie und Daniel so viel Zeit miteinander verbracht hatten. Der massive Kiefernschrank war in den dunklen Keller verbannt worden – für die bevorstehende Hochzeit war dieses Geschenk nicht notwendig, auch wenn davon die Rede war, daß der Bischof die Möbel seiner verstorbenen Frau versteigern wolle, um für Katies Sachen Platz zu schaffen. Diesen Gedanken verwarf er jedoch, als die neunjährige Nancy – die an den Sachen ihrer Mutter hing – gefleht hatte, die Möbel zu behalten, damit sie selbst sie einmal als Mitgift in ihre Ehe mitnehmen könne. Katies Eckschrank stand also vorerst im Keller auf Lager.

Vielleicht würde sich Elis Braut darüber freuen. Oder Benjamins. Beide Jungen trafen sich heimlich mit Mädchen. Davon war Rebekka überzeugt. Im November nächsten Jahres könnte ihnen eine Doppelhochzeit ins Haus stehen.

In diesem Jahr aber war Katie an der Reihe. Sie würde in Johannes' Haus ziehen, wo Möbel vorhanden waren; er hatte alles, was eine Familie benötigte. Eine typische Aussteuer wie ein Sideboard für die Küche oder einen Eckschrank für den Salon war nicht angebracht. Nicht einmal ein Tisch mit einem Einlegebrett.

Aber es *würde* eine Aussteuer geben, und Rebekka hatte etwas ganz Besonderes geplant. Zusätzlich zu der Brautsteppdecke und einigen umhäkelten Deckchen und Leinentüchern würde sie ihrer Tochter achtzehnhundert Dollar schenken.

Obwohl sie Samuel noch nichts von ihrer Idee gesagt hatte, war sie sicher, daß er einverstanden war. Das Geld, das in den letzten zweiundzwanzig Jahren auf der Bank Zinsen eingebracht hatte, war ein passendes Hochzeitsgeschenk. Rebekka erinnerte sich an die besonderen Umstände, unter denen sie zu dem Geld gekommen waren ...

* * *

Der Morgenhimmel hatte an jenem Tag nach Regen ausgesehen. Samuel saß auf einem der Rücksitze von Peter und Lydia Millers großem, modernen Auto und war mit seiner hochschwangeren Frau unterwegs in die Stadt, nach Lancaster. Die Fahrt verlief überraschend schnell – nur zwanzig Minuten – verglichen mit einer Fahrzeit von ungefähr zwei Stunden mit dem Einspänner, die sich bei dichtem Verkehr noch erhöhte.

Rebekka war dankbar, in einer solchen Situation mit dem Auto fahren zu können. Ihr Bauch wurde viel zu hart, und sie fürchtete, sie könnte vorzeitige Wehen bekommen. Sie hatte zwei aufeinanderfolgende Fehlgeburten hinter sich und war jetzt im achten Monat ihrer Schwangerschaft. Sie hatte nun schon mindestens einen ganzen Tag lang kein Leben mehr in ihrem Bauch gespürt und war vor Sorgen ganz krank.

Da sie mit achtzehn geheiratet hatte, war sie immer noch ziemlich jung. Zu jung – vierundzwanzig –, um erneut ein Kind zu verlieren. Vor dieser letzten Schwangerschaft hatte sie manchmal vor Sehnsucht und Trauer fast den Verstand verloren. Fast zwei Jahre waren vergangen, seit Benjamin, ihr Jüngster, so mühelos gekommen war, daß Mattie Beiler, die Hebamme, es gerade noch rechtzeitig geschafft hatte, ihn in Empfang zu nehmen. Aber jetzt gab es Probleme. Ernsthafte Probleme.

Kusine Lydia hatte versprochen, für eine sichere Entbindung zu beten. Ihr Mann, Peter, hielt den Wagen am Bordstein an und ließ sie vor dem Eingang zur Notaufnahme aussteigen. Aber sehr zu Lydias Bedauern hatte Rebekka darauf beharrt, diesen Gang allein anzutreten. Nicht einmal Rebekkas engste Verwandte wußte von ihren Ängsten und davon, daß das Baby aufgehört hatte, sich zu bewegen. An diesem Tag brauchte sie nur einen einzigen Menschen an ihrer Seite. Samuel.

Ein großgewachsener, junger Pfleger begrüßte sie an der Tür mit einem Rollstuhl. Samuel beantwortete die Fragen der Arzthelferin bei der Aufnahme, während Rebekka sehr ruhig dasaß und um ein Lebenszeichen, eine Bewegung in ihrem Bauch, statt dieser verzweifelten, schweigenden Schwere betete.

Sie unterdrückte mühsam die Tränen und dachte an ihre Kinder zu Hause – den aufgeweckten kleinen Benjamin, ein zweijähriges Kleinkind, das inzwischen sauber war; Eli, mit seinen drei Jahren schon ein eifriger, selbstsicherer Bursche. Ihr Ältester, Elam, ein kräftiger Fünfjähriger, half Samuel bereits beim Melken und Pflügen.

Aber sie wünschte sich noch mehr Kinder – ein kleines Mädchen … vielleicht sogar zwei oder drei. Samuel hatte immerhin seine Jungen als erstes bekommen – drei hintereinander – und Rebekka liebte sie von ganzem Herzen. Trotzdem fehlte ihr etwas. Eine Tochter, die am Herd ihrer Mutter lernen und ihr und Samuel eines Tages viele Enkelsöhne und -töchter gebären würde.

Das Baby war schnell geboren. Eine Totgeburt.

Rebekka wollte nach der Entbindung nicht über Nacht im Krankenhaus bleiben. Ihr Körper war kräftig, aber sie war zutiefst verletzt. Wie sollte sie ihrer Gemeinde – ihren Lieben und engen Freunden – mit leeren Armen gegenübertreten?

Seid fruchtbar und mehret euch, sagte Gottes Wort. Kinderlosigkeit war fast ein Fluch, und in der Amisch-Gemeinde war Unfruchtbarkeit eine, wenn auch nicht offen ausgesprochene, aber doch spürbare Schande.

Die Worte des Arztes waren vorsichtig, aber sie kamen schnell auf den Punkt. „Seien Sie dankbar für die Kinder, die Sie haben, Frau Lapp."

Die Kinder, die Sie haben ... Damit wollte er sagen, daß sie ihre einzigen Kinder bleiben sollten.

Die Schwestern waren nett, sogar mitfühlend. Einige wandten schnell ihre neugierigen Blicke von Rebekkas Haube ab und versuchten, sie nicht zu auffällig anzustarren. Die Neugier konnte sie ertragen. Aber nicht das Mitleid. In ihrem Inneren regte sich schon genug Selbstmitleid.

Samuel war so sanft gewesen, als er an ihrer Seite stand, nachdem das Schlimmste überstanden war. Er war für sie mit stark geblieben, während sie mit gebrochenem Herzen unter dem dünnen, weißen Laken lag.

Aber „in den Augen der Vorsehung" – wie Samuel später sagte – hatte sich die Traurigkeit dieser verzweifelten Stunden in einen Freudentag verwandelt. Alles schien zusammenzupassen. Es kam zur Begegnung mit einem jungen Mädchen und seiner Mutter.

Es fügte sich einfach alles zusammen, wie es hätte nicht besser sein können. Es lag eindeutig alles in Gottes Plan. Wer hätte schon damit rechnen können, daß so etwas Außergewöhnliches passieren würde – wenige Stunden, nachdem sie ihre eigene Tochter, ihr Fleisch und Blut, verloren hatten? Aber es geschah, und niemand – *niemand* – hatte je etwas davon erfahren.

Das Geld – fünfhundert Dollar in bar – war später als Überraschung dazugekommen. Aber es war die ganze Zeit da gewesen, in die Falten der Babydecke eingewickelt. Rebekka hatte es in einen cremefarbenen Briefumschlag mit eingeprägtem Briefkopf und den Worten „Bitte verwenden Sie das beiliegende Geld für das neue Leben meines Kindes" in einer hübschen, zierlichen Handschrift und mit der Unterschrift „Laura Mayfield" gefunden.

Da sie sich auf keinen Fall kaufen lassen wollten, hatte Samuel das Geld zuerst nicht behalten wollen. Aber es war bald vergessen, es wurde auf die Bank gelegt, damit es Zinsen brächte und für einen Notfall oder sonstige wichtige Dinge zur Verfügung stünde. Der winzige Säugling – ihre über alles geliebte Katie – wurde schnell zum Mittelpunkt ihres Lebens. Sie und nicht das Geld war es, was ihr Herz in kürzester Zeit erobert hatte. Für Rebekka war Katie genauso ein Teil ihres Körpers wie Elam, Eli und Benjamin. Sie hatte den Säugling bis ins Kleinkindalter gehegt und gepflegt, das Mädchen getröstet und in Krankheit und Gesundheit geliebt . . . genauso wie ihre eigenen Söhne. Katie war für sie ihr eigenes Fleisch und Blut. Irgendwie – vielleicht wegen der Art, wie das Kind zu ihnen gekommen war – sogar noch kostbarer.

* * *

Bei den Erinnerungen stiegen ihr Tränen in die Augen. Rebekka drehte sich um, hob die Laterne hoch und betrachtete eine Babywiege aus Kiefernholz, die hoch oben auf dem Eckschrank stand. In dem Wunsch, sie noch einmal zu betrachten, legte sie das kleine Kleid in ein Regalfach, stieg auf einen alten Wassereimer und streckte die Hand nach der Wiege aus. Als sie sie berührte, ertastete sie, vollkommen unerwartet, eine Vase aus Milchglas darin.

Rebekka lächelte bei der Erinnerung an die Blumen. Lydia Miller war an jenem Junitag nach Katies Ankunft in Hickory Hollow zu einem kurzen Besuch gekommen. Sie kam mit einem bunten Blumenstrauß aus ihrem Garten. Rebekka war überrascht gewesen und, um ehrlich zu sein, sogar ein wenig bestürzt, daß die leuchtenden Blüten von ihren Wurzeln abgeschnitten worden waren. Sie hier pflückten nie Gartenblumen; man glaubte, daß sie genau dort, wo Gott sie wachsen ließ, betrachtet und bewundert werden sollten. Aus diesem Grund hatte sich im Haus der Lapps auch keine Blumenvase gefunden.

Tage später hatte Rebekka, als die geschnittenen Blumen vertrocknet waren, die Vase hier im Keller verstaut. Und wieder Jahre später hatte sie sie in Katies Babywiege gelegt.

Die große Vase gab bestimmt ein hervorragendes, sicheres Versteck ab. Vorsichtig rollte Rebekka das Babykleid zusammen und steckte es in die leere Vase. Dabei fragte sie sich, was Kusine Lydia wohl davon halten würde, wenn sie erführe, wie ihr Geschenk benutzt wurde.

Rebekka verschwendete keinen einzigen Gedanken darauf, wie sie das Kleid je wieder aus der Vase herausholen wollte. Es genügte ihr, daß das Kleid jetzt sicher versteckt war.

5

Katie fuhr immer noch die Hickory Lane entlang. Das monotone Geräusch der Pferdehufe beruhigte sie allmählich. Hier auf offener Straße, wo nur Melasse sie hören konnte, gestand sie sich sogar das Vergnügen zu, ein Lied zu summen. Es war eine alte Melodie, vertraut und geliebt. Das letzte Lied, das sie und Dan gemeinsam verfaßt hatten. Im Gegensatz zu den anderen Liedern hatte es einen Text. Aber Katie konnte den Text nicht singen. Daniel – ihre große Liebe, ihr Leben – war fort. Im Atlantik ertrunken, und sie war allein zurückgeblieben.

Sie hatten dem Lied damals keinen Titel gegeben. In den letzten gemeinsamen Tagen in der warmen Sonne hatten sie stundenlang miteinander gelacht und gesungen – als ginge die Zeit ewig so weiter.

An einem dieser herrlichen Tage saßen sie zu zweit auf einem dicken Baumstamm, der in der Mitte des Weaver's Creek, mehrere Meilen von der Hickory Lane entfernt, ins Wasser hineinragte. Dort, in der strahlenden Frühlingssonne, war das Lied direkt aus ihrem Herzen gekommen, entstanden aus ihrer Liebe füreinander.

Katie stellte fest, daß sie viel zu laut summte, sie fühlte Trotz und auch Trauer, Trauer weil sie sich die letzten Jahre nicht richtig lebendig fühlte. Die Musik, die sie nicht leben durfte, gehörte dazu. Einsame Jahre, in denen sie versucht – und es nicht geschafft hatte –, ihrem Bedürfnis, zu singen, eine Stimme zu verleihen. Dans Gitarre blieb unangerührt liegen.

Und jetzt beharrte ihr Vater darauf, daß sie vor einem der Gemeindeältesten, Prediger Yoder, all das als Sünde bekennen sollte, was die Erinnerung an den geliebten Menschen in den Jahren seit Dans Tod am Leben erhalten hatte.

Allein der Gedanke daran kam ihr schon grotesk vor. Das Herrliche, das sie mit Dan verbunden hatte, vor anderen zu offenbaren. Das wäre nichts anderes als Verrat. Schlicht und ergreifend Verrat!

Sie hörte auf zu summen und dachte über die Möglichkeiten nach, die sie hatte. Wenn sie sich weigerte, in einem persönlichen Gespräch zu beichten, würde man eine öffentliche Beichte von ihr verlangen. Dann müßte sie nach dem nächsten Gottesdienst warten und inmitten der Versammlung, zu der nur Mitglieder zugelassen waren, sitzen bleiben. Schließlich müßte sie, unmittelbar vor dem gemeinsamen Essen, vor allen Anwesenden erklären, daß sie gesündigt habe.

Vielleicht, so überlegte sie, sollte sie, um vor Gott und der Kirche rein zu werden, bekennen, daß sie im Laufe der Jahre wiederholt gesündigt hatte – auch dann noch, als ihr Vater sie als Jugendliche auf dem Heuboden mit der Gitarre erwischt und ihr das Musikspielen streng verboten hatte. Aber sie war sich immer noch nicht sicher, ob sie ihre wiederholten Übertretungen beichten wollte. Es war schon schlimm genug: Auf dem Heimweg von einem Tag, der wegen ihr stattfand und bei dem die Frauen die Hochzeitsdecke für sie und den Bischof nähten, war sie bewußt ungehorsam und summte verbotene Lieder!

Katie seufzte. Ihr Atem hing in der frostigen Luft. Wie dem auch sei, man würde von ihr erwarten, daß sie sagte, sie kehre ihrer Verfehlung den Rücken zu, und daß sie das auch von ganzem Herzen so meinte. Aber sie würde auf keinen Fall Dan erwähnen. Es war nicht nötig, jemandem, der nicht mehr lebte, Schuld zuzuweisen. Soviel stand für sie fest.

Die Beichte, ob privat oder öffentlich, war allein ihre Sache. Sie mußte einen der Ältesten bitten, ihr zu vergeben, entweder allein oder vor der Mitgliederversammlung. Denn wenn sie nicht freiwillig beichtete, würde Papa geradewegs zu Bischof Johannes gehen und ihren Ungehorsam melden.

Am Tag ihrer Taufe hatte sie sich bereit erklärt, sich gegebenenfalls der Züchtigung durch die Gemeinde unterzuordnen. Dieses Ritual hatte sich in jahrhundertealter Praxis als gut erwiesen. So wurde es schon immer gehandhabt. Buße mußte eine öffentliche Angelegenheit sein. Wenn sie mit der Beichte zögerte, würde der Bischof, um sie zurückzugewinnen, mit einem anderen Zeugen zu ihr kommen – möglicherweise mit dem Prediger oder einem der Ältesten. Das Matthäusevangelium beschrieb sehr deutlich, wie man in solchen Fällen zu verfahren habe: „Nimm einen oder zwei zu dir, damit jede Sache durch den Mund von zwei oder drei Zeugen bestätigt werde."

Bei dem Gedanken, daß Johannes davon erführe, wurde ihr Gesicht vor Verlegenheit ganz warm. Sie wollte nicht, daß ihr künftiger Mann, ob er nun Bischof war oder nicht, in diese Sache hineingezogen würde. Sie müßte selbst die Entscheidung treffen, ihrer Neigung zur Musik abzusagen und sich von ihrer Gitarre trennen, die ganz hinten auf dem Heuboden versteckt war. Sie müßte alles aufgeben, das Verbindungsglied zwischen sich und Dan. Für immer.

Sie konnte ja den alten Bräuchen vertrauen. Wenn sie Buße tat, würde alles wieder in Ordnung kommen. Irgendwie – auch wenn ihr der Gedanke bitter aufstieß – müßte sie es tun. Wenn auch vielleicht aus keinem anderen Grund als um ihrer Zukunft bei ihrem Volk und um Bischof Johannes' und seiner lieben Kinder willen.

Sie lehnte sich auf dem harten Sitz zurück und seufzte. Wenn sie gewußt hätte, was sie zu Gott sagen sollte, hätte sie es jetzt gesagt – es direkt in die eisige Luft hinausgesprochen, so wie die mennonitischen Verwandten ihrer Mutter es oft bei Familienzusammenkünften taten. Auch wenn diese Zusammenkünfte nur selten waren und immer viel Zeit dazwischen lag, waren Peter und Lydia Miller die freundlichsten, nettesten Menschen der Welt. Und sie schienen sich wohl dabei zu fühlen, mit dem Herrn zu sprechen, ob beim Tischgebet oder auch zu jeder anderen Zeit. Auf dem Nachhauseweg von einem solchen Treffen war Papa immer sehr schnell dabei, ihr und ihren Brüdern klarzumachen, wie respektlos sich die Millers dem Allmächtigen gegenüber benahmen. Mama gab ihm darin jedes Mal voll und ganz recht.

Ein grauer Einspänner kam ihr jetzt entgegen und steuerte in die entgegengesetzte Richtung. Sie sah, daß es Mattie Beilers älteste Enkelin war. Sarah war wahrscheinlich auf dem Weg zu dem „Stepptag". Sie winkten einander lächelnd zu.

Katie fuhr schweigend weiter, als sie plötzlich ihren Namen rufen hörte. „Katie! Katie ... bist du das?"

Der kleine Jakob Beiler spielte mit einem Seil und einem Wagen am Straßenrand. Seine unschuldigen, tiefblauen Augen, die von weizenblonden Strähnen, die unter seinem schwarzen Hut hervorlugten, umrahmt waren, schauten erwartungsvoll zu ihr auf. Er lief los und blieb dann mitten auf der Straße stehen und winkte ihr, neben ihm stehenzubleiben.

* * *

Hier kommt meine neue Mama! dachte Jakob entzückt. *Ich kann es kaum erwarten, bis sie zu uns zieht und für immer unser ist. Hoffentlich kann sie gut kochen.*

Katie saß immer groß und aufrecht im Wagen und hielt die Zügel fast so gekonnt wie sein Papa. Und ihre Augen leuchteten. Aber sie war anders als alle anderen Amischfrauen. Das war unbestreitbar. Vielleicht lag es an ihren Haaren. Sie waren irgendwie rötlich ...

Jakob dachte einen Augenblick über diese auffällige Haarfarbe nach.

Katies Eltern hatten keine solchen Haare. Auch ihre Brüder waren Blondschöpfe – *genauso wie ich.*

Sie war wirklich hübsch und immer zu einem Scherz aufgelegt. Und sie summte Lieder. Er hatte sie summen hören, als sie die Straße heraufgekommen war – etwas, das er bei seiner eigenen Mama nie erlebt hatte. Aber andererseits war er ja noch ein Säugling gewesen, als sie starb. Trotzdem war er sicher, daß seine Mama außer im Gottesdienst niemals auch nur einen Ton gesungen hatte. Keine der anderen Frauen, die er kannte, summte oder sang Lieder. Katie war die erste. Er konnte es kaum erwarten, daß sie seine echte Mama wurde und für immer bei ihnen wohnte ...

Katie brachte Melasse zum Stehen. „Hallo, Jakob. Soll ich dich nach Hause fahren?"

Der Vierjährige hüpfte in den Wagen und zog dann sein langes Seil und seinen kleinen Wagen hinauf. „Ja. Papa wird sich schon fragen, was aus mir geworden ist." Er legte die Hände, die in warmen Fäustlingen steckten, gemütlich aufeinander.

Katie fragte sich, ob seine Mutter vor ihrem Tod die Fäustlinge gestrickt habe. Oder ob er sie von seinen größeren Geschwistern, denen sie nicht mehr paßten, bekommen habe. Bei vier älteren Geschwistern war wahrscheinlich das letztere der Fall.

Sie zog ihren schweren Mantel um ihre Beine, nahm die Zügel in die Hand und ließ sie laut schnalzen. „Für so einen kleinen Jungen wie dich ist es ganz schön kalt draußen, findest du nicht?"

„Nein. Papa sagt, ich sei härter im Nehmen als die meisten Jungen in meinem Alter." Seine Augen funkelten, während er das sagte.

„Wahrscheinlich hat er damit recht." Sie schaute liebevoll auf das kleine Energiebündel, das neben ihr saß.

„Papa muß ja recht haben." Ein Anflug gesunden Stolzes klang in seiner Stimme mit. „So macht Gott Bischöfe, weißt du?"

Katie lächelte. Sie fragte sich, wie es wäre, Johannes' jüngstes Kind jeden Tag über alles mögliche, was kleine Jungen beschäftigte, plappern zu hören. Gern würde sie seinem Plappern lauschen. Gern ... wäre da nicht ...

Jakob und seinen Geschwistern ihre ganze Liebe zu widmen bedeutete, daß sie neben ihrer Musik noch etwas anderes aufgeben müßte. Als sie letzte Woche mit Johannes nach Lancaster gefahren war, um das Aufgebot zu bestellen, hatte sie sich kaum zurückhalten können, die bunten Kleider, die die „englischen" Frauen trugen, zu bewundern. Könnte sie ihren hartnäckigen Wunsch aufgeben, sich immer wieder zu fragen, davon zu träumen, sich auszumalen, wie es wäre, wenn ...?

Wie es zum Beispiel wäre, wenn sie es eines Tages wagen würde, ein rosafarbenes oder gelbes Kleid anzuziehen, ihre Haare in Locken offen über ihren Rücken fallen zu lassen oder sie zu schönen Zöpfen zu flechten? Welche Gefühle sie dann wohl hätte? Aber würde es etwas daran ändern, wie sie sonst war?

Vor einigen Monaten hatte sie heimlich mit Maria über dieses Thema gesprochen. Ihre Freundin hatte gesagt, es sei nicht nur die schlichte Kleidung, die sie zu einer Amisch mache, es sei ihre ganze Existenz. „Unser Glaube ist wesentlich", hatte sie voll Überzeugung gesagt. „Uns wurde gelehrt, darauf bedacht zu sein, ‚zu wahren die Einigkeit im Geist durch das Band des Friedens.' Du weißt, was das bedeutet. Das muß ich dir nicht extra sagen."

Katie wußte es auch so. Ihre beste Freundin bezog sich damit natürlich auf die Einheit in der Kleidung, der Fortbewegungsmittel und des ganzen Lebensstils.

„Aber was ist mit den Engländern – was ist mit *ihnen*?" hatte Katie nicht lockergelassen.

Maria war an ihrer Uneinsichtigkeit schier verzweifelt. „Sie wissen nicht, was sie tun. Diese weltlichen, modernen Menschen verändern immer und immer wieder ihre Kleidung und auch sich selbst, bis sie überhaupt nicht mehr wissen, was hinten und vorne ist. Sie wissen nicht, wer sie sind!"

Katie hatte zugehört und war bei Marias Strenge innerlich zusammengezuckt. „Außerdem ist es jetzt viel zu spät für solche Fragen und Zweifel. Du hast einen Eid abgelegt, der für immer gültig ist." Sie hatte eine kurze Verschnaufpause gemacht und Katie mit einem unnachgiebigen Blick gemustert. „Besser leistet man den Eid nie ... als daß man ihn leistet und dann bricht."

Ungehorsam gegenüber der *Ordnung* zog schwerwiegende Konsequenzen nach sich, wie Katie sich sehr wohl bewußt war. Der *Bann* und die *Meidung* waren ein angsteinflößender Teil ihres Glaubens – der „Alten Ordnung, das Alt Gebrauch", wie sie es nannten.

Ohne Vorwarnung sprang Jakob plötzlich neben ihr von seinem Einspännersitz hoch. „Schau, dort ist Papa!" Er deutete auf ein großes, zweistöckiges, weißes Haus mit Schindeln.

Katie riß sich von ihren Gedanken los. Wieviel ihr von Jakobs kindlichem Geplapper entgangen war. Sie war so in Gedanken versunken, daß sie beinahe am Beiler-Hof vorbeigefahren wäre!

Ihre Schuldgefühle machten sie fast scheu, als sie Johannes' freudige Begrüßung von der Veranda, die um die gesamte Vorderseite des Hauses herumführte, erwiderte. „Guten Morgen, Katie!"

Katie lenkte Melasse in den Scheunenhof, wo er auf den gefrorenen Furchen, die des Bischofs Wagen in die Erde geschnitten hatten, stehenblieb. Nach dem Brauch der „Alten Ordnung" verdiente Johannes den Lebensunterhalt für seine Familie mit der Landwirtschaft und seiner Schmiede, während er gleichzeitig Gott und der Gemeinde als Bischof diente. An den Spuren im Schnee konnte sie ablesen, daß er an diesem Morgen bereits mehrere Lieferungen an Kunden getätigt hatte.

Katie ließ die Zügel locker auf ihrem Schoß liegen, während ihr Blick über die schneebedeckte Landschaft wanderte, die sich hinter der Straße erstreckte, – Johannes' Familienerbe von seinem verstorbenen Vater.

Es war ein friedliches, weit ausholendes Stück Land mit drei stattlichen Maulbeerbäumen, die den Vorhof zierten. Sie konnte sich die tiefroten Fleißigen Lieschen, die sich an warmen Tagen um den Stamm der Bäume legten, und an die üppigen Blumenbeete, die im Frühling und Sommer von Nancy, der ältesten Tochter des Bischofs, mit strahlenden Augen gepflegt wurden, gut vorstellen. Von einem unteren Zweig hing ein dickes, langes Seil, das die Kinder hängen gelassen hatten und an dessen Ende sich ein fester Doppelknoten befand.

Jakob wandte sich an Katie. Bei jedem Wort sah man seinen Atem in der kalten Luft. „Habe ich dich vorhin ... auf der Straße singen gehört?"

Seine unschuldige Frage bestürzte sie. „Singen?"

„Ja, als du die Straße heraufkamst ... dachte ich, ich höre jemanden singen."

Katies Puls ging schneller. Mit nur wenigen Schritten wäre Johannes jeden Augenblick an ihrer Seite. Sie wollte auf keinen Fall mit Jakob über ihre Lieder sprechen, während der Bischof auf sie zukam, um sie zu begrüßen.

„Oh, wahrscheinlich hast du mich höchstens ein bißchen summen gehört." Vielleicht würde der Junge sich damit zufriedengeben und nicht weiter in sie dringen.

Aber so schnell gab er nicht auf. „Ein Lied aus dem ‚*Ausbund*'?" fragte Jakob. „Ich singe in der Kirche auch gern. Ich mag ‚*Das Loblied*'."

Katie lächelte nervös. Hier saß ein Junge, der die Musik fast genauso sehr liebte wie sie. Sie hoffte nur, daß es ihm nicht aufgefallen war, wie unterschiedlich die Melodie von den Liedern in dem Gesangbuch aus dem sechzehnten Jahrhundert war.

Mit strahlenden Augen schaute Jakob zu ihr auf und bettelte: „Kommst du heute abend zum Essen? Dann können wir vielleicht ein paar Kirchenlieder singen."

„Nun ..." Sie zögerte und war unsicher, was sie ihm antworten sollte, da sein Vater sich noch nicht erklärt hatte.

„Oh, bitte, Katie! Ich helfe sogar beim Kochen."

Johannes trat auf sie zu und zog den Jungen an sich heran. In diesem Augenblick erschienen die älteren Kinder wie vier Orgelpfeifen am Fenster. Sie winkten ihr zu und lächelten sie freundlich an.

„Dann laden wir aber nicht nur Katie ein, sondern auch ihre ganze Familie." Johannes' offensichtliche Freude rührte sie an. Selbst in seinem schwarzen Arbeitsmantel und mit dem Filzhut bot der Bischof einen eindrucksvollen Anblick. Sein Vollbart zeigte allen, daß er Witwer war. „Da wir gerade von Einladungen sprechen: Meine Verwandten und Freunde sind alle von der Hochzeit benachrichtigt. Heute morgen habe ich die letzten eingeladen", fügte er mit zufriedener Miene hinzu.

„Mama und ich haben auch schon alle eingeladen", sagte Katie und war erleichtert, daß der erste unsichere Augenblick überstanden war. „Alle, bis auf unsere mennonitischen Verwandten, die Millers. Ihnen schicken wir wahrscheinlich eine Karte."

„Wenn ihr euch für das Hochzeitsessen Geschirr von uns ausleihen wollt, dann müßt ihr es mich nur wissen lassen." Er berührte ihre Hand. „Kommt ihr also heute zum Abendessen?"

Sie verbarg ihre Vorbehalte und zwang sich zu einem fröhlichen Lächeln. „Ja, wir kommen gern. Ich sage es Mama, sobald ich nach Hause komme."

„Gut. Wir freuen uns auf euch." Seine blaugrauen Augen schauten Katie mit einer Intensität und Sehnsucht an, die sie kaum zuvor erlebt hatte, und schon gar nicht in Johannes Beilers Augen. Er beugte sich vor und küßte sie auf die Wange.

Trotz der winterlichen Temperaturen wurde ihr Gesicht warm. Sie senkte schnell den Blick und schaute auf die Zügel auf ihrem Schoß. Das Begehren in seinen Augen weckte in ihr ein spürbares Unbehagen ... und machte ihr ihre eigene Weiblichkeit sehr stark bewußt. Sie hatte diesen Blick schon zwischen anderen Paaren gesehen, lang bevor sie alt genug gewesen war, um seine Bedeutung zu begreifen. Aber jetzt war er nicht mißzuverstehen. Ohne ein weiteres Wort fuhr sie die glatte, abfallende Straße hinab.

„Der Herr sei mit dir", rief Johannes ihr nach.

„Und auch mit dir", erwiderte sie und hoffte, die Röte würde bald von ihren Wangen weichen.

6

Rebekka war in der Küche und zog gerade ihre Stiefel an, als Katie nach Hause kam. „Ich bin schrecklich spät dran“, sagte sie aufgeregt, während sie eilig ihr Tuch um sich wickelte und ihren schwarzen Hut aufsetzte. „Wo warst du überhaupt so lange?“

„Oh, ich bin ein bißchen bei Maria gewesen.“

Rebekkas Lippen verzogen sich zu einem leichten Lächeln. „Bei Maria?“

Katie grinste. „Alle warten schon auf dich, Mama. Ella Mae, einige Kusinen ... wahrscheinlich sind es in der Zwischenzeit noch mehr geworden. Beeile dich lieber.“

„Ja, sie warten bestimmt schon.“

Mit einem Winken und der sanften Erinnerung, das Hochzeitskleid fertigzunähen, eilte Rebekka aus dem Haus.

Es mutete Katie komisch an, heute nicht am Steppen teilzunehmen. Stepptage waren im Winter beliebt, das wußte Katie. Wenn das Land ruhte, kamen die Frauen aus dem Distrikt oft in den Häusern zusammen, um gemeinsam ihre Näharbeiten zu erledigen, bis der Frühling die gute Erde wieder von ihrem Winterschlaf weckte.

Katie konnte das Plaudern und Lachen förmlich hören, als sie an das gemütliche Beisammensein und die Steppdecke dachte, die man bis zum Einbruch der Nacht bestimmt fertiggestellt hätte. Einige Frauen würden wahrscheinlich erwähnen, wie einsam der arme Bischof Johannes in den letzten Jahren, seit seine Frau in die Herrlichkeit einging, gewesen sei und wie *wunderbar und gut* es sei, daß Katie seinen Heiratsantrag angenommen hatte. Höchstwahrscheinlich würde auch ein bißchen getratscht werden, und bestimmt würden Mamas Geschichten zu hören sein.

Katie fragte sich, welche Geschichte es heute wohl wäre, und sie beeilte sich, ihren Nähkorb zu holen. Da die Hochzeit in wenigen Tagen stattfand, sollte sie lieber auf ihre Mama hören und das Kleid fertignähen. Sie sank in einen Schaukelstuhl und hatte den Saum schon halb genäht, als ihr die Einladung zum Abendessen einfiel. Sie hatte vergessen, ihrer Mutter davon zu erzählen.

Und sie hatte noch etwas vergessen: Mama würde sich bestimmt freuen zu hören, daß sie ihre Zweifel überwunden und beschlossen hatte, Johannes, wie geplant, zu heiraten, ob mit oder ohne Musik. Es war das Beste. Das *Richtige,* würde Maria sagen.

Trotzdem war da eine Unruhe, die sie einfach nicht von sich abschütteln konnte. Sie nahm das Kleid und ging durch die Küche in die große Wohnstube, in der sich an den Sonntagen, an denen die Reihe an den Lapps war, die Gemeinde zu ihrer Sonntagspredigt versammelte. Wenn sie keinen Witwer heiraten würde, könnte sie ihre Hochzeitsnacht hier in diesem Haus verbringen. Aber so wie die Sache stand, würde sie ihre erste Nacht als Johannes Beilers Frau in seinem Haus verbringen. Sie würde neben ihm in dem Bett schlafen, das er mit seiner ersten Frau geteilt hatte.

Katie verbannte alle Zweifel aus ihrem Denken und lief zu der Tür, die das Elternhaus mit einem kleineren Anbau verband – dem weißen Schindelhaus, das ihre Vorfahren vor vielen Jahren gebaut hatten. Da ihre Großeltern beide schon gestorben waren, stand das Großvaterhaus leer. Aber eines Tages, wenn ihr Vater zu alt war, um das Land noch länger zu bearbeiten, würde es das Zuhause ihrer Eltern werden. Dann würde Benjamin, der jüngste Sohn, das Haupthaus und achtzehn Hektar fruchtbares Ackerland erben, und der Familienbesitz würde an die nächste Generation weitergegeben.

Katie öffnete die Tür und ließ ihren Blick über das Wohnzimmer des Anbaus schweifen. Die spärlichen Möbel standen noch genauso da wie damals, als ihre Großeltern mütterlicherseits hier gewohnt hatten – zwei Schaukelstühle mit von Hand gepolsterten Sitzen, ein Kieferntisch mit herabklappbarem Brett am Fenster und ein großer Kiefernneckschrank. Bunte Teppiche lagen auf dem Boden, aber die Wände waren außer einem einsamen, längst verjährten Kalender leer.

Katie schloß die Tür hinter sich und betrat das Großvaterhaus. Sie schlenderte durch die ungeheizten Räume und wünschte sich, Opa David und Omi Essie lebten noch und könnten ihre Hochzeit mitfeiern. Sie stellte sich vor, wie die beiden an den fröhlichen Vorbereitungen für die Feier teilnahmen, wohl wissend, daß sie entzückt wären, auf einen Schlag Urgroßeltern von fünf kleinen Kindern zu werden.

Katie setzte sich auf einen Schaukelstuhl. Sie lehnte sich zurück und zitterte. Es war viel zu kalt, um hier sitzen zu bleiben, aber sie blieb trotzdem sitzen und rief sich ein Kindheitserlebnis mit ihrer Großmutter, Essie King – der Zwillingsschwester von Ella Mae Zook, der ‚*Weisen Frau*' – ins Gedächtnis.

Omi Essie hatte sie beim Summen einer Melodie ertappt, genauso wie heute der kleine Jakob Beiler. Es war eine selbst erfundene Melodie – es lag viele Jahre zurück; sie war damals noch ein Schulmädchen gewesen, das in die erste oder zweite Klasse ging. Die Erinnerung, die in ihrem Kopf hängengeblieben war, waren Omi Essies Worte: „Gott sei uns gnädig – so wie du ist kein anderes kleines Mädchen in unserer ganzen Gemeinde! Kein einziges."

Damals hatte es wie Schelte geklungen – so wie es über ihre von Falten zerfurchten Lippen gekommen war und ihr kindliches Herz tief getroffen hatte. Es hatte verurteilend geklungen. Katie war errötet und hatte sich geschämt.

Aber als sie jetzt an diesen Vorfall zurückdachte, war ihr fast, als habe Omi Essie mehr als nur einen Tadel damit aussprechen wollen. Ahnte ihre Großmutter ihren Hang zu Eigenwillen und Individualismus schon damals? So etwas wurde streng unterbunden; das wußte sie. Schon ab drei Jahren war die Erziehung eines Amisch-Kindes für jeden sichtbar. Das hieß, daß die Eltern dem Kind Zucht und vollkommene Einordnung in die Gemeinschaft und unter die Gemeindeleiter nachdrücklich beibrachten.

Sie hörte kurze Zeit später zufällig, wie ihre Großmutter bei einem *Stepptag* zu einigen anderen Frauen sprach. „Rebekka läßt dem Mädchen ein bißchen zuviel durchgehen, wenn ihr mich fragt. Aber andererseits ist Katie das einzige Mädchen – und so wie es aussieht, auch noch ihr letztes Kind."

Schweigend ging sie durch das Zimmer und betrachtete den altrosafarbenen Teppich hinter dem Sofa. Sie hob den gehäkelten Teppich hoch und ließ den rauhen Stoff durch ihre Hände gleiten.

„Omi Essie spürte, daß ich anders war", sagte Katie laut. „Und sie wußte, daß es nichts damit zu tun hat, daß Mama zu nachsichtig mit mir war. Omi merkte, daß in mir etwas ist ... etwas, das sich danach sehnt, der Musik freien Lauf zu lassen."

Ihre Omi hatte die Wahrheit irgendwie geahnt – die Wahrheit, daß die Musik ein Geschenk Gottes an Katie war. Gott, der Schöpfer aller Dinge, hatte sie dazu geschaffen, Musik zu machen.

Trotzdem verstand das kein anderer Mensch. Nicht einmal Maria Stoltzfus. Nur einer hatte das voll und ganz verstanden und hatte sie dennoch geliebt. Aber er lebte nicht mehr. Vielleicht lag das daran, daß Daniel Fischer denselben heimlichen Kampf ausgetragen hatte, der Sehnsucht nach Musik, die in ihm lebte, Raum zu geben. Während alle anderen um sie herum sich in der Gemeinschaft zu verlieren schienen – und sich nahtlos zusammenfügten wie die Stiche einer Steppdecke –, hatten sie und Daniel versucht, sich selbst zu *finden.*

Rückblickend fragte sich Katie, warum sie nicht stärker gewesen war und nicht wenigstens versucht hatte, die Gemeindeordnung zu befolgen. Aber nein, sie war auf Dans Vorschlag, ihre Lieder aufzuschreiben, bereitwillig eingegangen. Er hatte ihr beigebracht, wie sie den Violinschlüssel in die Notenlinien einzeichnen und die Gitarrengriffe mit Buchstabensymbolen versehen mußte.

Warum hatte sie nichts dagegen gesagt? War sie mit ihren siebzehn Jahren geistlich zu schwach gewesen, um ihn an das zu erinnern, was die Gemeinde von ihnen verlangte? Zu verliebt in den Jungen mit den blauen Augen?

Während sie allmählich zu zittern begann, hörte sie schwach Stimmen durch die Mauer dringen. Die Männer waren wieder zurück und wärmten sich am Ofen. Sie waren den ganzen Vormittag draußen gewesen und hatten Steine von den Feldern geräumt. Sie würden sich über einen Kaffee bestimmt freuen, bevor sie mit dem Einspänner zum Bauernmarkt fuhren.

Katie hoffte, ihr Vater habe den Prediger nicht schon für eine private Beichte ins Haus bestellt. Widerwillig öffnete sie die Tür, die aus Omi Essies früherem Zuhause auf den Hof führte. Dann betrat sie mit gemischten Gefühlen die Wohnstube des Haupthauses und ging in die warme, heimelige Küche auf der anderen Seite des Steinhauses.

* * *

„Das wird aber eine schöne Steppdecke!" rief Rebekka aus, während sie sich beeilte, ihren Platz an dem großen Rahmen im Stoltzfus-Haus einzunehmen. Sie zog den einzigen noch freien Stuhl heran und setzte sich mit einem hörbaren Seufzen. Sie holte erst einmal tief Luft, bevor sie die Nadel zur Hand nahm.

„Eine warme Steppdecke ist an solch kalten Tagen sehr angenehm, nicht wahr?" bemerkte Ella Mae flüsternd.

Rebekka warf ihrer zierlichen Tante einen fragenden Blick zu. In letzter Zeit dauerten die Kehlkopfentzündungen der alten Frau immer länger. Aber in ihrem Alter war es ein Wunder, daß sie überhaupt noch so gut zurechtkam – sie nahm an Stepp- und Teppichknüpftagen teil, pflegte ihren Kräutergarten, lud die Frauen gelegentlich zu einem Strudel ein und half sogar ihrer Tochter, Mattie Beiler, bei ihrer Arbeit als Hebamme. Die meisten Kinder in Hickory Hollow hatten mit Hilfe der erfahrenen Hebamme das Licht der Welt erblickt, wenn auch nicht alle jungen Frauen die schwatzhafte Mattie riefen, um sie ihr Baby „holen" zu lassen.

„Ist es nicht herrlich ... unsere Katie heiratet Bischof Beiler?" bemerkte Maria Stoltzfus in einem so begeisterten Ton, in dem nur eine beste Freundin sprechen kann. Sie band eine kunstvolle Stichreihe ab und schnitt den Faden ab.

„Der Bischof war jetzt wirklich lang ohne Frau – zu lang – und mußte seine ganzen Kinder allein aufziehen", warf Marias Mutter ein.

Rebekka nickte und dachte, daß sie bald eine ihrer Geschichten zum besten geben sollte. Sie hatte sie zwar alle schon erzählt – so oft, daß die Frauen sie fast auswendig kannten. Aber trotzdem baten sie sie immer wieder darum. Glaubten sie die Geschichten und ... daß sie vollkommen wahr waren?

Sie warf erneut einen Blick auf die liebe Ella Mae, die *Weise Frau.* Im Laufe der Jahre hatte sich die zierliche Frau ihres Vertrauens würdig erwiesen und ihr viele weise Ratschläge erteilt. Rebekka fiel auf, daß ihre dünnen, weißen Haare fast die gleiche Farbe hatten wie die Haube, die auf ihrem Kopf saß. Man konnte kaum sagen, wo die Haare aufhörten und die Haube begann. In dem Licht, das durch das Fenster fiel, sah sie fast wie ein Engel aus. Heute hatte sie aus irgendeinem Grund noch mehr Ähnlichkeit als sonst mit Rebekkas eigener Mutter. Rebekka hatte fast vergessen gehabt, wie sehr sich die Schwestern ähnlich sahen. Vielleicht war es die Art, wie der Sonnenschein durch die vorhanglosen Fenster fiel und das freundliche Gesicht mit den Grübchen und der hohen Stirn ihrer Tante beleuchtete. Vielleicht war es die Art, wie Ella Mae ihren achtzig Jahren trotzend, aufrecht auf ihrem Stuhl saß.

Rebekka hatte immer Interesse daran gezeigt, die typischen Gemeinsamkeiten im Aussehen von Familien zu suchen – besonders die Ähnlichkeiten zwischen Müttern und Töchtern, Schwestern und Brüdern. Sie hatte nicht die Absicht, Ella Mae anzustarren, tat es aber offensichtlich doch, denn die großen, haselnußbraunen Augen ihrer Tante schauten sie fragend an.

„Geht dir etwas im Kopf rum?" Die heisere Stimme riß Rebekka aus ihren Gedanken.

„Oh, nichts ... gar nichts. Du siehst nur so ... so hübsch heute aus." Rebekkas Worte überraschten sie selbst. Sie war normalerweise niemand, der anderen Leuten Komplimente machte. Das war ganz und gar nicht die Art der Amischleute.

Ella Mae schwieg. Sich für eine solche Bemerkung zu bedanken würde bedeuten, die Engländer zu imitieren.

„Ehrlich gesagt, siehst du heute fast wie ein Engel aus“, entfuhr es Rebekka. Im nächsten Augenblick errötete sie über das ganze Gesicht.

Zehn Köpfe fuhren bei der Erwähnung eines himmlischen Boten in die Höhe. Ella Mae kicherte spröde, sagte aber nichts.

Würden die anderen Rebekkas Gedanken lesen können, wüßten sie, daß sie sich nach einer Ähnlichkeit zwischen sich selbst und ihrer Tochter mit den rotbraunen Haaren sehnte – genauso wie die Verwandtschaft zwischen einigen anderen in diesem Zimmer unübersehbar war. Diese Familienähnlichkeiten waren wie die Fäden, die die Frauen in den Stoff von Katies Steppdecke zogen – sie führten zusammen, berührten einander ... und verbanden sie miteinander.

„Die Familie Samuel Lapp wird nächste Woche um sechs Leute größer“, wechselte Maria Stoltzfus das Thema.

„Das ist doch eine gute Sache, nicht wahr?“ In Ella Maes heiserer Stimme lag der Anflug eines Zweifels, als habe sie den Verdacht, etwas könne daran nicht gut sein.

„Ach, wir wissen alle, wie *verhudelt* Katie wird, wenn sie etwas wirklich Wichtiges tun soll“, warf Mattie Beiler ein, „aber mein Schwager, der Bischof, ist ein geduldiger, freundlicher Mann. Er ist bestimmt gut für sie.“

Daß Bischof Johannes als geduldiger Mann bezeichnet wurde, überraschte Rebekka nicht. Solange sie ihn nun schon kannte, fühlte sie sich in seiner Nähe wohl. Er arbeitete viele Stunden am Tag, führte seinen Hof gut und erledigte zusätzlich einen großen Teil der Schmiedearbeiten in und um Hickory Hollow. Und er hatte seine Kinder gut erzogen. Dabei halfen ihm Johannes junior – der den Spitznamen „Hickory-Johannes“ trug, damit man ihn von seinem Vater unterscheiden konnte – und Nancy, die älteste Tochter, die die jüngeren immer zur Furcht des Herrn ermahnten.

Aber was hatte Mattie gerade über Katie gesagt – daß sie manchmal *verhudelt* sei? „Meine Tochter ist nicht *verhudelt*“, widersprach Rebekka.

„Aber natürlich ist sie das, und das weißt du selbst auch ganz genau“, erwiderte Mattie.

Rebekkas Augen schossen feurig über den Stepprahmen. „Ich wäre dir dankbar, wenn du nicht so über meine Katie sprächest.“

Ein verächtlicher Blick, begleitet von einem leisen Knurren, war Matties Antwort. Die Kluft zwischen den zwei Frauen war tief und alt, genau zweiundzwanzig Jahre alt.

Rebekka glaubte zu wissen, was ihre Kusine dachte. Mattie meinte, sie sei am Tag von Katies Geburt böswillig übergangen worden. Statt die Hebamme aus dem Dorf zu holen, war Rebekka wegen der zu frühen Wehen ins Krankenhaus nach Lancaster gefahren. Sie hatte ihr Kind von einem *englischen* Arzt holen lassen.

„Katie und ich sind sehr bald Schwägerinnen", brachte Mattie mühsam über die Lippen. „Ich könnte nichts als Gutes über sie sagen."

Aber Rebekka wußte es in ihrem Herzen besser. Hier saß die Frau, die vor fünf Jahren ein großes Theater veranstaltet hatte, als ein Trauergottesdienst an Daniel Fischers Grab geplant war. Da sie keinen Leichnam gehabt hatten, der beerdigt werden konnte, hatte Mattie es durchgesetzt, daß kein Gottesdienst stattfand. Trotz Katies Weinen und Flehen waren Mattie und ihr Mann, David, zu den Fischers gegangen und hatten sie überredet, mit dem Bischof darüber zu sprechen.

„Einen leeren Sarg zu beerdigen, so etwas gab es ja noch nie", hatte David Beiler beharrt.

Katie war selbst zu den Fischers gegangen und hatte sie gebeten, eine einfache Feier für ihren Sohn zu halten. Eine stille Feier, vielleicht ein Gebet und ein gesprochenes Lied.

Früher oder später würde Rebekka ihrer Kusine wegen des Schmerzes, den sie Katie damals zugefügt hatte, vergeben müssen. Aber nicht jetzt. Sie spitzte die Lippen und richtete die Augen auf ihre Arbeit.

Es war gut, als Maria Stoltzfus wieder das Wort ergriff und Rebekka um eine Geschichte bat ... Und sie begann zu erzählen.

Die Frauen antworteten bald mit gewohnt unbeschwertem Lachen. Alle außer Mattie.

Rebekka fühlte die unausgesprochene Feindseligkeit und war heute vorsichtig und vermied es, die Kindheitseskapaden ihrer Söhne ... oder Katies Ankunft in Hickory Hollow zu erwähnen. Das wäre nicht weise, ganz und gar nicht weise. Nicht, wenn Mattie Beiler sich so benahm.

* * *

Katie war dankbar. Weder einer der Ältesten noch Prediger Yoder warteten auf sie, als sie aus dem Großvaterhaus kam.

Schnell brühte sie den Kaffee auf und wärmte für ihren Vater und die Brüder einige köstliche, saftige Geleetörtchen auf. Aber sobald er und die Jungen zum Bauernmarkt aufgebrochen waren, begab sich Katie geradewegs in Richtung Scheune. Mit wild pochendem Herzen und flatterndem Rock lief sie und kletterte die Leiter zum Heuboden hinauf.

Der Tag war nicht so beißend kalt wie die vorangegangenen. Keine einzige Wolke war am Himmel zu sehen, und die Sonnenstrahlen schienen durch die Dachsparren. Die ideale Zeit, um die Gitarre aus dem Versteck hervorzuholen. Sie fand sie unter dem alten Heu in der hintersten Ecke bei einer der Heutonnen.

Liebevoll wischte sie mit ihrem Wolltuch den Staub vom Gitarrenkoffer. Sie öffnete den Koffer, nahm das Instrument heraus und legte es unter ihren rechten Arm. Ohne zu zögern, griff sie die Seiten und begann zu zupfen. Das könnte für lange Zeit das letzte Mal sein – vielleicht sogar für immer.

Sie sang zuerst einige von Dans Liedern, dann ihre eigenen. Das Liebeslied, das sie miteinander verfaßt hatten, sparte sie sich für den Schluß auf. Es spielte im Grunde keine Rolle, wie oft sie jetzt vor der Beichte diese Lieder sang und damit sündigte. Sie spürte die alte Rebellion in sich aufsteigen, war bewußt ungehorsam und spielte noch einmal. Und noch einmal.

Beim Klang der Melodien wurden alte Erinnerungen wach ...

* * *

Die Sonne glitzerte auf dem Rücken des schlanken Pferdes, das ordentlich gestriegelt den nagelneuen offenen Einspänner die Straße zum Weaver's Creek hinabzog. Daniels Arm berührte Katie. Ein angenehmes Prickeln lief ihr dabei über den Rücken. Als er die Kurve zu schnell nahm, lehnte sie sich an ihn, um nicht aus dem Wagen geschleudert zu werden, und entlockte ihm damit ein Schmunzeln. Er legte den Arm um sie, hielt aber mit der rechten Hand die Zügel fest und wandte den Blick nicht von der Straße ab.

„Was auch passiert", sagte er, „vergiß nie, daß ich dich liebe, Katie."

Ihr Herz raste bei diesen Worten wie wild, und sie lauschte aufmerksam, welchen Widerhall sie auslösten. Noch nie hatte sie sich so glücklich gefühlt.

Eine Weile fuhren sie schweigend weiter. Dann brachte er das Pferd abrupt zum Stehen und drehte sich im hellen Tageslicht zu ihr und schaute ihr ins Gesicht. Sie bemerkte die Sehnsucht in seinen leuchtenden blauen Augen, das Zittern seiner Unterlippe.

„Du liebst mich doch auch, oder?" fragte er leise und hielt ihre beiden Hände fest.

Katie schaute sich unsicher um. „Vielleicht sollten wir lieber nicht ..."

„Ich will dich bei mir haben, Katie, für immer", flüsterte er ihr ins Ohr. Die Sorgen, daß jemand sie sehen könnte, verflogen im Nu.

Sie lehnte sich an seine Brust und flüsterte: „Ich habe dich schon als kleines Mädchen gemocht. Wußtest du das nicht?" Bei seinem leisen Lachen bewegte sich seine Brust. Sie entspannte sich in seinen Armen.

„Du bist *immer noch* ein kleines Mädchen."

Sie hielt ihn von sich weg und schaute ihm herausfordernd ins Gesicht. „Ich bin alt genug, um zum Singen zu gehen. Vergiß das nicht!"

Er sprang aus dem Wagen und lief um das Pferd herum, bis er an ihrer linken Seite stand. Dort bot er ihr zuerst seine Hand an, dann warf er jede Etikette über Bord und breitete die Arme weit aus. Ohne sich Gedanken zu machen – oder sich einen Deut darum zu kümmern, was passieren würde, wenn jemand beobachtete, wie sie so etwas Unziemliches taten, sprang Katie heraus und ließ sich von ihm auffangen und festhalten.

Er ließ sie lange nicht los. Schließlich nahm er ihr Gesicht in seine Hände und hob es hoch, bis sich ihre Blicke begegneten. „Du bist das schönste Wesen auf dieser ganzen weiten Erde. Ich möchte dich am liebsten gleich morgen heiraten."

Katie seufzte verstehend. „Ich werde schnell älter werden", meinte sie. „Du wirst schon sehen."

Sein Gesicht kam langsam näher. Wehmütig wanderte sein Blick zu ihren Lippen. „Oh, Katie, was auch geschehen mag ..."

Den Rest hörte sie nicht mehr. Dans Worte verstummten, als er sie ganz an sich heranzog. Seine Lippen berührten ihren Mund, zuerst ganz leicht und dann leidenschaftlich und wunderbar liebevoll.

Es kam ihr vor, als würde er nie wieder aufhören, sie zu küssen, und sie fragte sich, ob sie nicht diejenige sein sollte, die Einhalt gebieten müßte, denn alles um sie herum drehte sich, und ihre Knie waren nie zuvor so wackelig gewesen.

„Oh, meine Güte", murmelte sie schließlich, als sie sich von ihm zurückzog und zu ihm auflächelte.

Als Dan sie erneut an sich ziehen wollte, drehte sie sich absichtlich weg und betrachtete die alte überdachte Brücke, die vor ihnen lag. Einige nannten sie „Küßbrücke", aber das war nicht der Grund, warum sie hingehen wollte. Sie brauchte etwas Luft – ein wenig Abstand zwischen sich und Dan. „Vielleicht würde uns ein Spaziergang ganz gut tun“, schlug sie vor.

„Ja, gehen wir spazieren.“ Er band das Pferd an einen alten Baumstamm und reichte ihr die Hand. „Habe ich dich gerade verletzt?“ fragte er, während sie den alten Lehmweg hinabgingen.

„Nein ... nein“, sagte sie leise.

An der alten Brücke bogen sie ab und steuerten auf das Ufer des Weaver's Creek zu. „Halte dich gut an mir fest“, sagte er. „Ich werde dich nicht fallen lassen.“

„Ich weiß, daß du das nicht tust.“ Sie wollte von ganzem Herzen diesem jungen Mann mit dem beunruhigend guten Aussehen vertrauen, der wegen seines regen Geistes aus der Amisch-Gemeinschaft herausragte.

„Ich bin noch nie auf die Lippen geküßt worden“, gestand Katie, während sie barfüßig durch den Bach gingen. Sie bewegten sich Stein für Stein vorwärts und erreichten schließlich einen riesigen Felsen in der Mitte des strömenden Gewässers.

„Vielleicht ist es Zeit, daß du mich einholst ... mit dem Küssen, meine ich“, grinste Daniel.

„Du hast also schon öfter geküßt?“ Sie mußte es wissen, auch wenn sie sich fragte, ob es sich schickte, so etwas zu fragen.

„Nicht wirklich, nicht so wie ... gerade eben.“

„Ein Küßchen also?“

„Ein ganz kleines Küßchen ... auf die Wange.“

Wieder hörte sie ihm genau zu und betrachtete forschend sein Gesicht. Maria Stoltzfus sagte immer, wenn man einem Jungen ins Gesicht schaue, während er spreche, könne man sehen, ob er die Wahrheit sage.

Was meinte er damit? Ein Küßchen auf die Wange? Wen als seine Mutter oder Schwestern sollte er so küssen?

„Du mußt mir sagen, wen du geküßt hast“, sagte Katie und war über ihre eigene Kühnheit überrascht.

„Ich muß?“ Seine Augen zwinkerten sie an. „Du bist aber ganz schön neugierig!“

Dieses Necken störte sie nicht. Nicht, wenn es von Daniel kam. Er konnte fast alles zu ihr sagen, was er wollte, solange er ihr nur die Wahrheit sagte.

Sie saß auf dem Felsen und hatte ihren langen, grünen Rock über die Knie gewickelt und die Beine angezogen. „Ich warte ...“

Bei diesen Worten brach er in helles Gelächter aus. „Es war nur ein kleines Baby. Ich war zwei Jahre alt, und sie ... *du* warst erst so groß.“ Er zeigte ihr eine Länge mit den Händen.

„Ich? Du hast *mich* geküßt, als ich ein Baby war?“

„Ja, als meine Mutter dich zum ersten Mal besucht hat. Die mennonitische Kusine deiner Mutter war auch da. Sie brachte Blumen aus ihrem Garten in einer Vase mit.“

Katie warf den Kopf zurück und schreckte mit ihrem Lachen einen Vogel auf, der auf einem Zweig über dem Bach gesessen hatte. „Niemand erinnert sich an Dinge, die so lange zurückliegen. Wie kannst *du* das?“

„Vielleicht, weil Mama es so oft erzählt. Es war ein großer Tag – als du auf die Welt kamst, Katie. Deine Mama war unbeschreiblich glücklich, daß sie endlich ihre erste Tochter bekommen hatte.“ Er schwieg kurz und sprach dann wieder weiter. „Es kann auch sein, daß ich nur *glaube,* mich an diesen Tag zu erinnern –weil ich so oft davon gehört habe.“ Er warf einen Stock in den Bach, und sie schauten zu, wie er bachabwärts trieb und unter der Brücke verschwand.

Dan legte den Arm um ihre Hüfte. Schweigend saßen beide da. Jeder war in seine eigenen Gedanken vertieft. „Ganz winzig ... nagelneu warst du“, flüsterte er. „Sehr hübsch – schon damals.“

Sie drehte sich zu ihm und schaute ihn an. Im Glanz der Sonne, die sich auf dem Wasser widerspiegelte, strahlte sie richtig.

„Deine Mutter war gerade aus dem Krankenhaus zurückgekommen, und du lagst in deiner Wiege – ganz rosa und wunderhübsch.“ Ein Schmunzeln zog über sein Gesicht. „Wahrscheinlich konnte ich einfach nicht widerstehen.“

„Aus dem Krankenhaus?“ Katie war erstaunt. „Sagtest du *aus dem Krankenhaus?*“

„Ja.“

„Aber ich dachte, alle hier seien von der Hebamme – Mattie Beiler – auf die Welt gebracht worden.“

Dan zuckte die Achseln. „Manchmal, wenn es ein Problem gibt, gehen sogar wir zu englischen Ärzten.“

„Oh.“ Katie dachte über diesen Gedanken nach. Diese Erklärung hatte sie noch nie gehört. Sie würde später mit ihrer Mutter darüber sprechen. Aber im Augenblick hatte Dan anscheinend anderes im Sinn und begann mit dem Lied, das er schreiben wollte. Er zog ein Blatt Notenpapier aus seiner Jackentasche.

„Was ist das?“

Er erklärte ihr die Linien und die Freiräume dazwischen, und innerhalb von zwanzig Minuten hatten sie ein Liebeslied, ihr Liebeslied geschrieben. Es war, als stimmten sogar die Vögel in den Refrain mit ein und als trage der plätschernde Bach die Melodie bis zur Brücke ... und dann weiter ...

* * *

Katie konnte sich nicht mehr erinnern, wie oft sie an jenem Nachmittag das Lied gesungen hatten. Aber jedesmal hatte ihr Dan dabei tief in die Augen geschaut und ihr seine Liebe geschworen – es war nämlich so ein Lied.

An eines erinnerte sie sich jedoch ganz genau, obwohl ihr das an jenem bezaubernden Nachmittag vor fünf Jahren kein einziges Mal aufgefallen war. Sie erinnerte sich an seine Worte, seine seltsam prophetischen Worte. *Was auch geschehen mag ...*

Diesen Satz hatte er an jenem herrlichen Tag, an dem er ihr seine Liebe erklärte, mindestens zweimal gesagt. Was hatte er zu bedeuten?

In seinem Gesicht war keine Besorgnis gelegen, kein Hinweis darauf, daß er geahnt hätte, was bald auf ihn zukäme. Aber trotzdem stellte sich Katie rückblickend einige Fragen. Hatte er irgendwie geahnt, daß er sterben würde ... genau eine Woche später?

Einige Menschen konnten so etwas anscheinend mit einer Art innerer Vorahnung erspüren. Das hatte Ella Mae ihr erklärt. Und sie war sehr weise. Das war bekannt. In Hickory Hollow war fast jeder irgendwann einmal bei Ella Mae Zook gewesen und hatte ihr seine Probleme anvertraut.

Nach Dans Tod war auch Katie zu ihrer Großtante gegangen – nicht, um ihr etwas anzuvertrauen, sondern aus purer Verzweiflung. Damals hatte es sie überrascht, daß es so etwas gab. Aber rückblickend war es tröstlich zu wissen, daß ihr geliebter Daniel von seinem frühzeitigen Tod nicht vollkommen überrumpelt worden war.

Ihre Finger waren inzwischen ganz taub, so kalt war es. Sie legte die Gitarre wieder in den Koffer zurück. Langsam schloß sie den Deckel. Sie würde nie wieder spielen.

Nächsten Donnerstag würde sie Johannes Beilers Frau. So schwer es auch war, es war beschlossen.

7

Das Abendessen wurde in Johannes Beilers Haus pünktlich um siebzehn Uhr dreißig serviert. Der Bischof hielt einen strengen Zeitplan ein, und sein Haushalt funktionierte auf diese Weise recht gut.

Der Tisch war für elf Leute gedeckt. Nancy und ihre sechsjährige Schwester Susie trugen auf und stellten alles in die Nähe ihres Vaters.

Als Katie ihre Hilfe anbot, sprang Jakob von der Bank und hielt sie zurück. „Heute abend ist das noch unsere Aufgabe", sagte er. Damit wußte sie, daß die Kinder – ohne die gewohnte Hilfe der zwei hilfsbereiten Tanten – das Hühnchen und das selbstgebackene Brot, die Marmelade, die Makkaroni, die grünen Bohnen, den Mais und die Mixed Pickles, die Apfelsoße und das Bananennußbrot selbst zubereitet hatten.

„Habt ihr bei Noahs Verkauf heute irgend etwas Brauchbares gefunden?" fragte Johannes Samuel nach dem schweigenden Gebet.

„Oh, nicht viel. Nichts, das wir brauchen konnten."

„Wir sahen zwei schöne Schaukelstühle aus Nußbaumholz", mischte sich Hickory-Johannes ein. „Aber wir sagten, daß wir sie noch nicht gebrauchen könnten." Er warf Katie durch die langen Wimpern, die seine klaren, blauen Augen umrahmten, einen Blick von der Seite zu.

Katie fragte sich, ob er mit diesen Worten auf künftige kleine Geschwister anspielte, und merkte, wie ihre Wangen warm wurden. Er meinte wohl, die Schaukelstühle seiner Mama müßten genügen, falls es dazu käme, dachte sie und wünschte sich insgeheim fast, sie könnte ihre eigenen Möbel mit in dieses Haus bringen – zusammen mit ihrer Aussteuertruhe und der Wäsche. Doch im nächsten Augenblick meldeten sich Schuldgefühle bei ihr. Sie sollte nicht so undankbar sein. Sollte sie nicht froh sein, daß überhaupt jemand sie noch heiraten wollte?

Gedanken dieser Art beschäftigten in diesem Augenblick gewiß auch ihre Mutter, die am anderen Ende des Tisches saß: daß Katie kein Aufhebens machen sollte, weil sie ihre Aussteuermöbel nicht mit in die Ehe bringen konnte, daß sie um überhaupt nichts Aufhebens machen sollte. Sie seufzte und nahm eine weitere Scheibe köstlichen Bananenbrotes.

Zu ihrer großen Bestürzung bat Jakob Katie nach dem Essen: „Singst du uns jetzt bitte etwas vor?"

Einen atemlosen Augenblick lang hatte Katie das Gefühl, ihr Herz wolle aufhören zu schlagen.

Nancy bohrte mit einem Grinsen nach: „Jakob sagt, du hast eine sehr schöne Stimme, wenn du singst."

Alles wartete auf ihre Antwort. Ihr Vater starrte sie finster an. „Vielleicht könnten wir alle etwas zusammen singen", brachte sie mühsam über die Lippen. „Ich könnte ‚Welch ein Freund ist unser Jesus' anstimmen."

Ihr Vater runzelte die Stirn und schüttelte den Kopf. „Das ist zu schnell."

Sie war nicht überrascht, diese Meinung aus seinem Mund zu hören. Samuel Lapp zog die langsamen Melodien des *Ausbund* vor. Aber Katie war nicht darauf vorbereitet gewesen, den Ton anzugeben und heute abend die erste Silbe jeder Zeile dieser uralten Kirchenlieder zu singen, wie es der *Vorsänger* bei den Gottesdiensten in der versammelten Gemeinde tat.

Die Atmosphäre knisterte vor Spannung. Katie betete im stillen mit ungewohnter Leidenschaft: *Bitte, Herr, laß doch Jakob den Mund halten und nicht verraten, was er heute vormittag gehört hat. Laß nicht zu, daß Papa erzählt, daß ich mit meinen Liedern gesündigt habe* ... Vor allem aber hoffte sie, die anderen würden nicht bemerken, wie wild ihr Herz raste.

Bischof Johannes kam ihr zu Hilfe. „Oh, ich finde nicht, daß Katie uns jetzt im Gesang anleiten sollte." Bei dem leichten Tadel in seinem Tonfall ließ Jakob seine schmalen Schultern hängen, aber der Junge sagte nichts.

Alle fünf Kinder, einschließlich des achtjährigen, in sich gekehrten Levi, saßen aufrecht und regungslos wie Zaunpfosten Katie gegenüber auf der Bank – und sahen ein wenig enttäuscht aus.

Katie glaubte die Sache schon beendet, als Jakob anscheinend in einem Begeisterungsansturm von neuem begann. „Aber, Papa", beharrte er, „könnte sie nicht einfach das Lied singen, das ich sie heute auf der Straße summen gehört habe?"

Johannes' Augen wurden richtig weit, aber noch bevor er antworten konnte, griff Samuel ein. „Nein, Jakob, sie singt heute abend nicht – und dabei bleibt es."

Katie fühlte seinen strengen Blick auf sich.

Als Johannes seine Kinder vom Tisch verscheuchte, als wären sie eine Schar Hühner, nutzte Katie dankbar die Gelegenheit zur Flucht. Sie stand auf, um ihnen beim Geschirrabräumen und -spülen zu helfen. Ihre Gedanken waren jedoch nicht ganz bei der Sache. Würde ihr Vater dem Bischof gegenüber ihre Lieder, ihre bewußte Sünde erwähnen?

Sie war so beunruhigt, daß sie sich anstrengte, so vielwie möglich von dem Gespräch der Erwachsenen zu verstehen – sehr zu Jakobs und Susies Unmut, die versuchten, sie lebhaft zu unterhalten, während sie ellbogentief im Spülwasser vor der Spüle stand.

„Ich kann es kaum erwarten, daß du unsere Mama wirst", sagte der kleine Junge gerade.

„Ich auch nicht." Susies große blaue Augen strahlten sie an.

Nancy stand neben der Spüle und wartete darauf, die erste Tasse abzutrocknen. „Wir *alle* können es kaum erwarten", fügte sie mit ihrer leisen Stimme hinzu.

Über Katies Gesicht zog ein leichtes Lächeln. „Ihr müßt aber Geduld mit mir haben, ja? Ich war noch nie eine Mama."

Nancy kicherte. „Einverstanden, wir werden Geduld haben. Aber es wird bestimmt wunderbar schön, wenn du die ganze Zeit bei uns bist."

„Und wir können dir auch viel beibringen und dir zeigen, wie es ist, eine Mama zu sein", plapperte der kleine Jakob weiter.

Die armen Kleinen müssen sehr einsam sein, folgerte Katie. *Sie sind so begierig darauf, daß ihr Vater wieder heiratet.* Sie brauchten auch zweifellos eine Mutter. Jemanden, dem sie nach der Schule erzählen konnten, was sie bewegte. Jemanden, der den Mädchen beibrachte, wie man das reichliche Obst und Gemüse, das die Erde im Herbst hergab, einmachte und für den Winter einlegte. Jemanden, der ein Vorbild sein und die Überlieferungen der Amisch weitergeben konnte.

Nancy hatte noch sechs bis sieben Jahre, bis ihre „*Rumspring*"-Jahre begannen – die Zeit, in der den Jugendlichen der Amischgemeinde erlaubt wurde, sich anzusehen, wie das Leben in der Welt außerhalb ihrer Gemeinde war. In der *Rumspring*-Zeit konnten sie auch jeden zweiten Sonntagabend Jugendliche beim Singen treffen und müßten sich danach zwischen der Welt und der Gemeinde entscheiden.

Jakob dagegen hatte noch viel Zeit bis dahin, Zeit, in denen er zu Hause geliebt, umsorgt und geformt werden würde. Als Katie in seine unschuldigen blauen Augen schaute und seine fröhliche Kinderstimme hörte, empfand sie eine starke Zuneigung zu ihm. Dieses Kind hatte bereits einen festen Platz in ihrem Herzen erobert . . . das hatten eigentlich alle Beiler-Kinder.

Levi reichte Nancy mit einem nachdenklichen Blick das Geschirr.

Er ließ Katie nicht aus den Augen, als sie das Spülwasser ausleerte und die Arbeitsplatte abwischte. Welche Gedanken gingen in seinem Kopf um? Levi hatte während des ganzen Essens ruhig, schweigsam auf seinem Platz gesessen und kein einziges Mal gesprochen. Jetzt schien ihn etwas zu beschäftigen, etwas, das ihm auf dem Herzen lag, das er aber nicht über die Lippen brachte.

Katie beschloß, es ihm leichter zu machen. „Du bist schon ein großer Junge, fast genauso groß wie dein großer Bruder", sagte sie mit einem Lächeln.

Das Lächeln wurde nicht erwidert.

Während sie mühsam ein anderes Gesprächsthema suchte, mischte sich Nancy ein und half ihr aus der Klemme. „Levi redet nie sehr viel", erklärte sie.

„Was ich sagen muß, das sage ich auch."

Von den anderen Kindern kam bei der abrupten Erklärung ihres Bruders ein einstimmiges Kichern und Grinsen. Dann begann Jakob, an Katies Schürze zu zupfen und sie zu dem Schaukelstuhl neben dem Holzofen zu ziehen. „Spielst du etwas mit mir?"

Nancys Augen strahlten auf. „Au ja! Dame!"

Die anderen – Hickory-Johannes, Susie und Jakob – saßen mit überkreuzten Beinen auf dem Boden, der genau das gleiche Karomuster aufwies, den auch Rebekka Lapps Küchenboden hatte. Die meisten Küchen in Hickory Hollow sahen sich ähnlich – der gleiche schwarze Holzofen in der Mitte, die gleichen aus Messing schimmernden Arbeitsflächen, die gleichen karierten Linoleumböden. Eine Gaslampe hing über den langen Tischen, und ein großer Eckschrank bewahrte Bücher und verschiedene Kleinigkeiten auf. An der anderen Wand neben der Treppe, die in den Keller hinabführte, hing ein Bildkalender mit Landschaftsszenen. Einen anderen Wandschmuck gab es nicht.

Levi setzte sich neben den Bischof, der sich immer noch mit Katies Eltern unterhielt. Zweimal fing Katie einen Blick des Jungen auf, den er zu ihr und den Kindern herüberwarf. Sollte sie ihn auffordern, sich zu ihnen zu gesellen?

Unsicher, wie sie es anpacken sollte, spielte Katie weiter. Einen Augenblick lang wünschte sie sich, Maria wäre hier. Sie wüßte bestimmt, was zu tun sei, um einen Jungen wie Levi für sich zu gewinnen.

„Ich habe eine Dame!" rief Jakob, dessen schwarze Figur sich an Katies roten Figuren vorbeigemogelt hatte.

„Schon?“ sagte sie und wurde sich plötzlich bewußt, daß das Kind besser aufgepaßt hatte als sie.

Als es eine Stunde später Zeit zum Aufbruch war, umarmte jedes der Kinder Katie. Alle außer Levi, der neben dem Bischof stand und niemanden zu dicht an sich herankommen ließ.

„Wir sehen uns bestimmt bald wieder“, sagte Katie und sprach Levi bewußt persönlich an.

Der Junge schaute sie mit ausdruckslosen Augen direkt an. Irgend etwas beunruhigte ihn anscheinend. Was hatte er nur?

Auf dem Heimweg kauerte sich Katie zerknirscht zusammen, als Samuel das Gespräch auf die Musik brachte und auf die Tatsache, daß der kleine Jakob sie summen gehört hatte. „Hast du deine Lieder auf offener Straße gesungen, wo die ganze Welt es hören konnte?“ wollte er wissen.

„Ja, Papa ... das habe ich“, erklang Katies unterwürfige Stimme von ihrem Sitz hinter ihren Eltern.

„Damit gibst du dem kleinen Jungen und seinen Geschwistern aber kein gutes Beispiel, oder?“

Darauf konnte sie ihm keine Antwort geben. So mußte sich bestimmt Levi Beiler heute abend gefühlt haben. In die Enge getrieben und ohne jede Fluchtmöglichkeit.

Sie konnte hören, wie ihr Vater etwas brummte, dann platzte es wütend aus ihm heraus: „Es gibt nicht mehr viele Menschen, die so leben, wie es der Herr, unser Gott, von Anfang an bestimmt hatte.“

Ein unbehagliches Schweigen folgte. Katie fühlte den starken Druck, dem sie ausgesetzt war. Sie hatte herzlich wenig Zeit, sich zu entschuldigen.

Als sie nicht sofort antwortete, fuhr Samuel fort. „Mir bleibt keine andere Wahl, Katie. Ich werde morgen gleich in aller Frühe mit Bischof Johannes sprechen.“

„Aber, Papa, ich ...“

„Spare dir deine Ausreden. Es ist zu spät“, sagte er mit hörbarer Endgültigkeit in der Stimme. In diesem grauenhaft monotonen Tonfall, den die Stimme ihres Vater bei feierlichen Gelegenheiten annahm, begann er, die Stelle aus der Heiligen Schrift über „das bittere und das süße Wasser“ zu zitieren. Eli und Benjamin saßen mit ernsten Gesichtern links und rechts neben ihr und hörten teilnahmslos zu.

Zu sagen, daß es ihr leid tue, war eine Lüge. Katie wünschte sich, sie könnte um Vergebung bitten und das auch ernst meinen, aber wie konnte sie das? Die Lieder, die sie heute gesungen und gespielt hatte, hatten das Ende ihrer unbeschwerten Jugend bedeutet. Sie hatte ihre Erinnerungen an Daniel Fischer gefeiert. Heute auf der Straße und später in der Scheune hatte sie ein letztes Mal die herrlichen Tage, die sie mit dem geliebten Menschen verbracht hatte, lebendig werden lassen. Als die Lieder zu Ende gesungen und die Gitarre weggepackt war, hatte sie beschlossen, der Musik ein für allemal den Rücken zu kehren. Trotzdem war sie sich bei alledem bewußt, daß sie ihrem Vater gegenüber ungehorsam war. Sie hatte willentlich ein letztes Mal gesungen.

„Es würde dem Herrn mißfallen, wenn ich das Prediger Yoder oder Bischof Johannes nicht melde." Die berechtigte Entrüstung ihres Vaters war zu der kalten und feuchten Dunkelheit so schwer und niederdrückend, daß Katie das Gefühl hatte, sie müsse darunter ersticken.

Rebekka weinte auf dem vorderen Sitz, während das Pferd den Wagen über die Hickory Lane zu dem alten Sandsteinhaus zog. Katie brauchte das Gesicht ihres Vaters nicht zu sehen, um zu wissen, was er fühlen mußte. So streng und fromm ihr Vater auch war, war er gleichzeitig zwischen der festen Entschlossenheit, Gottes Willen zu tun, und dem Wunsch, der Zukunft seiner einzigen Tochter nichts in den Weg zu legen, hin- und hergerissen.

* * *

Johannes Beiler las seinen Kindern ein Abendgebet aus dem Standardgebetbuch, der *Christenpflicht*, vor, bevor er in sein Schlafzimmer hinaufstieg. Es war ein langer Tag gewesen, aber vor ihm lag eine noch längere Nacht.

Wie bezaubernd Katie ist, dachte er, während er unter seine Decken schlüpfte. *So freundlich und fröhlich ... Kein Wunder, daß meine Kinder sie bereits ins Herz geschlossen haben.*

Er selbst bewunderte Katie Lapp schon seit dem Tag, an dem ihm bewußt geworden war, daß sie zu einer jungen Frau herangewachsen war. Seit dem Tag, an dem sie in Prediger Yoders Scheune vor allen Leuten vor ihm niederkniete. Als Bischof war es seine Pflicht, das Ritual durchzuführen und das Taufwasser aus dem Becher über ihren Kopf und ihr Gesicht zu gießen. Aber das seidige Gefühl ihrer rotbraunen Haare unter seinen Fingern hatte ihm die Augen für die Schönheit dieser jungen Frau erst richtig geöffnet.

Zu warten, bis Katie im heiratsfähigen Alter war, war für einen

Mann, dessen Kinder eine Mutter brauchten und dessen Bett schon lange leer stand, nicht leicht gewesen. Über drei Jahre hatte er gewartet. Und bald, sehr bald würde sie ihm gehören.

Er gähnte und streckte sich, dann entspannte er seinen müden Körper und wartete sehnsüchtig auf ihre erste gemeinsame Nacht, in der er seine neue Braut in die Arme nehmen würde – sie zärtlich festhalten und ihr seine Liebe zeigen würde. Natürlich war die Schönheit einer Frau nicht der Hauptgesichtspunkt, wenn man eine Ehe einging, aber wenn eine Frau so hübsch war wie Katie Lapp, war der Anreiz doch größer. Trotzdem war es weitaus wichtiger, daß Katie als seine Frau gute Beziehungen zu den Leuten in der Gemeinde pflegte. Gemeinsam würden sie ihr Eheleben angehen und die Pflichten, die ein Leben als Bischof mit sich brachten, erfüllen.

Er gähnte wieder und döste schon fast ein, als er die Bodendielen knarren hörte. Er hörte, daß jemand vor der Tür stand. Welches seiner Kinder war aus seinem Bett aufgestanden?

„Papa", flüsterte sein zweiter Sohn. „Bist du noch wach?"

Johannes setzte sich auf. „Komm herein, Levi."

Levi trat mit einer Öllampe auf das Bett zu.

Johannes sah den zögernden Blick in den Augen seines Sohnes. „Was ist? Kannst du nicht schlafen?"

„Ich muß dir etwas erzählen, Papa", sagte Levi leise. „Etwas, das mir einfach nicht aus dem Kopf geht."

„Was geht dir denn nicht aus dem Kopf?"

„Heute kam nach der Schule jemand ... eine Fremde ... auf unser Haus zu."

„Sprich weiter."

„Eine Frau kam die Veranda vor dem Haus herauf – eine Engländerin. Ich ging zur Tür ... da konnte ich ihr ins Gesicht sehen." Seine schläfrigen Augen wurden beim Erzählen ganz groß. „Sie fragte nach dem Weg, denn sie hatte sich anscheinend verfahren."

„Ich hoffe, du hast ihr geholfen."

Levi nickte. „Ich versuchte, ihr zu erklären, wie sie wieder zur Hauptstraße zurückkommt. Sie wirkte irgendwie durcheinander, sagte, sie habe gesucht und gesucht, aber nirgends auf der Landkarte Hickory Hollow finden können."

Johannes schmunzelte. „Hickory Hollow war nie für Außenstehende bestimmt. Was wollte sie denn hier draußen?"

Levi sprach ernst weiter. „Sie sagte, sie versuche, hier eine Freundin zu finden, eine Frau Anfang Zwanzig. sie wußte aber ihren Namen nicht."

Johannes wurde daraus genausowenig schlau wie sein Sohn. „Sehr seltsam ... eine Engländerin hier draußen. Und sie hat auf der Landkarte Hickory Hollow gesucht, sagst du?“ Er schaute den Jungen mit forschend zusammengekniffenen Augen an. „Warum geht dir diese Sache denn nicht aus dem Kopf?“

Levi zuckte mit den Achseln. „Es ist vielleicht nur Neugier, schätze ich.“

„Warum denn das?“

„Weil sie Haare hatte, wie ich sie nie zuvor gesehen habe ... außer bei Katie.“

Johannes unterdrückte ein Grinsen. Sein scheuer Sohn sollte nicht glauben, er verspotte ihn. „Viele Leute haben rote Haare.“

„Aber nicht hier bei uns.“

Der Junge war todernst, und da Levi nur selten etwas sagte, wußte Johannes, daß ihn diese Angelegenheit wirklich beschäftigte. „Geh jetzt lieber wieder ins Bett. Morgen können wir weiter darüber sprechen, ja?“

„Ja ... gute Nacht, Papa.“

„Gute Nacht, mein Sohn.“

Als der Junge fort war, griff Johannes nach der Decke und zog sie bis unter seinen buschigen Bart hoch. Er dachte über das Gesagte nach. Es war wirklich seltsam. Warum sagte eine Engländerin, sie suche eine Freundin hier bei ihnen, und verirrte sich trotzdem? Das klang nach einem Widerspruch.

Je mehr er darüber nachdachte, um so mehr kam Johannes zu dem Schluß, daß die Frau wahrscheinlich doch die Wahrheit gesagt hatte. Vielleicht hatte die Fremde sich einfach auf der langen Hauptstraße verfahren. Aber trotzdem ließ Johannes diese Frage nicht los. Er drehte sich in seinem Bett um und versuchte zu schlafen. Aber in dieser Nacht schlief er nicht besonders gut.

* * *

In einem der anderen Beilerhäuser saß Ella Mae schweigend am Tisch, während ihr Schwiegersohn aus der alten Lutherbibel in ihrer Mundart vorlas. Eine bekannte Stelle, Kapitel zwanzig aus dem zweiten Buch Mose – das erste der Zehn Gebote: „‚Du sollst keine anderen Götter haben neben mir,‘“ las David Beiler. „‚Du sollst dir kein Bildnis noch irgendein Gleichnis machen, weder von dem, was oben im Himmel, noch von dem, was unten auf Erden, noch von dem, was im Wasser und unter der Erde ist: Bete sie nicht an und diene ihnen nicht! Denn ich, der Herr, dein Gott, bin ein eifernder Gott, der die Missetat der Väter heimsucht bis ins dritte und vierte Glied an den Kindern derer, die mich hassen, aber Barmherzigkeit erweist an vielen Tausenden, die mich lieben und meine Gebote halten.'"

Ella Mae faltete ihre von Arthritis gezeichneten Hände zu dem Gebet in ihrer deutschen Mundart, aber noch lange danach drehten sich ihre Gedanken um Rebekka Lapp und die sonderbare Art, wie sie sich heute bei dem Steppen benommen hatte. Rebekka hatte sie angestarrt und dann auch noch gesagt, sie sei „hübsch" und sehe „fast wie ein Engel" aus. So ein Unsinn! Danach sah Rebekka sie mit sorgenvollen Augen an. Mit auffällig sorgenvollen Augen.

Da stimmte etwas nicht! Ella Mae kannte ihre Nichte in- und auswendig – fast genauso gut wie eine Frau ihr eigenes Kind kannte. Zu den Kindern der eigenen Zwillingsschwester hatte man eine engere Beziehung. Davon war sie felsenfest überzeugt. Rebekka Lapp sah ihr fast genauso ähnlich wie ihre Tochter Mattie ihr selbst.

Die alte Frau seufzte. Was war nur in Rebekka gefahren? Ihre Gedanken gingen in die Ferne. Und wie kam es nur, daß Rebekkas Tochter, die junge Katie, keins der typischen Familienmerkmale geerbt hatte? Die glatten, aschblonden Haare oder die haselnußbraunen Augen? Oder die hohe Stirn und die tiefen Grübchen?

Ella Mae war nie jemand gewesen, der sich über Kleinigkeiten den Kopf zerbrochen hatte. Sie war die vernünftige Frau, zu der die Leute mit ihren Sorgen kamen – nicht umgekehrt. Trotzdem fand sie es recht sonderbar, wie Katies rötliche Haare einfach aus dem Nichts aufgetaucht waren. Nicht einmal bis zu Ururgroßmutter Yoder zurück hatte es einen einzigen mit roten Haaren in der Familie gegeben. Das wußte Ella Mae mit Bestimmtheit. Auch wenn man keine Fotos hatte, um das zu belegen, gaben die Leute von Hickory Hollow die Beschreibungen ihrer Vorfahren treu weiter und wußten, wie sie ausgesehen hatten.

Nicht nur das, sie hatte sogar Samuels Familienstammbaum mehrere Generationen weit zurückverfolgt – bis zu dem Mann, der eines der schönsten Sandsteinhäuser in ganz Lancaster County gebaut hatte. Samuel Lapps Vorfahr, Josef Lapp.

Später, als die Familie schon zu Bett gegangen war, schloß Ella Mae die Tür zwischen Matties und Davids großem Bauernhaus und ihrem kleinen angebauten Großvaterhaus. Sie saß in ihrer kleinen Wohnstube in ihrem Schaukelstuhl und dachte über die Vorkommnisse dieses Tages nach, dann blies sie die einzige Laterne im Raum aus.

Wie lang sie in der Dunkelheit gesessen hatte, wußte sie nicht. Aber ungefähr zu der Zeit, als der Mond durch die weit ausholenden Zweige der alten Ulme auf der Ostseite des Hauses den Himmel erklomm – ungefähr in dieser Stunde –, hörte sie das Geräusch eines Automotors vor dem Haus. Sie drehte sich um und spähte durch das Fenster, an dem keine Vorhänge hingen. Auf der Fensterscheibe hatten sich ein paar Eisblumen gebildet, aber sie war trotzdem frei genug, um den Blick auf einen langen, schwarzen Wagen freizugeben, der die Hickory Lane entlangkroch. Je näher das Auto kam, um so besser konnte sie die vordere Stoßstange und die mit Chrom besetzten Türen sehen.

Sekunden später kam die elegante *Limousine,* wie sie sich erinnerte, unweit von ihrem Fenster leise zum Stehen. Das einsame Hoflicht warf einen unheimlichen Schein über das stromlinienförmige Fahrgestell.

Ella Mae stand auf und trat ans Wohnzimmerfenster, um den ungewöhnlichen Anblick eingehender zu betrachten. Dann glitt plötzlich das Fenster auf der Beifahrerseite nach unten. Das Gesicht einer Frau starrte in die halbdunkle Nacht hinaus. Hätte nicht der Vollmond am Himmel gestanden, dann wäre es Ella Mae vielleicht entgangen, daß der weiße Pelzhut vom Gesicht der Frau rutschte und ihr volles Haar zum Vorschein brachte. Es war von einem so leuchtenden Rot, daß sie augenblicklich an ihre Nichte Katie denken mußte.

„Meine Güte", flüsterte sie in die Dunkelheit hinein, „wer ist denn *das*?"

Sie ging näher ans Fenster, da sie wußte, daß sie von der Straße aus nicht gesehen werden konnte. Wenige Augenblicke später ging im Inneren des Autos ein Licht an. Ein Mann, der ganz in Schwarz gekleidet war und eine Schildmütze auf dem Kopf trug, faltete ein großes Papier auseinander. Die Frau und ihr Fahrer beugten sich darüber und studierten eine Landkarte.

„Seltsam", sagte sie zu sich selbst, „wenn man sich vorstellt, daß sich jemand in einer Winternacht wie heute verirrt." Wenn sie nicht ihr Alter so schmerzlich in ihren Knochen gespürt hätte – bei dem kalten Wetter kein Wunder –, hätte sie sich wahrscheinlich in ihr wärmstes Tuch gewickelt und ihre Schneestiefel angezogen und wäre hinausgestapft, um den Fremden zu helfen. Da sie jedoch nicht das Risiko eingehen wollte, auf dem Eis auszurutschen, wartete sie und beobachtete das ungewohnte Bild von ihrem Fenster aus.

Bald rollte der Wagen wieder die Straße hinab, und Ella Mae wandte sich vom Fenster ab und ging zu Bett.

* * *

In Benjamin Lapps offenem Einspänner lagen zwei große Taschenlampen. Katie sah sie und nahm eine davon mit. An Satin Boys Stall blieb sie kurz stehen und flüsterte ihm zu: „Ich bleibe nicht lange fort." Dann spannte sie geräuschlos Melasse vor die Familienkutsche. Ihre Eltern waren inzwischen bestimmt eingeschlafen – ebenso Eli und Benjamin.

Der Wind war kalt und beißend, während sie auf den Stoltzfus-Hof zufuhr. Sobald sie dort war, leuchtete sie mit der kraftvollen Taschenlampe zu Marias Schlafzimmerfenster hinauf und grinste leise. Ihre Freundin würde wahrscheinlich glauben, ein junger Mann stehe draußen und wolle um ihre Hand anhalten. So war es in Hickory Hollow nämlich üblich! Der Junge wartete, bis er sicher war – oder wenigstens hoffte –, daß die Eltern des Mädchens tief und fest schliefen. Dann stellte er seinen offenen Einspänner draußen an der Straße ab, schlich auf Zehenspitzen zum Haus und leuchtete mit der Taschenlampe zum Schlafzimmerfenster seiner Liebsten hinauf, bis sie aufmachte und ihm sagte, daß sie zu ihm nach unten komme.

Das Fenster ging auf, und Maria spähte hinaus. „Ich habe nicht mehr geglaubt, daß du heute noch kommst, und bin ins Bett gegangen", entschuldigte sie sich. „Aber komm herauf. Die Tür ist nicht zugeschlossen."

„Du hast bestimmt gedacht, das sei *deine* Nacht?" neckte Katie sie, als Maria ihre Zimmertür hinter ihnen schloß. Maria trug ein langes, weißes Nachthemd, ihre Haare hingen ihr bis über die Hüften. „Als ich die Taschenlampe sah, fuhr ich im Bett hoch und sagte zu mir: ‚Oh Gott, er ist gekommen!'" gestand Maria mit einem leichten Lachen. „Aber eines Tages wird es so sein. Das kann nicht mehr lang dauern."

Katie wußte, daß sie entweder an Prediger Yoders mittleren Sohn, Jake, oder an einen von Marias eigenen entfernten Vettern, Hühner-Josef, dachte, der seinem Vater half, eine Hühnerfarm zu bewirtschaften. „Bist du sicher, daß deine Eltern schlafen?" fragte Katie, während sie ihren Mantel auszog, den schwarzen Hut abnahm und sich auf Marias Bettkante setzte.

„Ja ... hör doch. Du kannst Papa schnarchen hören!"

Katie lehnte ihr Ohr an die Wand. Abe Stoltzfus sägte mehr als einen Baumstamm, und bei dieser lauten Geräuschkulisse im Schlafzimmer konnte Marias Mutter unmöglich hören, was Katie Maria zu erzählen hatte. „Als ich heute morgen hier war – vor dem Steppen –, dachtest du, ich würde einen Rückzieher machen und Johannes Beiler nicht heiraten. Erinnerst du dich?" begann sie. „Nun, seitdem ist alles noch viel schlimmer geworden."

Maria runzelte die Stirn und beugte sich vor. „Noch schlimmer?"

„Oh, ich will Johannes schon heiraten, aber Papa macht mir die Sache sehr schwer."

„Wie meinst du das?"

„Jemand hat mich heute singen gehört." Katie atmete tief ein und senkte den Blick auf ihre Schürze. „Der kleine Jakob hat mich gehört ... und es erzählt."

Maria atmete tief durch. „Ich dachte, du hättest die Gitarre schon vor Jahren weit weggeräumt!"

„Es war nicht die Gitarre. Ich habe heute morgen auf dem Nachhauseweg von dir auf der Straße ein Lied gesummt – und es war keine Melodie aus dem *Ausbund.* Papa sagt, er wolle die Angelegenheit direkt vor den Bischof bringen."

„Über Prediger Yoders Kopf hinweg?" fragte Maria verblüfft.

Katie nickte beschämt.

„Dann hast du dich also einer Sünde schuldig gemacht?"

„Schuldig im Sinne der Anklage", antwortete Katie, „aber mit der Musik ist es aus und vorbei. Und das ist die Wahrheit."

„Dann beeile dich und sage es deinem Vater!" forderte Maria sie heftig auf. „Laß ihn nicht zu Bischof Johannes gehen – was es auch kostet: du mußt beichten!"

Katie starrte Maria ungläubig an. „Du sagst das nur, weil du glaubst, niemand anders wolle mich haben, falls der Bischof mich fallenläßt, nicht wahr?"

Maria schüttelte den Kopf. „Du weißt, daß das nicht stimmt. Du bist eine gute und freundliche Frau, Katie. Das weiß jeder hier. Und jeder Mann, der Augen im Kopf hat, kann sehen, daß du äußerlich genauso schön bist."

Es war das erste Mal, daß Katie ihre Freundin so sprechen hörte. Sie sinnierte darüber nach, bevor sie antwortete. „Was hilft schon gutes

Aussehen, wenn es mit Eigensinn und Unbeugsamkeit gepaart ist?" murmelte sie. „Ich habe die Jungen schlicht und ergreifend vertrieben."

Maria schwieg einen Augenblick. „Aber einer lief nicht davon. *Er* wußte, daß du gern Lieder summst und singst, nicht wahr? Deshalb gab er dir auch die Gitarre."

Sie hatte natürlich recht, aber Katie beschloß, nicht über Dan zu sprechen. Nicht einmal mit Maria. „Dan lebt schon lange nicht mehr. Laß ihn aus dem Spiel."

Maria rutschte neben sie und legte die Hand auf ihren Arm. „Du liebst Daniel Fischer doch immer noch, oder? Du hängst immer noch sehr an ihm ... aber er ist tot."

„Aber nicht die Erinnerung an ihn. *Sie* ist nicht tot!"

„Nein", flüsterte Maria. „Aber hast du dir eigentlich schon einmal Gedanken darüber gemacht, was du tun willst, wenn du mit einem Mann verheiratet bist, den du nicht liebst?"

Katie fuhr mit dem Kopf herum. „Johannes ist ein guter Mann", beharrte sie. „Er ist bestimmt ein hervorragender Ehemann, und ich werde es lernen, ihn zu lieben ... mit der Zeit."

„Vielleicht ... vielleicht aber auch nicht."

Die zwei Freundinnen saßen eine Weile schweigend da. Katie ärgerte sich, daß das Gespräch diese Richtung eingeschlagen hatte. Warum stellte Maria plötzlich solche Fragen?

„Ich führe ein schlichtes Leben, so gut ich es kann ..." Katie machte eine Pause, bevor sie hinzufügte: „... ohne Dan."

„Aber du bist wütend." Wieder schien Maria in ihr Herz schauen zu können. „Es gefällt dir in Wirklichkeit nicht, eine Amisch zu sein, aber du bist gebunden."

„So etwas habe ich nie gesagt!" In ihrer Erregung vergaß Katie, daß es mitten in der Nacht war, und erhob die Stimme, fuhr sich aber rasch mit der Hand an ihren Mund. Rachel Stoltzfus würde bestimmt gleich angelaufen kommen und fragen, was um alles in der Welt so wichtig sei, daß es mitten in der Nacht besprochen werden müsse. Katie wartete und lauschte ...

Als auf dem Gang keine Schritte zu hören waren, entspannte sie sich etwas. „Ehrlich gesagt, macht es wirklich keinen besonderen Spaß, diese langen, schweren Kleider und tristen Farben zu tragen", gestand sie. „Aber das ist nichts Neues. Du weißt ja, daß ich schon immer so denke."

„Ja, aber das solltest du inzwischen überwunden haben, Katie. Du solltest nach Höherem streben. Wie kannst du den Kindern des Bischofs eine gute Mutter sein, wenn du dich selbst nicht beherrschen kannst – dich den Regeln unserer Gemeinde nicht unterordnen kannst?“

Maria hatte recht, aber Katie wollte es nicht hören. „Du willst also damit sagen, daß ich den Bischof nicht heiraten sollte – daß es sich nicht schickt und nicht rechtens wäre?“ Ihre Worte spiegelten ihre eigenen Zweifel wider.

„Du bist ein getauftes Mitglied der Gemeinde, Katie. Damit kannst du jeden Mann heiraten – einen Bischof, Prediger, Ältesten oder wen auch immer.“

Katie drängte weiter, da sie von ihrer besten Freundin eine klare Antwort hören wollte. „Das würdest du sagen – bei allem, was du über mich weißt? Werde ich wirklich hier genug geachtet? Was meinst du?“

„‚Der Herr erhöht diejenigen, die sich selbst erniedrigen,‘“ zitierte sie. „Es liegt nicht an dir, Katie. Die Dinge sind von der Vorsehung geregelt – von Gott vorherbestimmt.“

Das war es also. Maria glaubte ernsthaft, daß Katie von Gott auserwählt worden sei, die Frau des Bischofs zu werden. Katie stand seufzend auf, band sich ihren schwarzen Hut wieder um und zog sich ihr Tuch über die Schultern.

„Aber eines darfst du nie vergessen“, sagte Maria mit feierlicher Miene. „Du kannst mir alles erzählen. Dafür bin ich doch deine beste Freundin, oder?“

„Ja ... und dafür bin ich dir wirklich dankbar.“ Katie ging zur Tür, wo sie sich noch einmal umdrehte und Maria mit einem hilflosen Achselzucken anschaute. „Betest du dafür, daß ich aufhöre, so dickköpfig zu sein? Daß ich nicht mehr so sehr in Versuchung geführt werde?“

„Die Versuchung ist noch nicht Sünde. Der Versuchung nachgeben ist Sünde.“ Maria sprang auf und umarmte sie. „Vergiß nicht: ‚Selig sind, die Frieden stiften.‘“

Katie lächelte und mußte ihrer Freundin wieder einmal recht geben. „Morgen früh schließe ich gleich als erstes Frieden mit Papa. Ich fange ihn vor dem Melken ab und beichte – und bereinige die Dinge zwischen uns. Ich werde ihm sagen, daß es mir wegen der Musik leid tut und daß ich für den Rest meiner Tage nie wieder etwas anderes singen oder summen werde als die Lieder, die im *Ausbund* stehen.“

„Das ist gut“, nickte Maria. „Und wenn wir unsere Hausarbeit erledigt haben, kommen Mama und ich und ein paar Kusinen zu euch und helfen euch, die Wände zu schrubben und zu streichen – damit die Hochzeit stattfinden kann.“

Mit Marias weisen Worten in den Ohren verließ Katie das Stoltzfus-Haus. *Wer sich selbst erniedrigt, der wird erhöht werden.* Sie war auf ihrem Weg über die Hickory Lane so tief in Gedanken versunken, daß sie die schwarze Limousine, die ihr Tempo verlangsamte und dann auf der gegenüberliegenden Straßenseite weiterfuhr, kaum wahrnahm.

8

Katie konnte es kaum erwarten, mit ihrem Vater zu sprechen, als sie am nächsten Morgen eilig zur Scheune lief. Eli und Benjamin trafen Vorbereitungen für das morgendliche Melken, aber ihr Vater war nirgends zu sehen.

„Er ist fortgefahren", war Elis wortkarge Antwort, als sie nach ihm fragte.

„So früh schon?"

„Er ist gegen halb fünf losgefahren", warf Benjamin ein. „Ich hörte, wie er Daisy anspannte, als wir noch im Bett lagen."

Katie ging an die Arbeit, ohne ihren Brüdern ihre große Besorgnis zu verraten. Sie fütterte die Hühner und gab den Pferden und ihrem Pony, Satin Boy, Heu. Danach kamen Zeke und Melasse – die älteren Pferde – an die Reihe und zuletzt die Maultiere. Dabei drehten sich ihre Gedanken die ganze Zeit um die Frage, ob ihr Vater wohl genau zur selben Stunde Bischof Johannes ihr abtrünniges Verhalten meldete.

Ich hätte noch gestern abend mit Papa sprechen sollen – selbst wenn ich ihn dazu hätte aufwecken müssen! dachte sie. Mit einem leisen Seufzen ging Katie zum Milchhaus hinüber.

Ben beugte sich vornüber und schöpfte sich frische, kuhwarme Milch aus dem Sputnik, einem kleinen, tragbaren Gerät aus rostfreiem Edelstahl, mit dem anstelle von Milchkannen die Milch von der Kuh zu dem großen gekühlten Milchbehälter befördert wurde. Die Energie dazu lieferte ein Zwölf-Volt-Motor, der an eine Batterie angeschlossen war. Ben mochte schon immer den Geschmack von kuhwarmer Milch. „Sie hat so einen frischen, grünen Geschmack", sagte er oft.

Katie füllte die Schalen für die Katzen und überlegte, ob sie den Mut aufbrächte, den Marktwagen oder Schlitten zu nehmen und zum Hof des Bischofs hinüberzufahren. So beschämend es auch für sie wäre, es wäre immer noch genug Zeit, um zu zeigen, daß es ihr leid tue und sie Buße tun wolle. Dann wäre dieses ganze unerfreuliche Thema endlich erledigt, und das Leben könnte wie geplant weitergehen. Es wäre nicht das erste Mal, daß eine auf Abwege geratene Seele in der Privatsphäre von jemandes Scheune Vergebung fand.

„Wann sagte Papa, daß er zurückkommen wolle?" fragte sie vorsichtig, da Ben nicht bemerken sollte, wie besorgt sie in Wirklichkeit war.

„Das hat er nicht gesagt."

„Dann weißt du also nicht, wohin er gefahren ist?“

Ben richtete sich auf und schaute sie mit ernsten Augen an. „Wenn du es unbedingt hören willst: Ja, ich glaube, daß er zu Bischof Johannes gefahren ist, um mit ihm über dich zu sprechen. Papa hält immer, was er sagt.“

Katies Mut sank. Ihr Bruder hatte vollkommen recht. Bis jetzt hatte sie es noch kein einziges Mal erlebt, daß ihr Vater etwas nicht getan hätte, das er vorher angekündigt hatte.

„Wenn ich nur nicht so starrköpfig gewesen wäre“, murmelte sie bei sich.

„Ja, du warst schrecklich starrköpfig, Katie ... *furchtbar* starrköpfig.“

Wortlos drehte sie sich um und ging durch den schmutzigen Schnee zum Haus zurück.

* * *

Am Straßenrand zierten Schilder die verschneite Landschaft, um Besucher und Touristen zu dem einzigen Geschäft in Hickory Hollow zu führen. Als Levi sah, daß er einer der ersten Kunden war, zog er die Zügel an und lenkte Dickerchen, sein braunes Pony, auf den großen Parkplatz. Sieben oder acht geschlossene graue Einspänner waren schon vor ihm da. Aber er war der einzige, der mit dem Schlitten gekommen war. Er band Dickerchen an den Pfosten und betrat den Laden.

Ein leichter Pfefferminzgeruch begrüßte ihn. Sehnsüchtig wanderte sein Blick zu dem Glas mit grün-weiß-gestreiften Zuckerstangen neben der Kasse.

„Guten Morgen, Levi“, begrüßte ihn Prediger Yoder, der weißhaarige Besitzer und Betreiber des kleinen Amisch-Geschäftes. „Laß es mich wissen, wenn du meine Hilfe brauchst, ja?“

Levi winkte und nickte schweigend. Das war seine übliche Begrüßung. Erwachsene machten immer viel zu viele Worte, fand er.

Er ging zu der Glasscheibe hinüber, hinter der die kleinen Rollen mit weißen, schwarzen und farbigen Fäden unter der alten Holztheke aufgereiht waren. Er stand einen Augenblick da und ließ seinen Blick über die Nähutensilien wandern, dann zog er die zusammengefaltete Liste heraus, die seine ältere Schwester ihm aufgeschrieben hatte.

„Vergiß nicht, alles auf dieser Liste mitzubringen – und zwar wirklich *alles*", hatte Nancy ihm eingeschärft, bevor sie ihren Bruder hinausgeschickt hatte. „Und trödle nicht ... sonst kommen wir zu spät zur Schule."

Nancy will nicht zu spät kommen, dachte er. *Mich würde das nicht im geringsten stören.* Er schmunzelte leise.

Um die Wahrheit zu sagen, gefiel ihm die Schule eigentlich ganz gut; im Schreiben und Rechnen hatte er ziemlich gute Noten. Aber heute hatte er Wichtigeres im Sinn; die Engländerin mit den roten Haaren, die Frau, die gestern zu ihrer Haustür gekommen war und ihn nach dem Weg gefragt hatte. Insgeheim hoffte er, diese fremde Frau fahre in ihrem langen, schwarzen Auto mit den glänzenden Stoßstangen, immer noch irgendwo hier in der Gegend herum. Dann würde vielleicht noch jemand in Hickory Hollow sie und ihr elegantes Auto sehen, und Papa müßte ihm seine Geschichte glauben.

Levi faltete die Einkaufsliste auseinander, legte sie auf die Theke und streifte sie, so gut er konnte, glatt. Ohne ein Wort zu sagen, merkte er sich die gewünschten Sachen – zwei Rollen schwarzen Faden, vier Rollen weißen Faden, einen silbernen Fingerhut und zwei Meter weißen Netzstoff. Nancy wollte für sich und für Susie neue Kopfbedekkungen nähen. Und auch nagelneue Umhänge und Schürzen.

Und das alles nur, weil wir eine neue Mama bekommen, dachte er bei sich. Er war mächtig froh, daß der Herr *ihn* nicht als Mädchen gemacht hatte. Solch lästiges Zeug wie Schürzen und Umhänge nähen! Und immer diese saubere weiße Farbe, bis ein Mädchen dreizehn wurde. Er brauchte nur eine alte, abgetragene Hose – damit war er zufrieden.

Als Prediger Yoder zu ihm kam, um ihm zu helfen, reichte ihm Levi einfach die Liste und deutete darauf. Er war nicht der Typ, der mit Leuten, die nicht zu seiner Familie gehörten, viel sprach. Und mit Katie Lapp würde er das auch nicht anders handhaben, beschloß er, während er alles zusammenpackte, was auf seiner Liste stand.

„Soll ich deinem Papa die Sachen auf die Rechnung setzen?" fragte Prediger Yoder mit einem Lächeln.

Levi nickte und nahm die Tasche mit den Nähsachen entgegen. Dabei achtete er darauf, daß er sie ein Stück weit von sich hielt. Wenn in dieser Tasche dagegen eine Handvoll Pfefferminzstangen gesteckt hätten, hätte er sie bestimmt fest an sich gedrückt, um sich auf dem schmalen Gang zwischen den Regalen eine oder zwei in den Mund schieben zu können.

Er atmete den angenehmen Geruch ein letztes Mal ein, bevor er die Hand auf den Griff der Ladentür legte.

In diesem Augenblick sprach ihn aus der Ecke des Ladens jemand mit heiserer Stimme an. „Ja hallo, kleiner Levi."

Er drehte sich um, um zu sehen, wer ihn „klein" nannte. Er war nicht klein!

„Komm doch mal zu mir", forderte Ella Mae Zook ihn auf und winkte ihn zu sich. Sie saß mit einer Tasse Schokolade an einem Holztisch. „Ich könnte etwas Gesellschaft gut vertragen." Sie lächelte ihn fröhlich an.

Levi stellte fest, daß nicht nur sie hier im Geschäft war, sondern auch Mattie Beiler, seine Tante, an dem Tisch mit den Nähsachen stand und sich Stoff für ein Kleid aussuchte. Seine Mama hatte ihm, bevor sie starb, erzählt, wie seine Tante Mattie geholfen hatte, ihn auf die Welt zu bringen. Es sei keine leichte Geburt gewesen, aber schließlich sei er gekommen. Er sei ganz blau gewesen und hätte kaum geatmet. Mattie hatte ihm vor acht Jahren das Leben gerettet, und für Levi, der sich schon für halb erwachsen hielt, war das schon sehr lange her.

Ella Mae zog einen Stuhl für ihn heran, und er setzte sich. Er konnte sich nicht daran erinnern, der Frau, deren Tochter ihm das Leben gerettet hatte, je so nahe gewesen zu sein. Die Leute erzählten sich vieles über Ella Mae und nannten sie „weise" und andere großartige Dinge. Aber als er jetzt in ihr faltiges Gesicht aufblickte, konnte Levi nichts allzu Außergewöhnliches an ihr entdecken. Außer vielleicht der Art, wie ihre irgendwie goldfarbenen Augen – die Augen einer Katze – durch einen hindurchzuschauen schienen – irgendwie tief in einen hinein.

Zu seiner Überraschung bestellte sie eine zweite Tasse Schokolade und bezahlte sie, ohne ihn zu fragen, ob er überhaupt eine wolle, dann lehnte sie sich zurück und genoß ihr warmes Getränk. „So klein bist du ja eigentlich nicht mehr, wenn man dich aus der Nähe sieht", sagte sie und kniff die Augen leicht zusammen.

Levi lächelte nur.

„Ah ..." Sie legte die Hand auf ihr Herz. „Dieses Lächeln erinnert mich an deine liebe Mama. Und soll ich dir noch etwas sagen?"

Levi nickte mit dem Kopf.

„Ich glaube, du hast mehr als nur ihr Lächeln geerbt." Die alte Frau nippte an ihrer Schokolade, ohne zu erklären, was sie damit meinte. Das machte Levi ein wenig nervös. Er fragte sich, was in aller Welt sie wohl damit sagen wollte.

Er mußte es einfach wissen. „Was habe ich noch von meiner Mama geerbt?“ Er beugte sich vor, stützte die Ellbogen auf den alten Tisch und riß Augen und Ohren weit auf.

Ella Mae richtete sich auf. Ihr faltiges Gesicht verzog sich zu einem breiten Lächeln. „Neugier ... *die* hast du auch von ihr. Du zeigst Interesse an Menschen – denkst viel und angestrengt über sie nach, nicht wahr?“

Levi blinzelte. Konnte sie es ihm ansehen, daß er an einen bestimmten Menschen gedacht hatte? Konnte sie ihm ansehen, daß er lang und angestrengt nachgedacht hatte, so angestrengt, daß ihm der Kopf schon ganz weh tat – über diese fremde Frau, die so rote Haare hatte wie Katie?

„Ich ... ich glaube schon“, stammelte er. „Ja, manchmal bin ich neugierig.“

Sie nickte langsam und nahm dann ihre Tasse. Der Dampf stieg auf und beschlug ihre Brille. Sie schwieg so lang, daß Levi schon glaubte, Ella Mae habe ihn ganz vergessen. Er lehnte sich zurück, starrte das Glas mit den Pfefferminzstangen auf der Theke an, und ihm lief das Wasser im Mund zusammen.

„Es ist sehr gut, wenn man sich für vieles interessiert“, erklärte Ella Mae. „Das zeigt, daß du denkst ... aber fang nur nicht an, zu angestrengt nachzudenken. Spar dir deinen Verstand für die Schularbeiten.“

Er glaubte, sie würde ihn jetzt auffordern, seine Schokolade zu trinken und loszulaufen. Als sie es nicht tat, verstand er das als Aufforderung, ihr zu sagen, was in seinem Kopf vorging – diese neugierige Frage, die ihm keine Ruhe ließ. „Woher, glauben Sie ... ich meine, woher kommen Ähnlichkeiten zwischen Menschen – wie dieselben Haare oder Augen?“

Ella Mae betrachtete ihn nachdenklich, bevor sie sprach. „Eltern haben körperliche Merkmale, die sie an ihre Kinder weitergeben – wie zum Beispiel deine blonden Haare von deiner Mama kommen und die Spitze an deinem Kinn von deinem Papa.“

Er setzte sich gerader auf. „Und ich bin auch so groß wie er, nicht wahr?“

„Ja, das bist du.“

Levi blickte sich vorsichtig um, weil er etwas sagen wollte, das nur für Ella Maes Ohren bestimmt war. „Können Sie ein Geheimnis für sich behalten?“ flüsterte er.

„Vertraust du mir, Levi Beiler?“ stellte sie ihm die Gegenfrage und schaute ihm direkt ins Gesicht.

Levi betrachtete sie einen Augenblick und dachte an alles, was er über die kleine, alte Frau gehört hatte. Sein Bruder Johannes und Nancy hatten sie mehrmals besucht, nachdem ihre Mama gestorben war. Levi war sich nicht ganz sicher, aber er glaubte, sogar sein Papa, der Bischof, habe damals, als ihm fast das Herz gebrochen war, die *Weise Frau* heimlich besucht.

Einmal hatte Nancy beim Abendessen laut gesagt, daß Ella Mae Zook einem das Gefühl gebe, jedes Wort, das man sage, ernst zu nehmen. Sie sagte auch nie: „*Du solltest*" und „*Du solltest aber nicht*". Sie ließ jeden selbst entscheiden, was er zu tun oder zu lassen hatte.

Levi kam also zu dem Schluß, wenn fast alle, die er in Hickory Hollow kannte, Ella Mae das eine oder andere Mal ihre Geheimnisse anvertrauten, warum sollte er ihr dann nicht auch eines seiner Geheimnisse verraten?

Er trank seine Schokolade halb leer. „Ich habe mich nur gerade gefragt", begann er leise, „von wem Katie Lapp ihre roten Haare hat?"

Ella Mae schien sich von dieser Frage nicht im geringsten aus der Ruhe bringen zu lassen. „Oh, wahrscheinlich von irgendeinem ihrer Vorfahren, der schon gestorben ist."

Levi kratzte sich erstaunt am Kopf. „Aber *Sie* sind doch mit Katie verwandt, und *Ihnen* sieht sie ganz und gar nicht ähnlich."

Ella Mae lächelte. „Hin und wieder schenkt uns Gott auch eine schöne Überraschung."

„Wie rote Haare?" Er seufzte und mußte an die fremde Frau denken. „Oder wie glänzende schwarze Autos, die länger als drei Zaunpfosten sind?"

Ella Maes Kopf fuhr leicht hoch. Ihre Augen schauten ihn überrascht an. „Wo in aller Welt hast du denn ein so großes Auto gesehen?"

Levis Mund war wie ausgetrocknet. Sollte er es wagen, die fremde Engländerin und das Auto zu erwähnen, das an der Straße stand? „Ich ... ah, ich habe es gestern nach der Schule gesehen ... genau vor unserem Haus."

Das große Geheimnis war nun gelüftet. Was würde die *Weise Frau* sagen? Levi schaute sie unverwandt an und versuchte zu erforschen, was hinter diesen wissenden Augen vor sich ging. Würde sie ihm glauben – so wie Nancy es gesagt hatte? Oder würde sie ihn abwimmeln, wie Papa es gestern abend getan hatte?

Ihre Worte kamen zuerst langsam. „Das Auto ... hat es ein Mann in einer schwarzen Uniform gefahren?"

„Ja."

„Und es saß eine Frau darin, die einen weißen Pelzmantel anhatte?“

Levi war so gebannt, daß er seinen Beutel fallen ließ. Die Fadenrollen flogen in alle Richtungen. Er lief los und fing sie ein. Schnell stopfte er sie wieder in den Beutel und setzte sich erneut an den Tisch. Er blinzelte. „Einen weißen Pelzmantel, sagten Sie?“ Er beugte sich so weit vor, daß er Ella Maes schokoladigen Atem riechen konnte. „Dann müssen Sie die Engländer auch gesehen haben.“

Sie nickte.

„Wirklich? Sie haben sie gesehen?“

Ella Mae runzelte die Stirn und öffnete den Mund, um etwas zu sagen. Aber Levi unterbrach sie, bevor sie ein Wort über die Lippen brachte.

„Haben Sie sie genau gesehen?“

„Ich habe sie gesehen. Alle beide.“

Levi bemühte sich, leise zu sprechen, aber er platzte schier vor Erregung. „Hatte diese Frau nicht die rötesten Haare, die Sie je gesehen haben?“ Er wartete nicht auf eine Antwort, sondern stellte gleich die nächste Frage. „Wo haben *Sie* sie gesehen?“

„Gestern abend vor unserem Haus – sie sahen aus, als hätten sie sich verfahren.“

„Dann haben sie nach Sonnenuntergang immer noch nicht den richtigen Weg gefunden?“ Dieser Gedanke ließ ihm keine Ruhe. „Glauben Sie, daß sie noch irgendwo hier in der Gegend unterwegs sind?“

Ella Mae schaute skeptisch drein. Doch eine Sekunde später spielte ein belustigtes, leichtes Lächeln um ihre Lippen.

Levi konnte sich ein Grinsen nicht verkneifen. Sie hatte ihn durchschaut. „Ich wollte nur noch einmal einen Blick auf dieses lange schwarze Auto werfen“, gestand er, bevor sie es ihm auf den Kopf zusagte. „Das ist alles.“

„Levi“, ermahnte sie ihn leise. „Ich glaube, du solltest jetzt loslaufen. Sonst kommst du noch zu spät zur Schule.“

Er schob seinen Stuhl zurück. Die *Weise Frau* von Hickory Hollow hatte gestern genau dasselbe gesehen wie er. Das hatte sie ihm soeben gesagt. Jetzt *mußte* Papa ihm einfach glauben – ohne Wenn und Aber.

* * *

„Ach, ich habe meinen Korb im Laden stehenlassen“, sagte Mattie zu ihrer Mutter vor dem Geschäft, als sie knapp eine halbe Stunde später in ihrem Einspänner saßen. Sie reichte Ella Mae die Zügel.

„Beeile dich aber, hörst du?“ rief Ella Mae, die in ein warmes Nest aus Wollröcken und Decken auf dem vorderen Sitz eingewickelt war.

Einen Augenblick später kam eine glänzende Limousine vor Prediger Yoders Geschäft zum Stehen.

Ella Mae warf einen schnellen, erstaunten Blick auf die zwei Engländer darin. Da sie die Fremden nicht neugierig anstarren wollte, wandte sie den Blick schnell wieder ab. Aber es dauerte nicht lang, bis sie den Schnee knirschen hörte und jemand auf ihren Einspänner zutrat.

„Bitte entschuldigen Sie.“

Ella Mae schaute in das Gesicht der Frau auf, die sie gestern nacht gesehen hatte – die Frau mit den roten Haaren.

„Entschuldigen Sie, daß ich Sie einfach so anspreche“, sagte die Frau. „Aber ich versuche, jemanden zu finden. Vielleicht könnten Sie mir helfen?“

Ella Mae sog die Luft leicht ein. Sie kannte diesen Geruch. Lavendel – süß und zart. „Wen suchen Sie denn?“ fragte sie und bemerkte den Pelzmantel und die Lederhandschuhe der Frau.

„Ich wüßte gern ... kennen Sie zufällig eine Amisch-Frau, die Rebekka heißt und hier in der Gegend wohnt?“ sprach die leise Stimme weiter.

Ella Mae unterdrückte ein Kichern. „Mindestens zehn und noch mehr.“

Die Frau seufzte. „Leider kenne ich ihren Nachnamen nicht.“ Sie ließ die Schultern hängen. Erst jetzt hörte Ella Mae, daß etwas viel Schwereres als nur die Enttäuschung wegen ihrer Antwort auf dieser Frau lastete. Die Frau wirkte fast verzweifelt.

Sie zitterte und zog ihren warmen Pelzmantel enger um sich. „Lebt in Ihrer Gemeinde eine junge Frau – ungefähr zweiundzwanzig Jahre alt – deren Mutter Rebekka heißt?“

Ohne lang nachzudenken, berechnete Ella Mae das Alter mehrerer Töchter ihrer Freundinnen im Gemeindebezirk. „Es tut mir leid, aber ich kann Ihnen nicht viel weiterhelfen, wenn ich den Familiennamen nicht weiß.“

„Diese Rebekka ... ich glaube, sie müßte jetzt Mitte bis Ende Vierzig sein. Und ihr Mann war etwas älter.“

„Das könnte auch auf jede Menge Leute hier zutreffen“, erwiderte

Ella Mae und fragte sich, warum die Engländerin in der Vergangenheit von dem Paar sprach.

Die Frau richtete sich ein wenig auf und blieb neben Ella Mae stehen, lehnte sich aber jetzt leicht an die Kutsche. Sie holte tief Luft, bevor sie wieder sprach. „Sie waren sehr freundlich. Ich danke Ihnen." Ein schwaches Lächeln zog über ihr Gesicht, verschwand aber wie der Tau in der Morgensonne. Aus ihren tiefbraunen Augen, zu denen die Diamantkette um ihren Hals genau paßte, funkelte immer noch Hoffnung. Aber es war ihr entschlossenes Kinn, das Ella Mae unvorbereitet traf, und einen Augenblick lang erinnerte die elegante Frau sie an jemanden.

Bevor sie sich zum Gehen wandte, griff die Frau in die Tasche ihres Mantels und zog einen versiegelten Umschlag heraus. „Es klingt vielleicht ein wenig anmaßend, aber es würde mir so viel bedeuten – viel mehr, als Sie ahnen können –, wenn Sie oder jemand anders diesen Brief an einige der Rebekkas in Ihrer Gemeinschaft weitergeben könnten – den Frauen, die eine zweiundzwanzigjährige Tochter haben. Oh ja, ich vergaß ... die Tochter hat am fünften Juni Geburtstag."

Am fünften Juni? Es gab nur *eine einzige*, auf die *diese* Beschreibung zutraf.

Mit einem Schlag wußte Ella Mae, welche Rebekka die elegante Dame suchte und warum ihr Gesicht ihr so bekannt vorgekommen war.

Die Frau reichte ihr den versiegelten Umschlag. „Ich bin Ihnen ewig von ganzem Herzen dankbar." Damit war sie fort.

Mattie kehrte gerade rechtzeitig aus dem Laden zurück, um noch das Ende der schwarzen Limousine auf die Straße biegen zu sehen. „Heute sind aber ziemlich auffällige Engländer hier unterwegs, was?"

Ella Mae antwortete nicht.

Mattie berührte ihren Arm. „Geht es dir nicht gut, Mama?"

„Doch, doch", dann fragte sie: „Fährst du heute morgen zu den Lapps und hilfst Katie und Rebekka, das Haus sauber zu machen?"

„Das hatte ich eigentlich schon vor. Wie steht es mit dir? Ein bißchen Gesellschaft wird dir guttun, Mama."

„Ich bin müde, Kind", sagte Ella Mae. Ihre dünne Stimme klang wieder rauh und heiser. „Ich werde mich am besten ein wenig hinlegen und ausruhen."

Mattie ließ das Pferd die Straße in Richtung ihres Bauernhofes traben. „Wenn du wirklich nicht mitkommen willst, helfe ich dir ins Haus."

Ella Mae stieg aus der Kutsche und hielt sich an ihrer Tochter fest, um einen sicheren Halt zu haben. Mit ihrer freien Hand, die in den Falten ihres langen Wolltuches steckte, umklammerte sie den Umschlag, den Briefumschlag aus feinem Leinenpapier und mit dem Namen *Laura Mayfield-Bennett* auf der Rückseite.

* * *

Maria Stoltzfus und ihre Mutter, Rachel, waren auf der schmalen Straße zum Hof der Lapps unterwegs. Ein großer Korb mit frischem Zuckergebäck stand zwischen ihnen auf dem Einspänner. Selbst im Wagen verging an diesem Morgen die Zeit schnell – ihr Gespräch konzentrierte sich die auf Spekulationen um die Engländer, die Levi Beiler und auch Ella Mae Zook erst vor einer Stunde gesehen hatten.

Ehe sie sich versahen, bogen sie auf den von Bäumen gesäumten Weg der Lapps ein und brachten den Wagen im Hof neben einer Reihe anderer Kutschen, die einander wie ein Ei dem anderen glichen, zum Stehen. Maria half ihrer Mutter aus dem Wagen. Dann liefen sie über den festgetretenen Schnee zu dem stattlichen Bauernhaus. Unterwegs winkten sie Eli Lapp freundlich zu, der aus dem Hühnerstall kam, um ihr Pferd auszuspannen und es in der Scheune mit Heu und Wasser zu versorgen.

Ein nach allen vier Seiten offenes Vogelhäuschen, das zur Frühlingszeit bis zu zwanzig Schwalben beherbergte, warf seinen großen Schatten auf den schneebedeckten Weg, als die zwei Frauen die hinteren Stufen zur Küchentür hinaufgingen.

Beim ersten Klopfen öffnete Katie die Tür. „Willkommen, Rachel. Hallo, Maria." Sie umarmte beide und half Rachel aus ihrem Mantel.

„Es ist schön, dich wieder lachen zu sehen", flüsterte Maria Katie ins Ohr.

„Das zeigt nur, daß ich die Hoffnung nicht aufgeben will, mehr nicht", raunte Katie.

Maria folgte Katie in die Küche, in der schon mehrere Kusinen und Freundinnen eifrig damit beschäftigt waren, der künftigen Braut bei einem gründlichem Hausputz zu helfen – ein Gemeinschaftsunternehmen. Alles mußte für die Hochzeit nächste Woche makellos sauber sein.

Es verging also eine geraume Zeit, bis sie Katie einen Augenblick allein erwischte. Erst jetzt konnte Katie ihr erzählen, daß ihr Vater schon früh am Morgen fortgefahren war. „Und bis jetzt ist er noch nicht zurück."

Der besorgte Blick ihrer Freundin war unmißverständlich. „Glaubst du denn, daß er zum Bischof gefahren ist?"

„Ben glaubt es."

„Oh, Katie, das macht alles viel schwieriger."

„Ja." Katies Lächeln war gezwungen. Daran bestand kein Zweifel. „Jetzt darf ich vor meinem künftigen Ehemann beichten." Plötzlich änderte sich ihre Stimmung. „Komm mit in die Küche. Vielleicht bringt uns etwas Süßes auf angenehmere Gedanken."

Sie steuerte mit Maria im Schlepptau auf die Küche zu. Gemeinsam kosteten sie das Gebäck.

„Hier, probiere eines von meinen." Maria bückte sich, riß ein großzügiges Stück von dem Hefezopf ab und reichte es ihr.

Katie nahm einen Bissen, aß dann das Stück ganz auf und leckte sich die Finger ab. „Du kannst großartig backen, Maria. Du wirst eines Tages eine gute Ehefrau sein."

Dann schaute sich Katie vorsichtig nach möglichen fremden Ohren um und senkte die Stimme zu einem Flüstern. „Wird es Hühner-Josef oder Jake Yoder?" neckte sie.

Marias Wangen begannen zu glühen. „Keine Neugierde, du wirst höchstwahrscheinlich die erste sein, die es erfährt."

„*Höchstwahrscheinlich?*" Katie warf ihr einen vielsagenden Blick von der Seite zu. „Nein, nein ... du mußt mir *versprechen,* daß ich die erste bin."

„Wir werden nie weit auseinander sein, du und ich ... wir sind die besten Freundinnen, oder nicht? Warum in aller Welt solltest du nicht eine der ersten sein, die es erfährt?"

* * *

Der Blick aus den strahlend blauen Augen sagte Katie, daß Maria wie immer ihr Wort halten würde. Maria konnte man vertrauen. Das war einer der vielen Gründe, der sie für das fröhliche Mädchen mit dem Engelsgesicht und mit einem Herzen voller Gold einnahm.

„Dann wäre das geklärt." Als sie merkte, daß einige der Frauen bereits an die Arbeit gegangen waren, sprang Katie eilig auf die Beine.

„Ich kann die anderen nicht die ganze Arbeit für mich erledigen lassen."

Die Frauen begannen in den oberen Schlafzimmern und arbeiteten sich in das Erdgeschoß und den Wohnbereich des Hauses vor – sie schrubbten die Wände ab und polierten die Fenster auf Hochglanz. Für Katies besonderen Tag wurde sogar in mehreren Zimmern die Farbe an den Wänden erneuert.

Bevor das Mittagessen serviert wurde, kamen nach und nach die Männer. Auch Samuel Lapp kehrte zurück. Es war das erste Mal, daß Katie ihn an diesem Tag sah. Sie konnte ihre Unruhe beim besten Willen nicht mehr von sich abschütteln. Die Männer wurden zuerst bedient. Katie half beim Auftragen des kalten Mittagessens – Fleischaufschnitt, eingelegtes Gemüse, rote Beete und mehrere Käsesorten. Dabei achtete sie sorgfältig darauf, das Tischende zu meiden. Statt dessen bediente Maria ihren Vater und die Männer, die bei ihm saßen.

Als sich danach die Frauen selbst zum Essen niedersetzten, gingen die Männer daran, die große Veranda vor dem Haus zu verschließen, damit die vielen Gäste, die zur Hochzeit kämen, mehr Platz hätten. Bischof Johannes kam kurz vorbei und brachte zusätzliches Holz und Kunststoffplatten, mit denen die Veranda kurzzeitig zu einem geschlossenen Raum umgewandelt wurde. Katie fühlte seinen Blick auf sich, tat aber so, als bemerke sie ihn nicht, und schaffte es, in der Menge der Frauen unterzutauchen, die das Geschirr spülten. Später war noch genug Zeit, um sich mit ihm auseinanderzusetzen.

„Wann beichtest du?" fragte Maria, als sie und Katie wieder allein waren.

Mit schwachen Knien sank Katie auf die Kante ihres Bettes. „Erst wenn alle fort sind", sagte sie, dann runzelte sie die Stirn. „Aber vielleicht sollte Johannes das vorher wissen, damit er noch bleibt, wenn die anderen Männer gehen."

„Wenn du willst, sage ich es deinem Vater. Dann kann er Bischof Johannes ausrichten, daß du mit ihm sprechen willst", bot Maria mit einem tiefen Seufzen an. „Danach geht alles wieder seinen gewohnten Gang. Ehrlich, du wirst schon sehen. Dir wird vergeben, und du fühlst dich dann wieder gut, ja?"

Katie nickte unsicher. Es war ihre erste Beichte.

Marias Lächeln war zuversichtlich. „Es ist alles schneller vorbei, als du glaubst."

„Ja", sagte Katie, die in ihrem Herzen jedoch davon überzeugt war, daß die Beichte in Wirklichkeit erst der Anfang war. *Es wird alles vor-*

bei sein, ja, gab sie ihrer Freundin im stillen recht, dann schlugen ihre Gedanken wieder andere Wege ein. *Wenn nur Dan am Leben geblieben wäre ...*

Bei dem Gedanken an Dan Fischer wurde ihr plötzlich bewußt, daß sie fast vierundzwanzig Stunden nicht ein einziges Mal ihre Lieder gesungen oder gesummt hatte. Nicht ein einziges Mal.

9

Katie wartete in der Küche, bis die letzten Frauen das Haus verlassen hatten, bevor sie so unbefangen, wie sie nur konnte, in die Wohnstube schlenderte.

„Komm“, sagte Johannes Beiler. Er stand auf und reichte ihr die Hand. Seine taubengrauen Augen schien aufzuleuchten, als sie durch das Zimmer auf ihn zukam.

„Papa hat dir von meinem Singen erzählt?“ fragte sie fast in einem Flüstern, während sie ihm gegenüber Platz nahm.

Johannes nickte. „Es ist etwas Erlösendes, was du jetzt tun willst, Katie. Wenn ein Mensch sich weigert, diesen ersten Schritt vom richtigen Weg abzuweichen, werden unweigerlich der zweite und der dritte Schritt folgen. Diese ersten Schritte können einen Menschen weit, weit weg von der Gemeinde führen ...“ Er schwieg kurz und schaute sie dabei zärtlich an. „Komm, Katie, finde deinen Frieden wieder, den du verloren hast.“

Er sprach weiter, jetzt in seinem bekannten Predigtton, obwohl Katie den Eindruck hatte, daß er seine Ermahnungen in einer sanften Art aussprach, aber trotzdem ganz im Einklang mit der Schrift. „Wir müssen unser Fleisch kreuzigen, den Dingen der Welt widerstehen. Bist du bereit, dich von den Liedern, die nicht im *Ausbund* zu finden sind, loszusagen?“

„Ja“, antwortete Katie und schaffte es nur mit viel Mühe, nicht zu weinen und nicht an Dan zu denken.

„Und die Gitarre ... willst du dieses Instrument des Bösen zerstören?“

Katie hielt den Atem an. Papa hatte Johannes wirklich alles gesagt! Diese Forderung traf sie unvorbereitet. Was sollte sie darauf antworten? Wenn sie dem Bischof widersprach, ihn um eine Alternative zu seiner Forderung bat, beschwor sie damit die Gefahr herauf, gebannt zu werden – aus der Gemeinschaft ausgeschlossen zu werden. Denn einem Gemeindeältesten zu widersprechen, war ein schwerwiegendes Vergehen.

Johannes war durch das Los, durch Gottes Ratschluß, gewählt worden. Er hatte erst vor wenigen Jahren das Taufgebet über ihr gesprochen. Wie konnte sie es wagen, mit Gottes Erwähltem zu streiten?

Sie senkte den Kopf und starrte ihre gefalteten Hände an. Ihre Stimme zitterte, als sie sprach. „Ich werde das Instrument des Bösen zerstören.“

Johannes stand auf und hielt ihr seine offenen Hände entgegen. Zögernd legte sie ihre hinein und stand auf. „An diesem Tag hat eine Schwester zum Glauben zurückgefunden“, sagte er.

Maria Stoltzfus hatte recht gehabt. Die Beichte war schnell vorbei. Durch die offensichtliche Freude in Johannes' Augen und seine freundliche Miene war sie weniger schmerzvoll verlaufen. Wenn Katie es nicht besser wüßte, hätte sie sogar denken können, daß ihr künftiger Ehemann ihren Verstoß, den sie durch ihr Singen begangen hatte, etwas heruntergespielt und ihr Vergehen verharmlost hatte. Wäre da nicht die schmerzliche Forderung gewesen, die Gitarre zu zerstören.

Die Worte des kleinen Jakob klangen in ihren Ohren. *Papa muß ja recht haben ... So macht Gott Bischöfe.*

Katie mußte ihr Wort halten. Man konnte nicht dem Bischof ein Versprechen geben, ohne es ernst zu meinen und es zu halten. Sie wußte nicht, wie sie sich dazu überwinden sollte, aber der Herr wußte es, und er würde ihr die Kraft dazu geben, wenn die Zeit dazu da wäre.

Sie war jedoch zutiefst erleichtert, als ihr Gespräch mit Johannes sich jetzt um die Hochzeitsvorbereitungen drehte. Aber sie fragte sich immer noch, ob er vielleicht erwähnen würde, in welcher Verfassung ihr Vater war, als er ihm an diesem Morgen ihre Übertretung gemeldet hatte. Doch davon sagte er kein Wort.

Jetzt, da sie die Beichte hinter sich gebracht hatte, begaben sie sich in die Küche, in der ihre Mutter Apfelstrudel und Käsescheiben aufgedeckt hatte.

„Hast du schon entschieden, wen du als *Nebensitzer* haben willst?“ fragte Johannes Katie nach den Hochzeitsbegleitern, die dem Brauch entsprechend unverheiratete junge Leute sein sollten.

Katie nickte. „Ich habe meinen Bruder Benjamin und meine Freundin Maria Stoltzfus gefragt. Maria hat bereits ihr Kleid und ihren Umhang genäht.“

Johannes lächelte und griff nach ihrer Hand, als sie auf der langen Bank am Tisch Platz nahmen. „Ich habe meinen jüngsten Bruder Noah gefragt und ...“ Er schwieg kurz und warf Katie einen nachdenklichen Blick zu. „Ach, ich hätte gern meine älteste Tochter gewählt, aber Nancy ist noch ein bißchen zu jung, fürchte ich.“

Katie gab ihm im stillen recht. Er hatte doch bestimmt nicht ernsthaft in Betracht gezogen, ein Kind zu bitten, seine Hochzeitsbegleiterin zu sein. Im nächsten Atemzug erzählte er ihr, daß er Sarah Beiler gewählt hatte, Matties älteste Enkelin, Johannes' Nichte.

„Was hältst du davon, daß Prediger Yoder einer der Prediger ist?" wollte sie wissen.

„Ich finde das gut." Johannes grinste sie an und zeigte wie ein ausgelassener Junge seine Zähne. „Außerdem dachte ich daran, Prediger Zook aus Summer Hill einzuladen. Wir beide kennen uns schon seit unseren ersten Tagen in Lancaster."

Katie fragte sich, ob Prediger Zook ein Verwandter von Johannes' verstorbener Frau sei. Aber sie schwieg und übte sich in die unterwürfige Rolle ein, die sie im Laufe der Jahre von Rebekka gelernt hatte.

Es war abgemacht. Zwei ihrer Lieblingsprediger aus Lancaster County würden die Predigten halten. Einige andere Entscheidungen mußten ebenfalls noch getroffen werden, zum Beispiel, wer die *Vorgeher* sein sollten und die anderen, die an diesem Tag Aufgaben übertragen bekämen. Kartoffel- und Fleischköche mußten ausgewählt werden und auch die *Pferdeknechte* – die Jungen, die sich um die Pferde der Gäste kümmern würden. Männer, die die Tische aufstellten und die Bänke holten, standen als nächstes auf Bischof Johannes' Liste, gefolgt von den Frauen, die für die riesige Gesellschaft von ungefähr zweihundert Gästen Tischdecken waschen und bügeln würden. Alle Helfer sollten verheiratete Paare sein. Gelegentlich half sogar ein Mann am Hochzeitstag eines Verwandten in der Küche aus – das einzige Mal, daß ein Mann in der Küche stand. Bei dem Gedanken, daß ihre älteren Brüder Elam oder Eli versuchten, in der Küche ihrer Mutter etwas zu kochen, mußte Katie schmunzeln.

Katie war Johannes dankbar, daß er eine große Hochzeit mit einem anschließenden Festessen erlaubte. Normalerweise fand aus Respekt vor dem Tod der ersten Frau eines Witwers eine zweite Hochzeit in einem weitaus kleineren Rahmen statt. Aber Johannes hatte sehr zum Erstaunen der Gemeinde die übliche Praxis abgelehnt.

Bevor er ging, küßte Johannes sie das erste Mal auf die Lippen. Sie war froh, daß niemand im Zimmer war und den Kuß sah, denn das war etwas so Persönliches, und sie fühlte sich auch etwas unbeholfen. Katie wußte, daß sie einige Zeit brauchte, um sich daran zu gewöhnen – den Bischof auf den Mund zu küssen.

Katie ging die Treppe in ihr Zimmer hinauf und ließ in Gedanken den Tag Revue passieren. Alles war so gekommen, wie Maria es vorhergesagt hatte, und sie war zutiefst dankbar dafür. Sie hatte jetzt eine neue Entschlossenheit, täglich ihr Fleisch zu kreuzigen – und alles Böse abzulegen. Beichten ist gut für die Seele, entschied sie.

* * *

Nach Johannes' Besuch, aber vor dem abendlichen Melken, ging Rebekka zu Samuel in die Scheune. „Ich finde, wir sollten Katie das Geld geben ... das Geld von ihrer leiblichen Mutter, meine ich", unterrichtete sie ihn ohne Umschweife von ihren Plänen, als niemand sonst in der Nähe war. „Als Mitgift."

Samuel nickte. „Eine großartige Idee. Katie und der Bischof werden sich bestimmt darüber freuen."

„Dann fahre ich am Montag in die Stadt und hole das Geld von der Bank." Ohne weitere Diskussion verließ Rebekka die Scheune und war froh, daß Samuel ihrem Vorschlag zugestimmt hatte. Die Hochzeit war jetzt bis ins Detail geregelt. Alles paßte gut zusammen. Einfach alles, einschließlich Katies Beichte.

Die Hochzeit würde der Krönungstag ihrer einzigen Tochter werden. Rebekka hatte noch nie in ihrem Leben ein so gutes Gefühl bei einer Sache gehabt. Seit dem Tag, an dem sie ins Lancaster-Krankenhaus gefahren und mit der kleinen Katherine nach Hause gekommen war, hatte sie sich nicht mehr so gut gefühlt.

Rebekkas Freude war so überschwenglich, daß sie, als ein Einspänner im Hof hielt und sie Ella Mae Zook erblickte, wie ein junges Fohlen auf ihre Tante zulief und sie mit einem strahlenden Gesicht begrüßte. „Willkommen! Schön, dich zu sehen!" rief sie herzlich und half der alten Frau aus dem Wagen und ins Haus.

„Ich koche uns eine Tasse Kaffee", sagte Rebekka und zog den Schaukelstuhl an den Ofen.

„Ich kann nicht lang bleiben", murmelte Ella Mae, während sie sich setzte. Ein besorgter Blick vertiefte die Linien auf ihrer Stirn. „Sind wir allein?"

„Ja. Samuel ist draußen in der Scheune. Und die Jungen und Katie auch."

Ella Mae seufzte schwer und begann zu sprechen. „Eine junge Engländerin tauchte heute morgen vor dem Geschäft des Predigers auf und stellte mir einige Fragen." Sie senkte den Blick. „Sie gab mir diesen Umschlag. Ich glaube, er ist für dich, Rebekka."

„Für mich?"

„Ja. Ich glaube, es ist am besten, wenn du ihn allein liest."

Rebekkas Gliedmaßen fühlten sich auf einmal wie gelähmt an. „W-wie meinst du das?"

„Ich glaube ... ich habe Grund zu der Annahme, daß er nur für deine Augen bestimmt ist", riet ihr die *Weise Frau.* Sie reichte Rebekka den Briefumschlag.

Rebekka zitterte, als sie den Namen las, der in schwungvoller Schrift darauf stand – *Laura Mayfield-Bennett.* Sie war dankbar, daß Ella Mae so einfühlsam war und keine Fragen stellte.

„Ich fahre jetzt lieber wieder", sagte die alte Frau. „Mattie erwartet mich zum Abendessen."

Rebekka folgte Ella Mae zum Wagen hinaus und half ihr wieder hinein. „Der Herr sei mit dir", sagte sie mit zittriger Stimme.

„Und auch mit dir, Kind." Ella Maes Stimme hatte – so heiser sie auch war, nie so liebevoll, so mitfühlend geklungen. In Rebekkas Augen stiegen die Tränen auf.

Bevor Ella Mae die Zügel ergriff, drehte sie sich noch einmal zu Rebekka um und sagte: „Ich bin jederzeit für dich da, wenn du mich brauchst."

Rebekka warf einen Blick auf den feinen, weißen Stoffumschlag. „Das weiß ich, danke", flüsterte sie und zitterte vor Kälte ... und aus Angst vor dem Unbekannten. „Ich weiß."

* * *

Katie beendete ihre Arbeiten in der Scheune und versuchte, ihre Gedanken zu sammeln. Ihr Blick wanderte zu dem Heuboden hoch über ihrem Kopf. Sie riß ihre Augen mit Gewalt los und ging zum Milchhaus hinüber. Im Hof sah sie Mama stehen und jemandem nachwinken. *Wer mag das wohl gewesen sein?*

Johannes' Worte ließen sie nicht los. „Es ist etwas Erlösendes", hatte er in bezug auf ihre Beichte gesagt. Das war es natürlich auch. Ihre Beichte sicherte ihr eine gute Stellung in der Gemeinde. Sie mußte jetzt einfach die Regeln befolgen. Ihre Zukunft hing davon ab.

Aber warum hatte sie das Gefühl zu ersticken? Warum fühlte sie sich so gefangen? Als wäre zusammen mit dem Liederverbot auch eine eiserne Kette um ihr Herz gelegt worden.

Vor wenigen Stunden war sie rein geworden, aber ihr Herz war immer noch böse. Ganz und gar nicht so, wie sie es erwartet hatte, nachdem sie ihre Seele offengelegt hatte. Was hielt sie vom geraden und schmalen Weg ab? Was konnte sie noch tun?

Dan Fischer hatte bei einer Heimfahrt von der Gesangsstunde nur wenige Tage vor seinem tödlichen Unfall genau über dieses Thema gesprochen. Katie hatte ihm verwirrt zugehört. Er erzählte endlos von einer Stelle im Galaterbrief, wo der Apostel Paulus davon sprach, daß man seinen Glauben nicht auf Regeln, sondern auf Christus selbst gründen solle. Dan hatte ihr die Verse aus dem Kapitel sogar vorgelesen, und sie erinnerte sich daran, daß sie überrascht gewesen war, weil er ein neues Exemplar des Neuen Testaments in seiner Jackentasche mit sich herumgetragen hatte. Ungewöhnlich für einen getauften Amisch!

„Die Ordnung kann uns nicht retten, Katie", hatte er gesagt und ihr dabei ernst in die Augen gesehen. „Unsere Vorväter waren in der Schrift nicht unterwiesen ... sie haben nicht die Bibel studiert, um das Volk lehren zu können. In der Alten Ordnung haben sie Gesetze aufgestellt. Von Menschen gemachte Gesetze."

Katie hatte von den vier Bischöfen gehört, die damals im Jahr 1809 ein Regelwerk erstellten, nach dem Mitglieder, die der Ordnung nicht gehorchten, aus der Gemeinschaft ausgeschlossen werden sollten. Aber sie war verliebt gewesen, und alles, was Dan in bezug auf ihre schweizerischen Vorfahren glaubte, war ihr recht gewesen; sie wollte nicht mit ihm streiten. Außerdem hatte er sich wahrscheinlich irgendwo zu einem mennonitischen Bibel- oder Gebetskreis einladen lassen. Die Mennoniten waren dafür bekannt, daß sie die Wahrheit in Gottes Wort suchten. Viele von ihnen wurden später Missionare.

Damals hatte Katie gedacht, Dan sei einigen Menschen begegnet, die die Bibel als einzige Instanz in Glaubensfragen ansehen, und das sei alles. Gleichzeitig hatte sie gehofft, er sei vorsichtig und lasse sich nicht mit Außenstehenden ein. Besonders nicht mit der Gemeinde. Für so etwas konnte er gebannt werden!

Katie fuhr zusammen. *Die Meidung*, der Bann, war etwas Furchterregendes. Allein schon das Wort löste in der Gemeinde starke Gefühle aus. Gefühle des Abgelehntseins, des Verlassenseins ... der Angst.

Sie konnte sich erinnern, daß ihr Omi Essie einmal von einem Mann erzählt hatte, der gebannt worden war, weil er einen Traktor benutzt hatte. Keiner aus der Gemeinschaft hatte Kontakt zu ihm haben dürfen. Man durfte nicht einmal mit ihm sprechen oder essen, da man sonst selbst geächtet worden wäre.

„Es ist, als sei jemand in der Familie gestorben", hatte Omi Essie ihr erklärt. Katie, die damals noch ein kleines Mädchen gewesen war, hatten der verstoßene Mann und seine Familie von Herzen leid getan.

Aber erst als sie seine kleine Tochter, Annie Mae, bei einem Lesewettbewerb in der Schule getroffen hatte, hatte Katie die tiefe Traurigkeit, die ein solcher Bann auslöste, wirklich begriffen. Niemand wußte, was er zu Annie Mae sagen sollte. Entweder sagte man gar nichts, oder man war besonders freundlich, als könnte man damit den Schmerz um ihren Vater irgendwie gutmachen.

Obwohl die Kinder von den Gemeindeangelegenheiten ziemlich stark abgeschirmt waren, konnten alle sehen, daß Annie Mae nach der Verhängung des Bannes nicht mehr dieselbe war. Es war, als ob sie entblößt worden wäre, einer kostbaren Sache beraubt worden wäre. Katie hatte befürchtet, daß das kleine Mädchen für den Rest seines Lebens leiden würde, wenn sein Vater nicht zu einer Beichte niederkniete.

Genauso wie alle anderen Kinder im Gemeindebezirk von Hickory Hollow war Katie gelehrt worden, daß man niemals auch nur im geringsten von der Ordnung abweichen dürfe. Sobald man einmal anfing, sie nicht mehr so genau zu nehmen, befand man sich auch schon auf dem Weg hinaus aus der Gemeinde.

Wenigstens braucht sich meinetwegen niemand Sorgen zu machen, hatte die junge Katie damals gedacht, nachdem sie die Not von Annie Maes Vater miterlebt hatte. Nie würde sie absichtlich ihrer Familie oder der Gemeinde ungehorsam sein oder ihnen Schande bereiten. Nie würde sie so weit vom richtigen Weg abweichen, daß sie Gefahr liefe, gebannt zu werden …

* * *

Nachdem Ella Mae Zook die Zügel in die Hand genommen hatte, kehrte Rebekka benommen ins Haus zurück. Ihr Herz schlug wild in ihrer Brust. Dieser Brief in ihrer Hand, dieses Briefpapier …

Sie drückte ihn ängstlich an sich und schaute sich vorsichtig in der Küche um, um sicherzustellen, daß sie allein war. Allein, wie Ella Mae ihr liebevoll geraten hatte.

Im Haus, das ihr jetzt ungewohnt kalt vorkam, herrschte Totenstille. Rebekka nahm ein Messer und schlitzte den Umschlag mit einem langen, sauberen Schnitt auf. Mit zitternden Fingern griff sie hinein und zog einen Brief heraus, der zweimal der Länge nach gefaltet war. Langsam las sie:

Liebe Rebekka, (Adoptivmutter meines Kindes),

leider muß ich zugeben, daß weder meine Mutter noch ich selbst an jenem Tag vor zweiundzwanzig Jahren im Lancaster-Krankenhaus uns die Zeit nahmen, nach Ihrem Nachnamen zu fragen. An jenem fünften Juni war ich bedauerlicherweise zu aufgewühlt, um an so etwas zu denken.
Vielleicht war ich auch zu jung, um Ihnen meine neugeborene Tochter zu geben. Ja, ich war zu jung. Und es war auch unverantwortlich von mir, überhaupt schwanger zu werden. Die Schuld ist seitdem lang vergeben, aber die Trauer um mein verlorenes Kind bleibt, sie hat sich in mein Herz eingegraben.
Trotz sehr großer Bedenken suche ich auf diese Weise den Kontakt zu Ihnen. Ich bete darum, daß Sie meine Motive verstehen, denn ich muß ehrlich zu Ihnen sein, Rebekka: Das kleine Mädchen, das ich Ihnen gab, lebt trotzdem seit jenem Tag in meinem Herzen. Ja, um die Wahrheit zu sagen, muß ich gestehen, daß es mir leid tut, sie jemals weggegeben zu haben. Jetzt mehr denn je zuvor, denn ich werde bald sterben.
Mehrere Spezialisten haben mir geraten, „mein Haus in Ordnung zu bringen", da ich nur noch wenige Monate zu leben habe. Mit diesem Wissen werden Sie hoffentlich verstehen, warum ich mich verzweifelt danach sehne, Katherine noch einmal – wenn auch nur ein einziges Mal – zu sehen.
Natürlich ist es sehr gut möglich, daß Sie und Ihr Mann sich entschieden haben, den Namen, den ich meinem Baby gab, nicht beizubehalten, und vielleicht war das auch weise. Trotzdem bitte ich Sie mit allem Respekt um Ihre Hilfe, eine erste Begegnung – zwischen meiner Tochter und mir – zu ermöglichen. Da ich dafür bete, daß Sie mir meine Bitte nicht abschlagen, nenne ich Ihnen am Ende des Briefes meine Adresse.
Ich danke Ihnen für alles, was Sie für Katherine getan haben, für die Jahre, in denen Sie und Ihr Mann ihr Ihre Liebe erwiesen haben. Bitte seien Sie versichert, daß ich in keinster Weise die Absicht habe, mich in Katherines oder Ihr Leben einzumischen. Meine Suche nach meinem Kind geschieht nur aus Liebe.
Möge der Herr Sie immer segnen,

Laura Mayfield-Bennett

Nachdem sie die ersten zwei Sätze gelesen hatte, mußte Rebekka sich setzen. „Oh meine Güte, nein ... nein", murmelte sie bei sich. „Das kann doch nicht sein. Das kann einfach nicht sein."

Sie las den Brief immer wieder, und jedes Mal, wenn sie an die Stelle kam, an der Laura von ihrer Traurigkeit darüber schrieb, daß sie ihr Baby weggegeben hatte, traten ihr Tränen in die Augen. Der Verlust eines Kindes – jedes Kindes – ob man es nun zur Adoption freigab oder ob es starb, war eine herzzerreißende, lebensverändernde Erfahrung, das wußte sie. Wie gut sie das wußte!

Aber trotzdem sträubte sich jede Faser ihres Seins dagegen, eine Begegnung zwischen dieser ... dieser *Frau* und ihrer kostbaren Katie zu ermöglichen! Sie – Rebekka Lapp, und nicht Laura Mayfield-Bennett – war Katies Mutter!

Aber hatte die junge Frau nicht geschrieben, daß sie bald sterben würde? Sterben! Wie alt mochte sie sein? Ende Dreißig? Vielleicht sogar noch jünger. Rebekka hatte keine Ahnung, da zwischen ihnen nie irgendwelche Informationen ausgetauscht worden waren. Die Adoption war nie rechtskräftig besiegelt worden. Das kleine Mädchen hatte ein Zuhause gebraucht; sie und Samuel hatten gerade ihr Neugeborenes verloren. Mit gebrochenem Herzen und einem unfruchtbaren Schoß hatte Rebekka das Baby als Geschenk aus den Händen ihres himmlischen Vaters angesehen und, ohne lange zu fragen, angenommen.

Gott hatte sie und Samuel in seiner großen Vorsehung dem traurigen jungen Mädchen mit den rotbraunen Haaren über den Weg geführt. Und dieses junge Mädchen – Laura – hatte ihr Baby zum Abschied geküßt und es Rebekka in die Arme gelegt. Wer sollte die Richtigkeit, die Rechtmäßigkeit einer solchen Handlung in Frage stellen?

Aber in ihrem Herzen wußte Rebekka, daß der Säugling, dem sie den Namen Katie gegeben hatte – und den sie auf einem amischen Bauernhof in Pennsylvania in einem Sandsteinhaus, das seit Jahrzehnten von einer Lappgeneration auf die nächste überging, großgezogen hatte – in Wirklichkeit nie existiert hatte. Nicht wirklich. Eine solch fadenscheinige Vereinbarung könnte vor einem modernen Gericht nie bestehen. Nein, denn um die Wahrheit zu sagen, war Katherine Mayfield die Tochter einer eleganten Frau ... Katherine, durch deren Adern englisches Blut floß ... Katherine, mit ihrer Schwäche für verbotene Lieder und Gitarren ... – war sie das Mädchen, das in all diesen Jahren hier gelebt hatte und als Amische aufgewachsen war.

„Und jetzt will ihre richtige Mutter sie wiederhaben", stöhnte Rebekka und schaukelte gedankenabwesend vor und zurück. „Wahrscheinlich kommt sie wieder nach Hickory Hollow ... und nimmt mir Katie weg."

Sie merkte, daß ihr Herz einen Schlag aussetzte. Dieser beunruhigende Gedanke raubte ihr den Atem. Gequält stand sie auf und zerknüllte den Brief in ihrer Hand. „Ich werde diesen Brief nicht beantworten, Laura Mayfield-Bennett. Nein, das werde ich nicht!"

Ohne Rücksicht darauf, daß dieser Brief ihren Mann bestimmt interessieren würde, und ohne ihn um Rat zu fragen – ohne an so etwas auch nur im entferntesten zu denken, stand Rebekka auf, und übergab den Brief mitsamt dem Umschlag den gierigen Flammen.

Wie aus weiter Ferne hörte sie, wie die Hintertür aufging und Katie ins Haus gelaufen kam. Sie schaute nicht auf, sondern starrte ins Feuer, das die Geheimnisse der Vergangenheit vertilgte.

„Mama?"

Sie registrierte Katies Stimme und fragte sich, wie lang sie wohl so dagestanden hatte.

„Mama, geht es dir nicht gut?" Katie berührte Rebekkas Arm. Rebekka richtete sich auf und nahm alle Kraft, die sie aufbringen konnte, zusammen. Langsam drehte sie sich um und schaute ihre Tochter an. „Wo ist Papa?"

„Er kommt gleich ins Haus. Er und die Jungen kommen bald zum Abendessen."

Rebekka ging daran, Reste vom Mittagessen zuzubereiten, und zwang sich zu einem Lächeln – es wurde nur ein starres Verziehen ihres Gesichtes daraus. Katie durfte nicht argwöhnen, daß etwas nicht in Ordnung war. Sie durfte nie erfahren, daß eine andere Frau, eine vollkommen Fremde, sie geboren hatte. Oder daß diese Frau bald an einer tödlichen Krankheit sterben würde. Oder daß der Brief – der Brief, der ihr die Tür zu einem anderen Leben ermöglichen könnte – nur wenige Zentimeter von ihr entfernt im Holzofen verbrannte.

10

Der dritte Sonntag im November war ein freier Sonntag. Jeden zweiten Sonntag hatte die Amisch-Gemeinde einen Ruhetag. Diese Zeit sollte ruhig zu Hause oder, was weitaus häufiger der Fall war, mit Besuchen bei Freunden und Verwandten verbracht werden.

Katie und ihre Familie hatten einen gemeinsamen Tag geplant, an dem sie nur die nötigsten Arbeiten verrichteten. Der letzte Sonntag dieser Art vor Katies Hochzeit.

Nach dem Mittagessen kam Maria Stoltzfus zu Besuch und brachte die fertige Hochzeitsdecke. Mit leuchtenden Augen begrüßte sie jedes Mitglied der Familie. Eli schien Maria mehr Aufmerksamkeit als sonst zu schenken, als diese durch die Küche in die Wohnstube trat. Das überraschte Katie nicht, denn ihre liebste Freundin strahlte an diesem Tag wie die Sonne.

Marias Mutter, Rachel, warnte oft: „Die Augen sind das Fenster der Seele.“ Wenn dieses alte Sprichwort der Wahrheit entsprach, dann war Maria das beste Beispiel dafür, denn sie strahlte innerlich genauso wie äußerlich.

Eli folgte ihnen in die Wohnstube und setzte sich ihnen gegenüber auf einen Rohrstuhl und blickte nur gelegentlich von seinem Kreuzworträtsel auf, während die beiden jungen Frauen die Steppdecke begutachteten. Dann kam Benjamin herein und schlug seinem Bruder vor, daß sie „Besuche abstatten“ könnten. Aus dem Zwinkern in Bens Augen schloß Katie, daß sie ihre Freundinnen besuchen wollten.

„Bis später“, rief Rebekka von ihrem Schaukelstuhl aus. Samuel saß daneben und schnarchte leise. Die Jungen winkten und gingen unbeirrt durch die Küche in den Abstellraum. Dabei schmiedeten sie mit gesenkter Stimme ihre Pläne und lachten leise.

„Kommt dein Bräutigam später ein bißchen herüber?“ fragte Maria.

„Ja.“ Katie konnte ein leichtes Erröten ihrer Wangen nicht verhindern. „Johannes holt mich später ab. Wir wollen seinen Freund, den Prediger in Summer Hill, besuchen. Es gab Schwierigkeiten mit einigen Jungen beim Singen.“

„Wirklich? Was denn für Schwierigkeiten?“

„Oh, nur jugendlicher Übermut, schätze ich. Einige von ihnen brachten Fideln und Gitarren mit – darum ging es.“

Als sie Gitarren erwähnte, runzelte Maria leicht die Stirn. Katie erwartete fast, daß ihre Freundin sie fragen würde, ob sie ihre schon beseitigt habe. Um das unsichere Schweigen zu brechen, ergriff sie schnell das Wort. „Ich habe gehört, daß sie an einem Abend sogar einen tragbaren Plattenspieler dabeihatten. Kannst du dir so etwas vorstellen?"

„Einen Plattenspieler? Was ist denn das?"

„Ach, das ist irgend so ein Gerät, das auf winzig kleinen Scheiben Musik spielt."

„Na, wenn das nicht dem Faß den Boden ausschlägt."

„Ich sag' dir eines, Maria: die Dinge ändern sich zur Zeit ziemlich schnell. Ich kann mich noch an die Zeit erinnern, als wir nicht einmal eine Harmonika beim Singen benutzen durften."

Maria nickte. „Du hast recht. Sie werden hier in Hickory Hollow immer noch nicht viel benutzt. Nicht mehr, seit Johannes Beiler vor ein paar Jahren als Bischof eingesetzt wurde. Er ist strenger als so mancher andere." Sie griff nach Katies Hand. „Aber ich bin wirklich froh, daß wir einen so standhaften Bischof haben. Stell dir nur einmal vor: Kommenden Donnerstag wirst du seine Frau."

Katie lächelte und drückte Marias Hand. „Und alles ist fertig für die Hochzeit." Sie schaute sich um und ließ ihren Blick über die frisch gestrichenen Wände und den geschrubbten Boden wandern. „Papa und die anderen Männer haben auf der Veranda gute Arbeit geleistet. Komm, schau es dir einmal an."

Sie führte Maria zur vorderen Haustür. Sie schauten hinaus und betrachteten durch die schweren Doppelglasscheiben die lange Veranda.

„Oh, Katie, fast wünschte ich mir, ich wäre du", flüsterte Maria. Ihr Gesicht war so nahe an der Scheibe, daß ihr Atem das Glas beschlug.

„Wirklich? Warum?" Verwirrt drehte sich Katie zu ihrer Freundin um. „Wolltest *du* den Bischof heiraten?"

Marias Hände fuhren in die Höhe und legten sich auf ihr glühendes Gesicht. „Aber nein – so etwas wollte ich damit auf keinen Fall sagen!"

„Was dann? Wie kannst du dir dann wünschen, du wärst *ich*?"

Maria warf einen Blick auf Samuel, der immer noch leise schnarchte. Dann antwortete sie in einem Flüstern: „Ich habe nur gemeint, daß ich wünschte, ich würde auch bald heiraten."

„Oh, Maria ..." Katie legte die Arme um ihre Freundin und drückte sie fest an sich. „Dein Tag kommt noch. Warte nur ab. Einer der besten jungen Männer aus unserer Gemeinde wird sehr bald mit seiner Taschenlampe in dein Fenster leuchten." Sie hoffte aufrichtig, daß das die Wahrheit wäre – daß es bald so käme, wie sie vorhergesagt hatte. „Komm jetzt. Es ist noch Apfelstrudel vom Mittagessen übrig!"

In der Küche schnitt Katie zwei großzügige Stücke ab und füllte zwei Tassen mit dem guten Kaffee ihrer Mutter.

„Hm, das schmeckt gut", sagte Maria nach ihrem ersten Bissen. „Ist der Strudel nach dem Rezept deiner Mama gebacken?"

„Ja."

„Dann sollte ich mir von ihr das Rezept geben lassen."

„Ich habe deine Strudel schon probiert, Maria. Du brauchst wirklich kein neues Rezept!"

„Ich freue mich, daß du meine Nebensitzerin bist", sprach Katie. Maria sollte ihre Brautjungfer beim Predigtgottesdienst sein, der die ersten zwei Stunden der Feier einnahm.

„Wen hättest du dir denn sonst ausgesucht?" Marias Augen funkelten.

„Niemanden. Du bist meine einzige und beste Wahl. Ich hatte nie Schwestern, von denen ich mir eine hätte aussuchen können."

„In gewisser Weise bin ich froh darüber. Denn wenn du welche hättest, bekäme ich vielleicht keinen Ehrenplatz bei deiner Hochzeit. Und vielleicht ... wären wir dann auch nie so enge, gute Freundinnen geworden."

Es folgte ein Augenblick des Schweigens, in dem beide darüber nachdachten, welche Veränderungen Katies Hochzeit wohl mit sich bringen würden. „Oh, Maria, wie wird das werden, wenn ich heirate und dich unverheiratet zurücklasse? Wäre es nicht wunderbar gewesen, wenn wir eine Doppelhochzeit hätten feiern können?"

Laut nachdenkend, fügte sie hinzu: „Vielleicht sollte ich noch ein bißchen warten, dem Bischof absagen ... bis Hühner-Josef dich um deine Hand bittet ... oder der Predigersohn."

Marias Kinnlade fiel nach unten. „So etwas darfst du nicht einmal im Spaß sagen! Gottes Wege sind die besten, Katie. Außerdem wartet Bischof Johannes sowieso schon so lange."

„Sowieso schon lange?" Katie war überrascht, das zu hören. „Woher weißt du das?"

Maria runzelte die Stirn. Es sah aus, als fürchtete ihre Freundin, unüberlegt gesprochen zu haben. Aber Katie ließ nicht locker und drängte nach einer Antwort. „Was willst du damit sagen?"

Maria legte den Kopf schief und kniff die Augen zusammen. „Ich weiß, daß es stimmt. Der Bischof hat schon lange ein Auge auf dich geworfen. Ich habe gemerkt, wie er dich beobachtet hat. Ach, es würde mich nicht überraschen, wenn er schon vor deiner Taufe in dich verliebt gewesen wäre."

Katie schaute sie ungläubig an. „Aber damals waren Dan und ich zusammen. Wie könnte es also sein, daß der Bischof ..."

„Oh, ich will auf keinen Fall sagen, daß Bischof Johannes auf Dan *eifersüchtig* gewesen wäre", unterbrach Maria sie schnell mit großen Augen. „Das habe ich gewiß nicht gemeint."

Katie dachte an jene Zeit zurück und begriff, worauf Maria offensichtlich anspielte. „Oh, *das.* Johannes war nur besonders freundlich und hilfsbereit, nachdem Dan ertrunken war. Das ist alles."

„Ja ... vielleicht. Johannes Beiler ist natürlich ein freundlicher, gottesfürchtiger Mann." Maria seufzte. „Es muß einfach herrlich sein, wenn so jemand es nicht erwarten kann, dich zu heiraten."

Katie räumte den Tisch ab, dann kam sie zurück und nahm Maria gegenüber Platz. „Als du vorhin davon sprachst, daß Johannes mich beobachtet habe ... also, du meintest doch damit nicht, daß er diesen ernsten, hm ... diesen intensiven Blick in den Augen hatte, oder?"

„Katie! Solche Gedanken wollte ich dir nie in den Kopf setzen!" kam die eifrige Antwort. „Johannes Beiler ist Bischof, bei allem, was recht ist!"

Katie nickte, konnte aber gewisse Gedanken und Fragen nicht von sich abschütteln. Johannes Beiler war trotz allem ein Mann. Sie hatte deutliche Zeichen von Sehnsucht in seinen Augen gesehen, aber das war etwas, das sie lieber nicht erzählen sollte – nicht einmal ihrer besten Freundin.

„Bitte, was du auch tust, erzähle bloß niemandem, was ich gerade gesagt habe. Hörst du?" Marias Stimme klang fast verzweifelt.

Katie nickte, aber ihre Gedanken gingen auf Abwege, und sie mußte daran zurückdenken, wie Johannes bei ihrer Beichte ihr Vergehen heruntergespielt hatte. Lag das an seiner Zuneigung zu ihr? Weil er zu seiner künftigen Frau nicht zu streng sein wollte?

„Worüber denkst du jetzt nach?" fragte Maria und glättete ihre Schürze, während sie aufstand und zum Herd ging, um sich die Hände zu wärmen.

„Über nicht viel." Katie blieb sitzen und beobachtete Maria. Sie wünschte sich, zwischen ihnen könne alles so bleiben, wie es war.

„Na, das ist gut, denn du sollst bis nach der Hochzeit überhaupt nicht viel denken. Ein paar Tage später komme ich dich dann drüben im Haus besuchen und will die Namen hören, die du dir für dein erstes

Baby im kommenden Sommer ausgesucht hast." Bei ihrem breiten Grinsen zeigten sich ihre leicht schiefen Schneidezähne.

„Also, weißt du ..." Katie stieß Maria liebevoll in die Rippen. Wäre nicht der Tag des Herrn gewesen, hätte sie leicht versucht sein können, ihre Freundin zu einer Schneeballschlacht in den Hof zu treiben. Aber so wurde nur Katies Haube vom Kopf geschoben, und Rebekka mußte sie aus der Wohnstube zur Ruhe mahnen.

„Wir sind immer noch wie zwei kleine Zicklein, nicht wahr?" flüsterte Katie und versuchte, ein Kichern zu unterdrücken. „Und da redest du von den Kindern, die ich bald haben soll!"

Maria zuckte mit den Achseln. „Vielleicht hat eines deiner Kinder ja rote Haare. Wäre das nicht herrlich?"

„Meine Haare sind nicht rot!"

„Wie nennst du die Farbe dann?"

„Sie sind rotbraun", beharrte Katie. „Aber mit einem hast du recht. Es wird allmählich Zeit, daß noch jemand in Hickory Hollow eine andere Haarfarbe als Blond hat. Findest du nicht?"

Maria wurde unerwartet nachdenklich. „Weißt du, ich habe noch nie darüber nachgedacht, aber du bist die einzige hier in der Gegend, die rotbraune Haare hat."

Da sie nicht weiter auf dieses Thema eingehen wollte, stand Katie auf und winkte Maria hinauf in ihr Schlafzimmer, wo sie auf die Knie sank, ihre Zederntruhe öffnete und ihrer Freundin die vielen handgenähten Decken und Tücher zeigte, die sie darin aufbewahrte.

„Ist es nicht ein komisches Gefühl, in ein Haus zu ziehen, das mit Möbeln und allem anderen schon vollständig eingerichtet ist?" fragte Maria, als sie die schönen Sachen wieder zusammenfalteten.

„Oh, ich kann wirklich nicht sagen, daß es komisch ist. Der Bischof und ich haben darüber gesprochen. Wir denken, daß es so am besten ist ... für die Kinder ..." Ihre Stimme verebbte. Sie setzte sich auf die Fersen, und ihr Blick wanderte in die Ferne.

„Aber es stört dich, nicht wahr?"

Schon wieder! Maria schien instinktiv zu wissen, was Katie wirklich fühlte und dachte. „Oh, es stört mich, ehrlich gesagt, schon hin und wieder, aber ich werde mich schon daran gewöhnen", erwiderte Katie, schloß den Truhendeckel und erhob sich. „Das werde ich bestimmt."

Was sie nicht sagte, war, daß die Heirat mit *jedem* anderen Mann als mit ihrer ersten großen Liebe sie irgendwie störte.

* * *

Elam, Katies ältester Bruder, und seine schwangere, junge Frau hatten vor einem Jahr geheiratet, kamen ein paar Minuten, nachdem Maria das Haus verlassen hatte, zu Besuch. Sowohl Elam als auch Annie umarmten Katie und Rebekka, als sie das Haus betraten.

„Unser Geschirr steht bereit und kann für das Hochzeitsessen auf den Wagen geladen werden“, bot Annie mit einem Lächeln an, während sie ihren Winterhut abnahm, unter dem die aschblonden Haare unter ihrer weißen Haube zum Vorschein kamen. „Elam bringt es morgen irgendwann zu euch herüber ... wann es euch recht ist.“

Katie freute sich, daß sie Annies gutes Geschirr ausleihen konnten. Ihre Schwägerin war wahrscheinlich das liebste Mädchen, das Elam als seine Frau hatte wählen können, auch wenn er gewiß der starrsinnigste Bruder war, den Gott je geschaffen hatte. In ihrem Haus würde bald ein neuer kleiner Lapp das Licht der Welt erblicken – Mitte Januar. Katie konnte es kaum erwarten, ihre erste Nichte oder Neffen auf den Arm zu nehmen, und fragte sich, ob das Baby vielleicht ein bißchen wie Annies jüngerer Bruder aussehen würde – ihr geliebter Daniel.

Das erste Mal, als Katie diese Möglichkeit angesprochen hatte, hatte ihre Schwägerin traurig genickt und gesagt, sie hoffe es von ganzem Herzen. „Dan hatte das liebste Gesicht auf der ganzen Welt, glaube ich.“

Katie hatte ihr von ganzem Herzen zugestimmt. Sie hätte mit Annie gern weiter über dieses Thema gesprochen, aber da ihr Hochzeitstermin kurz davor öffentlich bekanntgegeben worden war, schickte es sich nicht mehr, in der Öffentlichkeit über Daniel Fischer zu sprechen.

„Ich glaube, Mama will euch fragen, ob ihr bei meiner Hochzeit helft“, flüsterte sie, während Annie sich neben dem Holzofen auf dem Schaukelstuhl niederließ.

Da sein Lieblingsstuhl besetzt war, setzte sich Samuel an die Stirnseite des Tisches. Er stützte die Arme auf der grün-weiß-karierten Tischdecke auf und sah so aus, als warte er auf einen Strudel.

„Natürlich ist es Papas und Mamas Sache, diese Frage zu stellen“, sagte Katie lauter und warf Rebekka auf der anderen Seite der Küche einen vielsagenden Blick zu, während sie Dessertteller aus dem Küchenschrank holte.

„Na ... dann heraus mit der Sprache“, sagte Elam und gab seiner Mutter einen Schmatz auf die Wange. „Wir können immer noch nein sagen, oder?“

„Und?" Rebekka schaute ihren Sohn an. „Würdet ihr, du und Annie, es euch überlegen, ob ihr bei Katies Hochzeit bei der Bedienung helfen wollt?"

Katie fiel auf, daß Annie ihren großgewachsenen, gutaussehenden Mann anschaute und unterwürfig auf Elams Antwort wartete. Er würde die Entscheidung für sie beide treffen.

„Ja, wir werden bedienen", antwortete Elam fröhlich, ohne eine Spur von Schabernack in seinem rötlichen Gesicht. „Es ist uns eine Ehre." Er grinste Rebekka an. „Wen wollt ihr noch fragen, Mama?"

„Oh, Tante Nancy und Onkel Noah und Papas jüngsten Bruder und seine Frau."

„Was ist mit David und Mattie Beiler?" neckte Elam sie. „Hättest du sie nicht auch gern dabei?"

Noch bevor ihre Mutter antworten konnte, ergriff Katie das Wort. „Mattie wird wahrscheinlich anderweitig beschäftigt sein, aber Abe und Rachel Stoltzfus helfen in der Küche aus."

„Ah!" Elam warf seine großen Hände in die Luft. „Die Eltern der besten Freundin verdrängen also die gute Mattie, ja?"

„Elam Lapp", tadelte Mama ihn sanft, „beherrsche deine Zunge."

Katie unterdrückte ein Grinsen. Die Szene war ein wenig komisch, aber auch interessant. Sie verfolgte das Wortgeplänkel zwischen ihrem Bruder und ihrer Mutter, deren auffallende Ähnlichkeit nicht zu übersehen war – selbst für Fremde. Niemand würde je Zweifel anmelden, wer den kräftigen siebenundzwanzigjährigen Mann auf die Welt gebracht hatte. Sie beneidete das Band zwischen jedem ihrer Brüder und ihren Eltern – besonders die offensichtliche Ähnlichkeit zwischen dem Erstgeborenen der Familie und Rebekka. Selbst mit dem Bart, den er seit einem Jahr trug, waren Elams Gesichtszüge denen seiner Mutter sehr ähnlich – die hohe Stirn, die Grübchen, die strohblonden Haare. Es bestand kein Zweifel: Er war ihr Sohn.

Elam schien es schon immer gefallen zu haben, seine Mama ein wenig aufzuziehen. Der heutige Tag bildete da keine Ausnahme. Trotz seiner manchmal ein wenig anstrengenden Verspieltheit – Elam hatte die Neigung, es ein bißchen zu weit zu treiben – strahlte er eine Wärme aus, einen Familiensinn, auch jetzt noch als verheirateter Mann. Ein verheirateter Mann, der zwar nur zu einem Sonntagnachmittagsbesuch nach Hause gekommen war, der aber sein Elternhaus immer noch sehr liebte. Katie spürte das, jetzt vielleicht noch stärker als je zuvor.

„So ... es steht also fest – wir wollen Mattie nicht mitmachen lassen?" ließ Elam nicht locker, seine Mama aufzuziehen.

„Ja, es steht fest", lautete Rebekkas unumstößliche Antwort.

„Bist du dir wirklich sicher? Du willst nicht, daß die verrückte Mattie hierher kommt und in deiner Küche das Kommando übernimmt, Mama."

Papa stieß ein mißmutiges Knurren aus. Immerhin war heute der Tag des Herrn!

Elam trieb seinen Übermut noch einen Schritt weiter und bohrte Katie mit dem Finger in die Rippe. Sie wich kopfschüttelnd zurück. Mama sollte mit den nie enden wollenden Sticheleien ihres ältesten Sohnes allein fertigwerden.

Und das tat sie auch. Rebekka deckte einen Strudel auf, ein herzhaftes Stück Käse und Kaffee, um so Elams Hände und Mund nicht zur Ruhe kommen zu lassen.

Es stellten sich noch einige Verwandte ein – Noah und Nancy Yoder, Rebekkas Schwester und Mann, und sechs Vettern und Kusinen von Katie kamen noch rechtzeitig, um das Dessert aus getrockneten Äpfeln genießen zu können. Wenn nicht Sonntag gewesen wäre, hätten die Frauen sich schnell über die Walnüsse und Hickorynüsse hergemacht, die immer noch darauf warteten, für die Hochzeit geknackt zu werden. Statt dessen lud Rebekka sie alle für den Dienstagvormittag zu einem Arbeitseinsatz ein.

„Erzählst du dann wieder deine Geschichten?" fragte eine der Kusinen.

„Ja, wahrscheinlich." Rebekka grinste, und Katie stellte fest, daß ihre Mutter die Frage als Kompliment verstanden hatte.

Mama strahlte heute – und scharte ihre Familie um sich wie eine Henne ihre Küken. Wärme und Wohlwollen schien das Haus zu durchdringen, und als Bischof Johannes zu der Gesellschaft stieß, freute sich Katie aufrichtig, ihn zu sehen.

Johannes nahm die Tasse Kaffee, die ihm angeboten wurde, dankend an. In der Küche begrüßte man sich und sprach natürlich von der bevorstehenden Hochzeit am Donnerstag.

Als sie sich von allen verabschiedet hatten, wickelte sich Katie in ihr wärmstes Tuch und begab sich mit Johannes zu seinem Einspänner hinaus. Sie überlegte, wie es wohl wäre, wenn sie ihren neuen Mann zu einem Sonntagsbesuch mit nach Hause brächte.

11

Die Luft war kalt, aber angenehm, als Katie am Montagmorgen die Wäsche im Hof aufhängte. Sie dachte, wieviel schöner es wäre, diese Arbeit bald gemeinsam mit Nancy Beiler, der ältesten Tochter des Bischofs, zu verrichten. Sie konnte es noch kaum glauben, daß sie in drei Tagen heiraten sollte. Die Stunden rasten viel zu schnell dahin.

„Paß gut auf und sperre das Haus zu, wenn wir fort sind", ermahnte Rebekka Katie, bevor sie mit Samuel fortfuhr, um etwas Geschäftliches in Lancaster zu erledigen.

Die seltsame Aufforderung ihrer Mutter gab Katie Rätsel auf. Hier in Hickory Hollow hatten die Leute nie das Gefühl, ihre Türen verschließen zu müssen. Trotzdem ging sie durch das Haus und versperrte die vordere und die hintere Haustür. Sie wartete, bis ihre Eltern nicht mehr zu sehen und Eli und Benjamin zu einem Viehverkauf aufgebrochen waren. Dann begab sie sich auf den Heuboden. Es war höchste Zeit, das Versprechen, das sie dem Bischof bei ihrer Beichte gegeben hatte, einzulösen.

Obwohl sie einen kurzen Augenblick versucht war, dieses „Instrument des Bösen" auszupacken und darauf zu spielen, blieb sie eisern. Sie ließ den Gitarrenkoffer fest verschlossen und klemmte ihn sich unter den Arm. Sicheren Fußes kletterte sie die Holzleiter wieder hinab in den Stall, in dem immer die Kühe gemolken wurden und in dem sie die Pferde und Satin Boy striegelten und fütterten. Ihr Pony wieherte verspielt, als sie den Stall betrat.

Ebenso wenig erlaubte sie sich, von ihrer ursprünglichen Absicht abzuschweifen. Mit Entschlossenheit steuerte sie auf das Haus zu. Sobald sie in der Küche war, öffnete sie den runden Rost auf dem Ofen und gab dem Impuls, die Gitarre zu verbrennen und die Sache – ein für allemal – hinter sich zu bringen, beinahe nach. Aber als sie die beiden Verschlüsse öffnete, zögerte sie. Wenn sie den Deckel hochhob und Daniels alte Gitarre auch nur *anschaute*, könnte das Versprechen, das sie dem Bischof gegeben hatte, in sich zerfallen.

Aber was konnte sie tun, um sie loszuwerden, ohne für den Rest ihres Lebens die herzzerreißende Erinnerung an diesen Akt von eigener Hand immer wieder neu durchleben zu müssen?

Es gab noch den Friedhof ...

Dieser Gedanke erstaunte sie zuerst, aber es war eine Möglichkeit. Ein einfaches Holzschild auf dem Friedhof erinnerte daran, daß Daniel

Fischer an seinem neunzehnten Geburtstag ertrunken war. Was sprach dagegen, die Gitarre dort zu begraben?

Aber die Erde war für ein solches Unterfangen viel zu hartgefroren. Katie schloß den Gitarrenkoffer und trug ihn in den kalten Keller hinab, unsicher, was sie als nächstes machen sollte. Hatte Johannes gemeint, sie solle die Gitarre *vollständig* beseitigen?

Ungehindert eilte sie durch den schmalen Gang bis in den dunkelsten Teil des Kellers, wo Papa die Möbel, die früher ihre Aussteuer für die Ehe hätten sein sollen, lagerte. Es war so dunkel, daß sie noch einmal umkehrte und die Taschenlampe suchte, die Rebekka immer im ersten Schrank unten rechts aufbewahrte.

Sie drückte auf den Knopf, und der Raum erwachte zu hellem Leben. Katie richtete den Strahl auf den Eckschrank und fragte sich, wie es wohl wäre, wenn man nur einen Schalter drücken müßte, und schon würde ein Raum von Licht überflutet. Dieser unziemliche Gedanke war nur von kurzer Dauer, denn ihr Blick konzentrierte sich auf das hübsche Möbelstück, das ihr Vater für sie angefertigt hatte. Bei dem Gedanken mußte sie schlucken und umklammerte die Gitarre, während ihr Blick wehmütig über die Möbel wanderte, die einmal für sie und Daniel bestimmt gewesen waren. Und sie dachte an die wunderbare, unschuldige Liebe, die sie symbolisierten.

Der Eckschrank wäre bestimmt ein guter Platz für die Gitarre. Sie stellte die Taschenlampe auf dem Boden auf, richtete den Lichtschein zum Schrank und zog einen alten Wassereimer heran, um sich daraufstellen zu können. Sie mußte aufpassen, um das Gleichgewicht nicht zu verlieren, während sie den Gitarrenkoffer hoch über ihren Kopf hievte. Als sie ihn weit genug oben hatte, um ihn nach hinten zu schieben, stieß sie gegen ein Hindernis.

„Was liegt denn da oben?“ fragte sie laut. Vorsichtig stellte sie den Gitarrenkoffer wieder auf den Boden, holte die Taschenlampe und leuchtete nach oben. Der Lichtstrahl fiel auf die Babywiege. Sie fand es belustigend, daß ihre Mutter das Babybett genau an derselben Stelle verstaut hatte, an demselben dunklen, abgelegenen Platz, an dem sie geplant hatte, ihre verbotene Gitarre zu verstecken.

Katie stellte sich wieder auf den Eimer und zog an der Wiege. Dabei rollte etwas aus der Wiege heraus, fiel auf den Boden und zerbarst in tausend Scherben.

„Himmel!“ Verärgert stieg sie von dem Eimer und drehte sich um. Im Strahl des künstlichen Lichtes lag das Babykleid.

Vor Staunen verschlug es ihr fast den Atem.

Offenbar hatte ihre Mutter dieses Kleid absichtlich versteckt. Aber warum? Unbeantwortete Fragen prasselten auf sie ein.

Schnell bewegte sie sich durch den halbdunklen Keller zu der steilen Treppe, stieg hinauf und holte einen Besen und eine Kehrschaufel. Sie fühlte Panik in sich aufsteigen. Mit rasendem Puls schaute sie aus dem Fenster in den Hof, ob sie irgendein Anzeichen von ihren Brüdern entdeckte.

Wenige Augenblicke später eilte sie zum Großvaterhaus hinüber und versteckte hier die Gitarre. In diesem Versteck wäre das Instrument sicher und weit weg von Bischof Johannes' Augen. Und von Papas.

Als sie im Haupthaus war, setzte sie sich in die Wohnstube, ohne sich im geringsten zu schämen. Die Tat war vollbracht – eine betrügerische Tat – aber sie hatte nicht die leisesten Schuldgefühle. Warum sollte sie auch ... wenn jemand in ihrer Familie ihr gegenüber unehrlich war? Aber rechtfertigte die Sünde eines anderen ihre eigene? Sie verwarf diesen störenden Gedanken.

Die Tatsache war unumstößlich. Das Säuglingskleid war absichtlich von ihrer Mutter in den Keller gebracht worden. Sie war sich so sicher, daß sie, wenn nötig, bereit war, Rebekka mit dem Beweisstück zu konfrontieren.

Statt sich ihren aufgewühlten Gedanken und Gefühlen hinzugeben, ging Katie an die Arbeit, die Öllampen im Haus zu putzen. Sie säuberte gewissenhaft jede einzelne Lampe, die sie fand. Erregt fragte sie sich, wie ihre Mama sie nur hatte anlügen können.

Sie dachte an den letzten Mittwoch, als sie sich morgens nach ihrer vergeblichen Suche auf dem Dachboden bei ihrer Mutter nach dem Babykleid erkundigt hatte. Was hatte Mama gesagt? Etwas davon, daß „alles ein bißchen verschwommen" sei? Hatte sie sich wirklich nicht erinnern können?

Katie verstand die Antwort ihrer Mutter als Beweis für ihre Unschuld. Aber jetzt? Jetzt schien alles darauf hinzudeuten, daß ihre Mutter ihr etwas vortäuschte. Warum nur?

Um sich abzulenken, ging Katie daran, zwei Tomatenaufläufe und die Gemüsesuppe für das Mittagessen vorzubereiten. Aber sie ertappte sich dabei, wie sie jedes Mal, wenn sie ein Pferd auf der Straße hörte, schnell zur Küchentür eilte und hinausspähte. Sie beschäftigte sich weiter und hoffte, ihre Eltern würden zum Mittagessen zurückkehren.

Als sie um halb zwölf immer noch nicht da waren, ging sie in die Wohnstube und setzte sich auf den Schaukelstuhl ihrer Mutter, drehte unschlüssig Daumen und starrte das hübsche Babykleid auf ihrem Schoß an. Die Minuten schienen dahinzukriechen und erhöhten ihre Anspannung immer mehr. Sie betrachtete die kunstvolle Handarbeit, die Säume, die Stickereien – und kam zu dem Schluß, daß das Kleid wahrscheinlich nicht in einem Laden gekauft worden war, sondern mit Hilfe einer elektrischen Nähmaschine genäht war.

Sie wurde aus der ganzen Sache einfach nicht schlau. Aber wie lang es auch dauern mochte, so hatte sie doch vor, Himmel und Erde in Bewegung zu setzen, um die Wahrheit herauszufinden. Ab dem Augenblick, wenn ihre Eltern das Haus betraten.

* * *

Der Schalterraum in der Bank war überfüllt; die Schlange war länger als sonst an Montagen. Rebekka wartete geduldig mit den anderen Kunden. Die meisten waren aus der Stadt selbst, aber es waren auch ein paar Mennoniten dabei. Jedoch niemand, den sie kannte.

Als die nächste Nummer über dem Schalter aufleuchtete und sie an die Reihe kam, eilte sie zu Schalter Fünf und stellte ihren Weidenkorb vor sich ab. Eilig füllte sie das Rückzahlungsformular aus, während die Frau an dem offenen Schalter wartete, bis sie fertig war.

„Ich will das Konto auflösen." Rebekka schob den glänzend roten Fingernägeln das Formular hin. „Und ich möchte den Betrag gern für meine Tochter Katie ausbezahlt bekommen – in einer Zahlungsanweisung, wenn es Ihnen nichts ausmacht."

Die Frau am Schalter nickte und verschwand einen Augenblick, um die Transaktion zu tätigen.

Später, als Rebekka sich an der vereinbarten Straßenecke mit Samuel traf, ging sie schweigend neben ihm her, ohne auf die Blicke der Leute zu achten, die an ihnen vorüberrauschten. Der Gedanke, daß eine dieser Frauen Katies leibliche Mutter sein könnte, setzte ihr zu. Instinktiv hängte sich Rebekka bei Samuel ein und fragte sich, ob diese Frau – Laura Mayfield-Bennett – in diesem Augenblick irgendwo vielleicht in der Nähe war, sie beobachtete, sie womöglich verfolgte und hoffte, Rebekka würde sie zu dem Kind führen, das sie so lange schon liebte, aber nie kennengelernt hatte . . .

Als sie neben Samuel in ihrem Wagen saß, fühlte sie sich augenblicklich geschützt. Ihr Familiengefährt, das der alte Melasse zog, war wie ein Schild gegen die moderne fremde Welt.

„Hast du Katies Mitgift bekommen?“ erkundigte sich Samuel mit einem fragenden Blick auf Rebekka.

„Ja, in meiner Tasche.“

„Wäre es nicht schön, wenn wir es ihr heute abend beim Essen geben? Dann können wir mit Eli und Benjamin etwas vorfeiern.“

Bei dem Gedanken an einen festlichen Abend erholte sich Rebekka etwas. Sie setzte sich ein wenig gerader auf, während sie durch den Verkehr zu der Old Philadelphia Pike fuhren. „Ja, das ist eine gute Idee. Katie ist bestimmt sehr überrascht.“

Samuels Gesicht verzog sich zu einem breiten Grinsen. Rebekka spürte, daß sie ihm endlich von dem Brief erzählen mußte. Aber sie wollte ihm diese Nachricht so schonend und vorsichtig wie möglich beibringen. „Es ist herrlich, daß Katie bald den Bischof heiratet.“

„Er wartet ja auch schon lang genug auf sie.“

„Nein, nein, ich meinte nicht um des Bischofs willen“, widersprach Rebekka. „Ich meinte, weil ... nun, weil etwas passiert ist.“

„Was willst du damit sagen?“

Sie atmete tief ein und nahm ihren ganzen Mut zusammen. „Unsere liebe Katie ... ach, wie soll ich es nur sagen?“ Sie seufzte, dann begann sie erneut. „Die Mutter unserer Tochter, ihre leibliche Mutter, sucht sie.“

Samuels Kopf fuhr so schnell herum, daß ihm beinahe der Hut davongeflogen wäre. Rebekka konnte ihm ansehen, daß er mühsam um Beherrschung rang, als er ihn sich wieder fest auf den Kopf drückte und weiterfragte. „Das kann doch nicht sein. Was soll das heißen?“

Guter Gott, betete Rebekka im stillen. *Hilf mir, die ganze Wahrheit zu sagen.* Sie schaute ihren Mann eingeschüchtert an und begann dann zu erklären. „Ella Mae brachte letzten Freitag vor dem Abendessen einen Brief. Er war unterschrieben mit ‚Laura Mayfield-Bennett‘.“

Jetzt war Samuel völlig aufgebracht. Seine Stirn legte sich in Falten, und sein Gesicht nahm einem anderen Ausdruck an. „Warum in aller Welt hast du mir das nicht schon viel früher erzählt?“

Rebekka mühte sich, ihm die Einzelheiten zu sagen, und als sie in die Hickory Lane einbogen, wußte Samuel, was in dem Brief gestanden hatte, so gut sie sich daran erinnern konnte.

„Du willst also damit sagen, daß die Frau, die Katie damals weggab, jetzt ... bald sterben wird?“

Samuels Stimme entsetzte Rebekka, aber sie merkte, daß er gleichzeitig erzürnt war, weil sie es ihm nicht früher gesagt hatte. Sie sah jetzt ein, daß es ein schwerer Fehler war, den Brief zu verbrennen, und daß sie damit eine gefährliche Kluft zwischen sich und ihrem Mann geschaffen hatte.

Sie atmete tief ein und behielt die rauhe, kalte Luft einen Augenblick in ihrer Lunge, bevor sie sie langsam wieder ausatmete. „Ich habe nicht nachgedacht, ehrlich nicht. Aber ich hätte wissen müssen, was du empfindest. Es tut mir leid, Samuel, sehr leid."

Er nickte. „Ich verstehe jetzt, weshalb du sagtest, du seist froh, daß Katie bald heiratet. Wer kann schon sagen, was als nächstes passiert, wenn sie noch länger wartet?"

„Ja, wer kann das schon sagen?" Rebekka war krank vor Angst, daß die Fremde einfach vor ihrer Tür auftauchen könnte. Womöglich sogar heute, während sie und Samuel fort waren ... zu weit fort, um ihre Tochter zu beschützen.

Rebekka zitterte und versuchte vergeblich, die nagende Angst zu bekämpfen.

* * *

Katie zwang sich, ruhig in der Wohnstube sitzen zu bleiben, als die Kutsche von der Straße in den Hof einbog und ihr Vater anhielt, um ihre Mutter aussteigen zu lassen. Es war fast unmöglich, sitzen zu bleiben, als wäre alles in bester Ordnung. Denn *nichts* war in Ordnung, und als die Hintertür aufging und sie ihre Mutter in der Abstellkammer hörte, kostete es sie alle Beherrschung, um nicht auf sie loszustürmen.

„Katie?"

„Ich bin hier, Mama ... komme schon." Sie nahm das Babykleid und stand auf. Dann atmete sie tief ein und begab sich zur Küche.

Rebekka kam eilig herein und begrüßte sie mit einem breiten Lächeln auf dem Gesicht und ausgestreckten Armen. „Oh, Katie, warte, bis Papa ins Haus kommt. Wir haben eine wunderbare Überraschung für dich."

Katie hielt das Kleid hinter ihrem Rücken versteckt. „Kann ich vorher ein Wort mit dir sprechen?"

Das Lächeln ihrer Mutter verschwand. Sie berührte Katies Gesicht und ließ die Hand dort liegen. „Kind, was ist los?"

„Mama, ich bin *kein* Kind mehr. Ich bin eine erwachsene Frau, die bald heiratet."

Aber ihre Mutter schien zu sehr mit ihren eigenen Gedanken beschäftigt zu sein, um ihr richtig zuzuhören. Sie drehte sich um, als Samuel ins Haus gestapft kam. „Samuel, komm", rief sie ihm zu.

Er hängte seinen schweren Mantel und seinen Hut am Haken auf und trat ins Zimmer.

„Geben wir Katie ihre Mitgift doch jetzt gleich." Katie glaubte die Stimme ihrer Mutter noch nie so eifrig gehört und ihre Augen noch niemals so himmlisch haselnußbraun leuchten gesehen zu haben wie in diesem Augenblick.

„Ich dachte, wir seien übereingekommen, bis zum Abendessen zu warten, damit die Jungen auch dabeisein können." Samuels Worte kamen einem Tadel gleich.

„Dann also beim Abendessen."

Was hatte die Spannung zwischen ihnen zu bedeuten? Aber Katie dachte nicht lange darüber nach. Was auch immer ihre Eltern ihr beim Abendessen überreichen wollten, es war nicht halb so wichtig wie die Frage, die sie bewegte. Deshalb schleuderte sie ohne jede Vorwarnung das Babykleid auf den Küchentisch.

Ihre Mutter sah es zuerst, atmete hörbar ein und trat einen Schritt zurück. Ihr Vater hingegen nahm das winzige Kleid in die Hand und berührte liebevoll den Saum, als rufe er sich eine angenehme Erinnerung ins Gedächtnis.

„Papa?" flüsterte Katie. „Hast du dieses Kleid schon einmal gesehen?"

Rebekka stützte sich auf den Tisch, so daß sie fast schützend über dem Kleid stand. Sie drehte sich mit traurigen Augen herum. „Es ist am besten, wenn du es nicht weißt!"

Katie schnappte sich das Kleid und drückte es ihr in die Hand. „Was gibt es da zu wissen? Es ist ein englisches Babykleid, das ist doch alles – oder?"

„Stell keine Fragen, die dich nichts angehen."

Aus der verkrampften Miene ihrer Mutter schloß Katie, daß mehr dahintersteckte – viel mehr. „Es sieht so aus ... nun, ich glaube, jemand hat dieses Kleid versteckt. Zuerst auf dem Dachboden ... und jetzt ..."

„Schluß mit dem dummen Gerede."

„Dumm?" Katie schaute ihrer Mutter forschend ins Gesicht, wohl wissend, daß sie sich auf dünnem Eis bewegte. „Vielleicht verheimlichst du etwas vor mir. Kann das sein?"

Samuels Gesicht verzog sich zu einer finsteren Miene. Er stellte sich schützend vor seine Frau. „Deine Mama verdient Respekt, Katie. Sprich nie, niemals in diesem Ton mit ihr!“

Als sie die zitternde Unterlippe ihrer Mutter sah, ließ sie von ihren Fragen ab, auch wenn offensichtlich war, daß ihre Eltern weit mehr wußten, als sie bereit waren, zuzugeben. „Vergebt mir, Papa ... Mama.“ Sie drehte sich um und verließ aufgewühlt das Zimmer. In ihrem Kopf drehte sich alles. Ihr Magen rebellierte ebenfalls, und sie entschied sich, auf das Mittagessen zu verzichten.

Katie wußte jedoch, daß sie nicht für immer schweigen konnte. Sie würde warten, vielleicht bis zum Abend. Bis dahin könnte sie vielleicht taktvoller auf ihre Eltern zugehen. Wenigstens würde sie es versuchen.

Trotzdem ließ der Gedanke, daß ihre Mutter sie irgendwie getäuscht haben könnte, sie nicht los. Katie merkte, daß sich alles in ihr wehrte. Wenn ihre sanfte, aufrichtige Mutter – der Inbegriff der Integrität – sich einer solchen Sache schuldig machen konnte, dann „sollte ich auch hin und wieder meine eigene Meinung haben dürfen“, platzte es aus ihr heraus. Niemand hörte diese trotzigen Worte. Sie rollte sich auf ihrem kalten, harten Bett zusammen und erinnerte sich an etwas, das sie vor Jahren gehört hatte.

Irgendwo in Ohio hatte sich Ende der sechziger Jahre eine Gruppe von Amischleuten mit einer ‚Neuen Ordnung‘ von der ‚Alten Ordnung‘ getrennt. Dort trugen die Frauen nicht nur helle, bunte Kleider, sondern durften auch ihre eigene Meinung haben. In diesem Augenblick, in dem es in Katie kochte und brodelte, erschien ihr diese Vorstellung sehr verlockend. Und wenn ihre Erinnerung sie nicht trog, war der Vater der kleinen Annie Mae einige Monate, nachdem er hier mit dem Bann belegt worden war, mit seiner ganzen Familie nach Ohio gezogen. Die Amischleute der ‚Neuen Ordnung‘ hatten sie mit offenen Armen aufgenommen. Wenigstens hieß es so.

Sie döste ein und träumte von einem Leben an einem solchen Ort ...

* * *

Ein angenehmer Temperaturanstieg – lockte Katie aus dem Haus, als sie erwachte. Sie ging zur Scheune hinüber und spannte Satin Boy vor den Ponywagen. Ohne ein Wort der Erklärung verließ sie den Hof.

Der meiste Schnee war bereits geschmolzen und hatte auf beiden Seiten der Hickory Lane eine Spur für die Einspänner freigelegt. Zahlreiche Kutschen hatten ihre Spuren hinterlassen – höchstwahrscheinlich Leute, die zur Viehauktion unterwegs waren. Dadurch hatte sich das Eis in einen morastigen Schneematsch verwandelt. Sie fuhr weiter und genoß das milde Wetter. Als sie an die Abzweigung zu Mattie Beilers Haus kam, merkte Katie plötzlich, was sie tun wollte.

Auf dem Hof war keine Menschenseele zu sehen, als Katie eintraf. Sie ging um das Haupthaus herum zu dem Großvaterhaus auf der Rückseite, in dem Ella Mae lebte. Sie klopfte an die Tür, obwohl sie wußte, daß sie nicht verschlossen war, und wartete, bis man sie hereinließ.

Die Sonne schien angenehm und wärmte sie. Einen Augenblick lang freute sich Katie darüber, daß sie an ihrem Hochzeitstag vielleicht kein Tuch umlegen müßte.

„Ah, komm herein, komm nur herein", sagte Ella Mae, als sie die Tür öffnete. Sie keuchte leicht. „Ich habe gerade unter meinem Bett saubergemacht." Sie brach ab und schenkte Katie ihre ganze Aufmerksamkeit. „Es ist so schön, dich wiederzusehen." Mit diesen Worten drehte sie sich zu ihrem Ofen um und stellte einen Teekessel zum Kochen darauf.

Katie war klug genug, Ella Maes Tee nicht abzulehnen, denn es war allgemein bekannt, daß zwei Minzblätter in jede Tasse ihrer Gäste wanderten. Das Teekochen und Teetrinken war ein obligatorisches Ritual bei einem Besuch bei der *Weisen Frau.*

„Ich freue mich immer, wenn um diese Jahreszeit ein paar wärmere Tage kommen." Ella Mae stand neben dem Ofen und wartete, bis das Wasser kochte.

„Wie geht es bei euch zu Hause?" Ihre zittrige Stimme wurde ein bißchen kräftiger.

„Oh, die Jungen sind unten bei der Auktion, und Mama und Papa hatten gerade geschäftlich in der Stadt zu tun."

Die alte Frau nickte. „Letzte Erledigungen für die Hochzeit ihrer Tochter wahrscheinlich."

Als der Tee fertig war, goß Ella Mae zwei Tassen ein, dann setzte sie sich Katie gegenüber an den Tisch, nippte an ihrer Tasse und rührte dann einen zweiten Teelöffel Zucker in ihren Tee.

Katie nutzte das kurze Schweigen, um sich zu ihrem Korb zu bükken und das Babykleid herauszuziehen. „Hast du schon jemals so etwas Schönes gesehen?" fragte sie und reichte es der alten Frau über den Tisch.

Ihre Großtante nahm das Babykleid und berührte die Ärmel und die langen Falten. „Es ist sehr elegant, findest du nicht?"

„Es ist aus Satin ... englisch, meinst du nicht auch?"

Ella Mae nickte nachdenklich und schaute dann mit einem gespannten Blick zu Katie auf.

„Ich bin ziemlich sicher, daß es englisch ist." Katie zeigte ihr den Namen, der in die Rückseite eingestickt war. „*Mayfield* ist doch gewiß kein Amisch-Name." Sie holte tief Luft und begann dann zu erzählen. Sie ließ auch ihren Verdacht nicht unerwähnt, daß jemand das Kleid vor ihr versteckt haben könnte.

Als sie zu Ende erzählt hatte, blieb sie schweigend sitzen und hoffte, Ella Mae würde ihr ein weises Wort sagen und könnte ihr einen Rat geben, was sie jetzt tun sollte.

Ella Mae trank einen langen Schluck Tee, dann stellte sie ihre Tasse mit einem leisen Klirren ab. „Sprich mit deiner Mama darüber", sagte Sie.

„Selbst wenn das bedeutet, daß ich sie zur Rede stellen muß?"

Der Blick der alten Frau war genauso einfühlsam wie ihre Worte. „Sprich mit deiner Mama, Kind. Sprich freundlich mit ihr."

„Mama wird sich nicht gern Vorwürfe machen lassen."

„‚Durch Stillesein und Hoffen würdet ihr stark sein'", zitierte Ella Mae. „Du kannst nicht wissen, wie sie reagiert, wenn du es nicht versuchst. Geh zu ihr ... in Liebe."

Katie empfand in diesem Augenblick alles andere als liebevolle Gefühle für ihre Mutter, aber sie nahm sich vor, Ella Maes Rat zu befolgen. „Wenn es dir nichts ausmacht, hätte ich gern noch einen Tee."

Ella Mae strahlte und stand auf, um den Kessel zu holen.

Während der nächsten Stunde schüttete Katie ihr Herz vor ihrer Großtante aus. Da sie aber nicht zu viel verraten wollte, sprach sie mehr indirekt, als sie sagte: „Vor mehreren Tagen habe ich eingewilligt, etwas zu tun, zu dem ich mich jetzt aber trotz allem nicht überwinden kann."

„Katie, unser guter Herr war der einzige vollkommene Mensch, der über diese Erde ging. Aber wenn du bereust und umkehrst, befolgst du sein Gebot", antwortete Ella Mae. „Vielleicht wirst du zu gegebener Zeit dein Versprechen halten können."

Durch Ella Maes ruhige Reaktion ermutigt, öffnete Katie sich ein bißchen mehr und tastete sich vor. „Heute habe ich mir einen anderen Weg überlegt, wie ich diese Sache erledigen kann – anders, als ich es versprochen hatte. Und ich bereue es kein bißchen."

Katie bezweifelte, ob ihr Gegenüber aus ihrer vagen Erklärung schlau wurde. Aber trotzdem fühlte sie sich besser, weil sie es jemandem erzählt hatte. Das nahm ihr einen Teil ihrer Schuldgefühle.

„,Durch Stillesein und Hoffen würdet ihr stark sein'", zitierte Ella Mae erneut. Dieses Mal war ihre Stimme nicht viel lauter als ein Flüstern.

Aber Katie fragte sich, wie sie es schaffen sollte, still zu bleiben, wenn ihre Eltern erneut einen scharfen Ton ihr gegenüber anschlügen. Hoffen war die eine Seite, aber das mit dem Stillesein war etwas ganz anderes.

Sie warf die Schultern zurück. Es war beschlossene Sache. Sie würde die Frage um das Satinkleid heute beim Abendessen wieder ansprechen ... in Liebe.

12

Katie kam rechtzeitig nach Hause, um beim abendlichen Melken zu helfen. Inzwischen war sie etwas müde und hatte auch einen kräftigen Hunger, da sie das Haus überstürzt und ohne Mittagessen verlassen hatte.

Samuel und die Jungen verrichteten den größten Teil der schweren Stallarbeit – sie fütterten die Pferde und schleppten die Milch ins Milchhaus. Es würde nicht mehr lang dauern, dann müßten die drei die ganze Arbeit auf dem Hof allein erledigen. Katie würde ihren Platz in der Welt der verheirateten Frauen einnehmen, an Arbeitseinsätzen teilnehmen – Steppen, Einmachen und hin und wieder Maisschälen, nicht zu vergessen, sich um Haushalt und Beiler-Kinder und schließlich irgendwann auch um ihre eigenen Kinder kümmern.

Katie war dankbar für ihre Erfahrungen bei mehreren englischen Familien außerhalb von Hickory Hollow – bei denen sie das Haus sauber gehalten und sich um die kleinen Kinder gekümmert hatte. Das zusätzliche Geld, das sie sich damit verdient hatte, war ganz angenehm gewesen, und es ergab sich hin und wieder die Gelegenheit, in einem Auto mitzufahren. Aber das alles hatte vor ein paar Monaten ein abruptes Ende gefunden, als Bischof Johannes um ihre Hand angehalten hatte.

„Wirst du mich vermissen, wenn ich verheiratet bin?“ fragte sie Satin Boy und streichelte seine glänzende Mähne. Das Pony fraß unbeeindruckt weiter. „Ich komme von Zeit zu Zeit nach Hause und besuche dich. Das verspreche ich dir.“

Eli stapfte an ihr vorbei. „Vergeude doch keine Zeit damit, mit diesem Pony zu sprechen. Geh lieber ins Haus und hilf Mama, das Abendessen vorzubereiten. Sie fühlt sich nicht gut.“

Mama war schon wieder krank? Katie hatte den Eindruck, daß ihre Mutter in letzter Zeit recht oft krank wurde. Das war allein schon deshalb seltsam, weil Rebekka immer der Inbegriff einer gesunden Amischfrau war – sie war kräftig und robust und arbeitete von Sonnenaufgang bis zum Sonnenuntergang. Als sie genauer darüber nachdachte, konnte sich Katie nicht erinnern, daß sie vor dem Auftauchen dieses Babykleides je in Ohnmacht gefallen war – kein einziges Mal.

Besorgt ließ sie Satin Boy mit seinem Abendessen allein und eilte zum Haus. Als sie ihren Mantel und ihren Winterhut aufgehängt hatte, sah sie ihre Mutter neben dem Ofen stehen. Sie stand regungslos da und starrte gedankenabwesend vor sich hin.

„Mama? Geht's dir nicht gut?"

Rebekka schrak auf und richtete sich dann schnell auf. „Doch, doch. Ich war nur gerade irgendwie in Gedanken versunken. Das ist alles. Die Hochzeit ... und die ganzen Vorbereitungen."

„Eli sagte, du seist krank."

„Wahrscheinlich nur ein Anflug von Grippe, nichts Besorgniserregendes." Dann sprach sie die Frage an, die Katie schon den ganzen Nachmittag quälte. „Du wolltest mit mir über etwas sprechen?"

„Über das schöne Babykleid. Das war alles."

Rebekka schien erleichtert und trat an den Herd, um mit einer Gabel zu prüfen, ob die Kartoffeln schon gar waren. „Oh. Ich dachte, vielleicht sei jemand zum Haus gekommen, während wir fort waren. Du hattest doch alle Türen verriegelt, nicht wahr?"

Wovon sprach Mama nur? „Wollte Maria Stoltzfus kommen?" Katie überlegte eine Sekunde, kam dann aber zu dem Schluß, daß ihre Freundin kein Wort davon gesagt hatte, daß sie an diesem Tag zu Besuch kommen wollte.

„Nein, nein, nicht Maria. Ich habe von niemand Besonderem gesprochen. Wirklich nicht."

Die ausweichende Antwort weckte Katies Neugier. „Von wem dann?"

Ein besorgter Blick legte sich wie eine dunkle Wolke über die haselnußbraunen Augen. „Vielleicht eine junge Frau? Eine Fremde?"

Katie trat neben ihre Mutter. „Vergib mir, Mama, aber das, was du da sagst, ergibt für mich absolut keinen Sinn. Jetzt fang noch einmal von vorne an. Erzähle mir bitte alles."

Rebekka winkte mit der Hand vor ihrem Gesicht ab, eine Bewegung, die normalerweise das Ende eines frustrierenden Gesprächs signalisierte. „Ach, vergiß es einfach. Vergiß, daß ich überhaupt ein Wort gesagt habe."

Katie schmiegte sich fest an ihre Mutter und fühlte, wie die kräftigen Arme sich um sie legten. Einen Augenblick lang bekam sie fast Angst, daß ihre Mutter versinken könnte – wenigstens geistig. Sie überlegte, ob sie vielleicht mit ihrem Vater darüber sprechen sollte.

* * *

Der Abendtisch war mit dem besten Geschirr und Silberbesteck gedeckt, als Katie später wieder in die Küche trat. In der Ecke neben der Abstellkammer unterhielten sich ihre Eltern leise miteinander. Ihre Mienen waren sehr ernst. Katie gab ihnen mit einem Räuspern zu verstehen, daß sie im Raum war, woraufhin sie ihr Gespräch abrupt abbrachen. Dann standen beide da und schauten sie mit leicht schiefem Kopf und nachdenklichen Augen an – als versuchten sie zu berechnen, wie sie das aufnehmen würde, was sie ihr zu sagen hatten.

Besorgt schaute Katie von einem zum anderen. „Stimmt etwas nicht? Ist Mama wirklich ernsthaft krank?"

„Nein, es ist alles in Ordnung, wirklich", winkte Rebekka mit einer beiläufigen Antwort ab und drehte sich um, um das Essen aufzutragen.

Immer noch nicht überzeugt, wusch sich Katie die Hände und half, das Essen auf den Tisch zu stellen. Eli und Benjamin rutschten auf die lange Bank, und die Familie beugte den Kopf zum stillen Gebet.

Nach dem Essen beobachtete Katie, wie ihre Eltern sich ein Zeichen gaben, woraufhin ihre Mutter prompt einen Umschlag aus ihrer Tasche zog. „Katie, hier ist deine Mitgift von deinem Papa und von mir."

„Mitgift?" Katie war sprachlos. „Aber ich brauche doch keine ..."

„Wir wollen, daß du eine bekommst", unterbrach ihr Vater sie und ließ sich zu einem seltenen Lächeln hinreißen. „Eines Tages wirst du und der Bischof ... nun, ihr werdet es vielleicht brauchen können – um das Haus zu erweitern oder für irgend etwas anderes."

Katie hielt den Atem an, als sie den Betrag sah. „So viel! Das ist ja viel zuviel, meine Güte!"

„Ach, freue dich einfach darüber."

Mama schien damit zufrieden zu sein, einfach dazusitzen und zuzusehen, wie Katie den Umschlag in ihre Schürzentasche steckte. „Das ist wirklich eine große Überraschung", fügte Katie hinzu und war plötzlich sehr zerknirscht wegen des Aufhebens, das sie um das Babykleid gemacht hatte. Jetzt wußte sie, warum ihre Eltern so geheimnisvoll getan hatten – und allein fortgefahren waren und leise miteinander getuschelt hatten. Sie war erleichtert, daß sie ihrem Gefühlsausbruch keine weitere Bedeutung beigemessen hatten.

Eli und Benjamin hatten offensichtlich kein Interesse daran, sich nach der Höhe der Mitgift zu erkundigen. Benjamin erkundigte sich: „Welches von meinen weißen Hemden soll ich denn am Donnerstag anziehen?"

„Das neue, das ich dir letzte Woche genäht habe", warf Katie mit einem Blick auf ihre Mutter ein, die das Gesicht verzogen hatte. „Und zieh schwarze Socken an, und vergiß nicht, deine guten Schuhe zu polieren."

Als das Gespräch sich darauf konzentrierte, ihre Sachen zum Beiler-Hof zu bringen, stellte Katie mit Freude fest, daß ihre Mutter genauso aufmerksam und lebhaft wirkte wie immer. „Ich weiß, daß du gern deine eigenen Sachen mitnehmen willst ... aber da die Möbel der ersten Frau des Bischofs so viel Platz einnehmen ..." Rebekka winkte mit der Hand. „Ach, ich glaube einfach, daß das Haus groß genug ist für beides. Vielleicht sogar für den Eckschrank, den Papa dir gemacht hat ..."

„Mama!" fiel Katie ihr entsetzt ins Wort. „Warum sagst du so etwas? Du weißt doch, daß Papa ihn für ..." Sie brach schnell wieder ab.

„Aber ich sehe nicht ein, warum du ihn nicht trotzdem mit in Johannes' Haus nehmen solltest." Über Rebekkas Gesicht zog wieder diese bedrückte Miene, und ihre Augen waren erneut sorgenvoll.

Papa mußte das ebenfalls aufgefallen sein. „Wir können es uns ja noch in Ruhe überlegen", beschwichtigte er sie.

„Ja, *überlegen* wir", neckte Eli. „Überlegt nur, wie heilig unsere Katie ist – so heilig, daß sie die Frau des Bischofs wird."

„Eli Lapp!" schimpfte Papa. „So etwas will ich nie wieder hören!"

Seine scharfe Zurechtweisung riß Rebekka aus ihrer Benommenheit. „So, wer hat jetzt Appetit auf einen Nachtisch?" Sie sprang auf und begann, zwischen der Arbeitsplatte und dem Tisch hin- und herzulaufen und Apfelstrudel und Eis zu servieren.

Katie beobachtete sie dabei und überlegte, ob sie das Gespräch erneut auf das Babykleid lenken sollte. Wenn überhaupt.

Der Augenblick dazu kam etwas später, als Samuel seinen Kaffee trank. Schwarz. Kein Körnchen Zucker und kein Tropfen Sahne.

„Wenn es euch nicht zu viel ausmacht", begann Katie zögernd, „würde ich gern noch einmal nach diesem Babykleid fragen ... das Kleid, das ich auf dem Dachboden gefunden habe." So gut sie konnte, tat sie, wie Ella Mae ihr geraten hatte, und tastete sich vorsichtig an das Thema heran, mit einem Geist der Demut.

„Ich dachte, ich habe dir gesagt, du sollst die Sache vergessen." Papa rührte mißmutig seinen Kaffee um.

„Nein, nein." Mama berührte leicht seinen Unterarm und ließ ihre Hand darauf liegen. „Wir sollten wirklich darüber sprechen, Samuel. Die Zeit dazu ist gekommen."

Papa zuckte mit den Achseln.

„Ich muß mich bei dir entschuldigen", sprach ihre Mutter weiter und schaute jetzt Katie an. „Es war falsch, was ich getan habe." Ihre Stimme wurde ganz weich – und nahm den Tonfall an, den sie normalerweise benutzte, wenn sie von dem Tag erzählte, an dem Katie geboren wurde. „*Ich* war diejenige, die das Kleid versteckt hat."

Eli und Benjamin blickten überrascht auf und leckten sich den köstlichen Apfelstrudel von den Lippen. Und Papa ... seine Augen wurden groß und zogen sich dann zu schmalen Schlitzen zusammen. „Vielleicht wäre es am besten, wenn wir uns mit Katie unterhalten ... allein."

Der Blick ihres Vaters war unmißverständlich. Eli stieß ein leises Murren aus und kippte ein Glas Milch vor dem schweigenden Dankgebet hinunter. Dann verließ er mit der Laterne in der Hand die Küche und ging zur Scheune. Benjamin verschwand mit unbekanntem Ziel und ließ Katie mit ihren Eltern in der warmen Küche zurück.

Rebekka begann leise. „Wir – Papa und ich – haben dir etwas zu sagen, Katie. Versuche, uns ausreden zu lassen, bis wir alles gesagt haben, ja?" Ihre Augen waren weich und feucht. Sie atmete tief durch.

Bevor sie jedoch mit dem, was sie sagen wollte, anfangen konnte, unterbrach Papa sie. „Warte. *Ich* erzähle es ihr." Er stand auf und ging zum Holzofen hinüber. Dann drehte er sich zu ihnen um.

Mama stützte die Ellbogen auf den Tisch und wirkte erleichtert, daß, wenigstens für diesen Abend, ihr Mann das Erzählen übernahm.

„Als wir dich das erste Mal sahen, Katie ... bestand für uns kein Zweifel daran, daß dich uns unser Gott im Himmel geschenkt hat."

Rebekka nickte. „Du warst für uns immer wie unser eigenes Fleisch und Blut."

„Wartet!" Katie hob entgeistert die Hände in die Luft. „Was sagt ihr beide da?"

„Ach, Katie, mein liebes, liebes Mädchen", sagte Mama. Ihr Kinn begann zu zittern. „Es wird Zeit, daß du es erfährst. Es wird Zeit, daß du hörst, wie es kam, daß du unsere Tochter wurdest." Tränen traten ihr in die Augen und liefen mit einer nassen Spur über ihre geröteten Wangen.

„Du meinst ... ich bin nicht eure ... richtige Tochter?" Dieser Gedanke war zu groß, zu erschütternd, um ihn zu ertragen, und ihr Verstand arbeitete auf Hochtouren. Irgendwo, verschwommen aus der Vergangenheit kam ihr etwas, das Daniel Fischer an jenem Sommertag gesagt hatte, in den Sinn. Als er sie an dem Tag auf die Wange geküßt hatte, und sagte: „... an dem du aus dem Lancaster-Krankenhaus nach Hause kamst." Von irgendeinem Problem, das Mama bei der Entbindung gehabt habe. Aber Katie war an jenem Tag so unvorstellbar glücklich gewesen, so ausgelassen wegen Daniels Nähe, daß sie kaum ein Ohr für etwas anderes hatte.

„Das ist jetzt bestimmt ein Schock für dich." Durch ihren Tränenschleier hindurch konnte Katie das besorgte Gesicht ihres Vaters sehen. Er schwieg einen Augenblick und atmete schwer.

„Papa und ich, wir lieben dich so sehr – von ganzem Herzen", nahm Mama das Gespräch wieder auf. „Es sieht so aus, als wäre es im Augenblick an uns, dich um Vergebung zu bitten. Wir haben dir nie die Wahrheit gesagt, Katie ..."

„Welche ... Wahrheit?" Katies Herz pochte so laut in ihren Ohren, daß sie nur wie aus der Ferne die Stimme ihrer Eltern vernehmen konnte.

„Die Wahrheit darüber, wer du ... wirklich bist." Rebekka konnte nicht weitersprechen. Sie brach in ein lautes Schluchzen aus.

Aber Katie konnte sie nicht trösten, sie konnte sich nicht bewegen. Sie saß wie angewurzelt da, während der Raum sich um sie herum drehte, sich zuerst auf die eine Seite und dann auf die andere neigte. „Wie meinst du das ... ihr habt mir nie die Wahrheit gesagt? Wenn ich nicht Katie Lapp bin ... wer bin ich dann?"

Ihr Vater trat näher und beugte sich über ihre Mutter, die mit geschwollenen, roten Augen aufblickte. Ihre Stimme war nur ein zittriges Flüstern. „Du bist Katherine Mayfield. So heißt du eigentlich in Wirklichkeit."

Katherine Mayfield. Der Name, der in das Babykleid eingenäht war.

Papa versuchte, das Ganze zu erklären. „Du bist von Geburt her englisch, aber durch die Adoption eine Amisch."

Die Worte waren wie ein Schlag für sie. „Ich bin ... was? *Adoptiert?*"

„In vielerlei Hinsicht", sagte er und legte seine großen, von Arbeit gezeichneten Hände auf Mamas Schultern. „Wir haben es nie offiziell gemacht ... wir sahen nie eine Notwendigkeit dafür. Wir haben dich von Anfang an geliebt, und diese Liebe genügte uns."

„Aber ich gehöre nicht *euch* ... ich bin nicht eure *richtige* Tochter?"

„Na, na, es ändert sich doch überhaupt nichts", beschwichtigte er schnell. „Es bleibt alles beim alten, außer daß du es weißt. Du gehörst zu uns, für immer zu uns, und in unserem Herzen wirst du immer unsere kleine Katie bleiben."

„Aber ihr habt es mir nie erzählt ... nie in all diesen Jahren. Niemand hat mir je ein Sterbenswörtchen davon gesagt", hörte Katie sich wimmern. Plötzlich war ihr kalt. Sie verschränkte die Arme vor sich, wie um sich mit einem Schild gegen den Schock zu wappnen.

„Keine Menschenseele weiß etwas davon", sagte Samuel, „auch wenn einige es vielleicht ahnen, glaube ich."

Rebekka schneuzte sich und sprach schließlich. „Du hast ein etwas anderes Aussehen und wenig Ähnlichkeit mit uns und der Verwandschaft."

„Meine Haare sind *rot*, das ist alles." Katie erschrak über ihre eigenen Worte. Noch nie zuvor hatte sie dieses Wort benutzt, um ihre Haarfarbe zu beschreiben. *Rotbraun*, ja. Aber nie Rot. Rot waren weltliche englische Scheunen und Stoppschilder auf der Straße – aber niemals die einzigartige, schöne Zierde, die Gott einer Frau geben konnte. Aber sie verbesserte sich nicht; ihre Gedanken rasten weiter. „In Hikkory Hollow weiß also niemand, daß ich keine Amisch bin?"

„Aber du *bist* eine Amisch, Katie, durch und durch", sagte ihre Mutter sanft. „In jeder Hinsicht, nur nicht dem Blut nach."

Katie stützte den Kopf in ihre Hände, als ihr allmählich das ganze Ausmaß dämmerte. *Ich bin adoptiert ... ich bin jemand anderes. Jemand anderes ...*

Langsam schaute sie zu ihnen auf. „Wissen es meine Brüder?"

Papa schüttelte den Kopf.

„Sollten wir es ihnen denn nicht sagen? Sollte nicht jeder die Wahrheit wissen?"

Mama stöhnte. „Das geht andre nichts an. Das Leben muß so weitergehen wie immer."

„Nein", entgegnete Katie. „Die Dinge können nicht so weitergehen wie bisher. Alles hat sich geändert. Merkst du das denn nicht? *Alles!*"

Sie lief aus der Küche. Tränen strömten ihr über die Wangen. Ohne sich mit einer Laterne den Weg zu leuchten, stolperte sie die Treppe hinauf, warf sich auf ihr Bett und schluchzte in die Dunkelheit hinein. „Oh, lieber Herr im Himmel", weinte sie. „Laß das nur ein schrecklicher Traum sein. Bitte ... oh, bitte ..."

Es war erst das zweite Mal in ihrem Leben, daß sie so verzweifelte Worte benutzte, um den Schöpfer des Himmels und der Erde anzusprechen. Sie lag weinend und zitternd da und erinnerte sich an die andere dunkle und traurige Zeit, die sie so maßlos erschüttert hatte. Und niemand hatte sie trösten können.

* * *

Rebekkas Nacht verlief unruhig. Drei- oder viermal die Nacht stand sie auf, um nach ihren schlafenden Kindern zu sehen. Ihr brach erneut das Herz, als sie an der Tür von Katies Zimmer stand und immer wieder deren Schluchzen vernahm. Katie weinte sich in den Schlaf.

Als Mitternacht vorbei war, erlaubte sie sich, sich neben Samuel auf dem Bett auszustrecken. Sie zwang sich, liegenzubleiben, und versuchte, wenn auch erfolglos, die Ereignisse des Tages loszuwerden. Sie fragte sich, ob sie und Samuel das Richtige getan hatten. Gegen alle Hoffnung hoffte sie, daß sie wie gewohnt weiterleben und Katies Hochzeit vorbereiten könnten, als wäre nichts geschehen.

Alles lag wie eine düstere Wolke über ihr, während sie mit müden Augen zur Zimmerdecke hinaufstarrte. Sie war sich sehr wohl bewußt, daß die ganze unangenehme Wahrheit – daß eine englische Frau, die bald sterben würde, nach ihrem leiblichen Kind suchte – verschwiegen worden war. Daß weder Samuel noch sie den Mut aufgebracht hatten, Katie die ganze Geschichte zu erzählen.

Rebekka fuhr irgendwann aus dem Schlaf hoch. Sie wußte nicht, ob es Angst oder Liebe war, die sie aus ihrem warmen Bett auf den Gang hinausrief, um nach Katie zu sehen, die in dem Zimmer lag, das sie schon als kleines Kind gehabt hatte. Auf dem kalten Gang fragte sich Rebekka, warum sie es in all den Jahren nicht über das Herz gebracht hatte, sich von dem Babykleid zu trennen.

Als sie jetzt die Tür zu Katies vom Mond erhellten Schlafzimmer einen Spaltbreit öffnete, sah sie, daß ihre Tochter ebenfalls von dem kleinen Kleidungsstück angetan war. Denn auf ihrem Federkissen lag, von Katies Hand umklammert, das Babykleid, das sie angehabt hatte, als sie vom Krankenhaus nach Hause gekommen war.

Das Kleid – war es ein Symbol für die böse Welt außerhalb der Amisch-Gemeinschaft? War Rebekka selbst zu sehr davon angezogen gewesen, von der großartigen Erinnerung an den schönsten Tag ihres Lebens?

Was hatte Katie gesagt, bevor sie in ihr Zimmer gelaufen war? Daß sich alles ändere? Daß jetzt, da sie erfahren hatte, daß sie nicht ihre richtige Tochter war, nichts mehr so weitergehen könne wie zuvor?

Katie bewegte sich im Schlaf und murmelte einen Namen. „Dan . . .“

Träumte sie immer noch von Dan Fischer? Die arme Katie, ihr geliebtes Kind . . . Zuerst verlor sie Dan . . . und jetzt *das*!

Rebekka gab dem Kleid die Schuld, und sie schob die Schuld auf sich selbst. *Wenn ich Katie nur von Anfang an die Wahrheit gesagt hätte,* stöhnte sie innerlich. *Wenn ich nur nicht so stolz gewesen wäre.*

Stolz. Eine der schlimmsten Todsünden, gegen die die Amischen täglich anbeteten, um von ihr nicht zu Fall gebracht zu werden.

Rebekka trat von dem Bett zurück und verließ leise das Zimmer. Sie konnte nur hoffen, daß die Sünde, die sie begangen hatte, bei ihrer Tochter nicht lebenslange Narben hinterlassen würde, daß Katie sich nicht von ihrer impulsiven Natur zu einer unüberlegten Entscheidung verführen ließe, die sie später bitter bereuen würde, daß sie den Schock über ihre wahre Identität hinter sich lassen und ihr neues Leben annehmen könnte. Ein herrliches neues Leben an der Seite des besten Witwers von ganz Hickory Hollow, von Bischof Johannes Beiler.

13

„Katie denkt nicht nach, bevor sie spricht ... Das hat sie noch nie getan", brummte Samuel am nächsten Morgen beim Frühstück zu Rebekka. „Sie springt los, bevor sie richtig schaut. Das weißt du selbst."

Als das Melken und die Arbeiten, die jeden Morgen in aller Früh anfielen, erledigt waren, setzten sie sich an den Tisch und tranken einen heißen Kaffee – nur sie beide. Eli und Benjamin waren mit der Erklärung verschwunden, sie hätten noch eine Arbeit auf den Feldern fertigzustellen, und Katie lag noch im Bett.

„Wo *ist* das Mädchen?" sprach er weiter und schaute sich mit einem Stirnrunzeln um. „Sie sollte schon längst auf sein und uns helfen."

„Ach, sie ist müde vom Weinen", erklärte Rebekka ihm mit pochendem Herzen. Sie wünschte, er würde aufhören, zu dem Mädchen so hart zu sein. Das war nicht liebevoll von ihm, nicht, wenn Katie so sehr litt. „Unsere Tochter ist wie ein Rad, an dem zwei Speichen fehlen."

„Zwei?"

Rebekka versuchte nicht einmal, ihm Katies Situation zu erklären. Herzensangelegenheiten ergaben für ihren Mann – der nun einmal ein durch und durch praktischer Mensch war – wenig Sinn; Dinge wie das abrupte Ende der ersten großen Liebe, weil der geliebte Mensch im Meer ertrank, und darüber hinaus noch der Verlust der eigenen Identität und die Frage, wer sie eigentlich sei. Sie konnte ihm keinen Vorwurf daraus machen, daß er das nicht verstand. So war er nun einmal.

„Unser liebes Mädchen hat es im Augenblick sehr schwer, Samuel. Sie schwimmt in einem Ozean von Trauer, und ..."

„Jetzt redest du auch schon wirres Zeug", fiel er ihr ins Wort. „Du kannst sie doch nicht die ganze Zeit wie ein Kleinkind bemuttern, wenn sie Arbeiten zu erledigen hat, um die Hochzeit gut über die Bühne zu bringen."

Bei den Amisch war eine Hochzeit ein Spiegelbild des Brautvaters. Rebekka wußte, daß ihr Mann die große Hoffnung hegte, daß Katies Hochzeit ein besonderer Tag werden würde. Außerdem hatte nie ein Vater seine Tochter mehr geliebt als er, dachte sie und betrachtete liebevoll sein markantes Profil.

Rebekka erhob sich schnell und räumte den Tisch ab. „Am besten laufe ich zu ihr hinauf und schaue, wie es ihr geht. Vielleicht hat sie schlimme Kopfschmerzen."

„Ja, und ich habe auch bald welche, wenn wir ihre Sachen nicht vor Sonnenuntergang auf den Beiler-Hof geschafft haben“, knurrte er. „Und laß dir von ihr keine Schuldgefühle einreden“, hörte Rebekka ihn noch sagen, während sie ihre Hände an dem Küchenhandtuch abtrocknete. „Katie verdankt uns ihr Leben.“

In diesem Punkt irrst du dich, Samuel, dachte Rebekka. *Weißt du denn nicht, daß es unsere Katie war, die mir vor zweiundzwanzig Jahren einen Grund gab' weiterzuleben?* Katie hatte Rebekkas leeres Herz, ihre leeren Arme mit neuem Leben gefüllt.

Sie stieg die langen, steilen Stufen in den zweiten Stock hinauf und wappnete sich gegen alle möglichen verletzenden Worte, die Katie ihr an den Kopf schleudern könnte. Ihre Liebe war stark genug, um das zu ertragen, stark genug.

Es stellte sich aber heraus, daß Rebekka, als sie an die massive Schlafzimmertür klopfte, von Katie nur ein verschlafenes, gedämpftes Murmeln zur Antwort bekam. „Komm herein, Mama.“

Rebekka zwang sich zu einem Lächeln und ging auf Zehenspitzen hinein. Am Fuß des Bettes schaute sie auf die zerknüllte Decke und das zerknitterte Laken. „Konntest du überhaupt schlafen?“

Katie gähnte und streckte sich, dann setzte sie sich auf und schob das Kissen hinter ihren Rücken. „Ich kann mich nicht erinnern; viel geschlafen habe ich bestimmt nicht . . . aber ich muß wohl doch eingeschlafen sein. Ich habe geträumt.“

„Schlechte Träume?“

„Ja, schlechte Träume.“

Rebekka seufzte. „Ein gutes Frühstück wird dir bestimmt gut tun.“ Sie haßte es, Katie daran erinnern zu müssen, daß bald einige Kusinen von ihr eintreffen würden, um beim Nüsseknacken und Polieren des Silbers zu helfen. „Elam kam gestern mit Annies Geschirr herüber, während du mit Tobias und dem Ponywagen fort warst.“

„Satin Boy. Er heißt jetzt Satin Boy, hast du das vergessen? Ich habe ihm einen neuen Namen gegeben.“

„Ah, das vergesse ich immer wieder. Ein neuer Name ist am Anfang immer ein wenig gewöhnungsbedürftig, muß ich sagen.“

Ihre Blicke begegneten sich. Sie schauten einander wortlos an. Einen fröstelnden Augenblick lang fühlte Rebekka den unglaublichen Schmerz ihrer Tochter. Sie konnte an Katies Augen sehen, was die Erziehung in der Amisch-Gemeinschaft ihr angetan hatte. Wie sie ihr ganzes Leben verändert hatte – sie ihres wahren Ursprungs beraubt hatte. Was es bedeutete, das leibliche Kind einer wohlhabenden, weltlichen Familie zu sein, nie von ihren wahren Wurzeln erfahren zu haben und es doch so sicher zu fühlen, wie man wußte, daß man lebte.

„Es dauert vielleicht ein ganzes Leben lang, sich daran zu gewöhnen“, flüsterte Rebekka. „Aber du bist jetzt Katie ... Katie Lapp, und bald Katie Beiler, die gute Frau des Bischofs.“

Einen Augenblick sprach keine von beiden ein Wort. Dann strich Katie mit der Hand über die Stelle neben sich, und Rebekka trat schweigend heran und setzte sich auf die Bettkante. „Ich mache dir keine Vorwürfe, Mama“, kamen sanft die Worte. „Ich verstehe nur nicht, warum es ein solches Geheimnis sein mußte.“

Mit einem Nicken ergriff Rebekka ihre Hand. „Ich habe mich geschämt, weißt du. Ich hatte ein Baby ... ein Baby, das starb, bevor es eine Chance bekam zu leben. Und nachdem es tot geboren war ... sagte mir der Arzt, daß ich unfruchtbar sei, er sagte, daß ich nie wieder Kinder bekommen könne.“ Sie starrte auf den Boden und hielt den Atem an. „Ich fühlte mich verflucht ... ich wollte noch Kinder ... und wußte nun, daß ich keine mehr bekommen würde.“

Katie hörte zu, ohne sie zu unterbrechen. Ihre Mutter erzählte weiter von ihrem eigenen, tiefen Schmerz.

„Als wir – dein Papa und ich – dich dann sahen, war es, als sagte der Herr im Himmel persönlich zu mir: ‚Hier ist dein Herzenswunsch, Rebekka. Steh auf und wasch dir das Gesicht ... deine Lippen sollen lächeln. Die Tochter, nach der du dich gesehnt hast, ist da.‘ Und genau danach handelten wir – wir nahmen dich als unser kleines Mädchen auf der Stelle mit nach Hause.“

„Einfach so?“ fragte Katie verwundert, drängte aber nicht in sie, um zu erfahren, wie oder wann oder was genau geschehen war.

„Ja.“

„Und die ganze Gemeinde? Sie haben nie den Verdacht gehegt, daß ich nicht euer wirkliches Baby bin?“

„Keine Minute lang.“

„Und du hast nie auch nur für einen Augenblick gedacht, daß ich anders aussehe?“

„Als wir dich umgezogen und das Satinkleid weggeräumt hatten, nicht mehr. Nachdem wir dir einen neuen Namen gegeben haben, schätze ich ... Nun, du hast für Papa und mich immer wie ein kleines Mädchen namens Katie ausgesehen.“ Sie dachte eine Sekunde nach und schaute mit leicht schiefem Kopf zur Decke hinauf. „Ja, ich kann wirklich sagen, daß du einfach wie unsere Katie aussahst ... von Anfang an.“

Katie schaute verträumt in den Raum hinein. „Wer gab mir den Namen Katherine? War es meine leibliche Mama?"

Diese Worte waren für Rebekka wie ein Hammerschlag. Oh, nicht heute. Nicht während der Hochzeitsvorbereitungen. Nicht wenn Laura Mayfield-Bennett in Hickory Hollow herumfuhr und nach ihrer Tochter suchte.

„Ja, deine leibliche Mutter gab dir diesen Namen, denke ich."

„Hast du sie kennengelernt?"

„Nur ganz kurz." Rebekkas Begegnung mit Laura Mayfield und ihrer Mutter auf dem Krankenhausgang war kurz gewesen. Wenn sie es recht überlegte, erinnerte sie sich an ihre Mutter deutlicher als an Laura Mayfield selbst.

„Hast du gesehen, wie sie aussah?"

Rebekka überlegte. „Du hast ihre braunen Augen und ihre rotbraunen Haare geerbt."

„Noch etwas anderes?"

Sie schüttelte den Kopf. „Ich kann mich an nicht mehr viel erinnern."

„Das spielt wahrscheinlich auch keine Rolle", sagte Katie. „Ich weiß ja, wer meine *wirkliche* Mama ist." Sie rutschte über das Bett und umarmte Rebekka und drückte ihr einen warmen Kuß auf die Wange.

Während Katie sich ankleidete und ein spätes Frühstück einnahm, erstellte Rebekka eine Liste von den Dingen, die noch zu erledigen waren. Beim Schreiben dachte sie jedoch immer wieder über Katies Reaktion nach. Sie staunte, daß Katie nicht wütend und rebellisch geworden war und nicht damit gedroht hatte, den Leuten die Wahrheit zu sagen. Sie hatte nichts dergleichen getan.

Eigentlich hätte Rebekka erleichtert sein sollen. Statt dessen regte sich jedoch eine seltsame Unruhe in ihr.

* * *

Katie stand an dem großen Fenster in ihrem Zimmer und schaute hinaus. Wie schön und unbeschwert war doch die Zeit gewesen, in der sie noch nicht gewußt hatte, daß sie das adoptierte Kind von Samuel und Rebekka Lapp war, vielleicht das einzige adoptierte Kind in ganz Hikkory Hollow. Die schönste Zeit waren die sorglosen Tage ihrer Kindheit gewesen.

Glühend warme Sommertage ...

Sie und Maria Stoltzfus – zwei kleine Amisch-Mädchen – die barfüßig durch den Hinterhof liefen, zwischen Mamas weiße Laken hindurch, die auf der Wäscheleine flatterten, am Scheunenhof vorbei und zu dem alten Feldweg, der Papas Hof mit einem weiten Waldgebiet und einem großen Teich verband, der funkelnd im Sonnenschein lag.

Zwei kleine Amisch-Mädchen, die einander Geheimnisse erzählten, während sie die Ruder des morschen, alten Ruderbootes ins Wasser tauchten, um zu der Insel in der Mitte das Teiches zu rudern.

Zwei kleine Amisch-Mädchen, über deren Kopf die Vögel zwitscherten. Zwei kleine Mädchen, die mit ihrem Ruder das Wasser spritzen ließen und träge Wellen über die Teichoberfläche schickten und die von der Sonne beschienenen Sommerstunden lachend und plappernd verlebten.

In jenen Tagen war Katie einfach ... Katie gewesen. Nicht Katherine. Nicht irgend jemand Eitles. Nur die schlichte Katie, in- und auswendig. Wenigstens so schlicht, wie sie trotz der ständigen inneren Sehnsucht nach „eitlen Dingen“ sein konnte. Sie versuchte, die Regeln zu befolgen – sich an alles zu halten, was die Alte Ordnung von den Amisch verlangte.

Aber die Dinge änderten sich. Sie hatten sich bereits geändert, sozusagen über Nacht. Und es sah so aus, als würden sie sich noch mehr ändern – genauso wie die Wellen im Teich, die immer wieder aufs neue das Wasser bewegten und dann am Ufer verliefen.

Sie war weder innerlich noch äußerlich Katie. Das Mädchen mit den goldbraunen Augen und den rötlichen Haaren sah sich jetzt als ganz anderer Mensch. Als jemand, den sie nicht kannte, den sie nicht wiedererkannte. Jemand mit einer Mutter, die ihr einen englischen Namen gegeben hatte. Einen eitlen, weltlichen Namen.

Katherine.

Der Name paßte nicht. Sie kämpfte gegen ihre Benommenheit an und versuchte, ihre Gefühle zu verarbeiten, ihre Abneigung zu überwinden. Die wachsende Abneigung, die sie ihren Eltern gegenüber empfand, *Adoptiveltern*, die ihr Geheimnis über zweiundzwanzig Jahre lang streng gehütet und niemandem etwas verraten hatten.

Einen Augenblick lang gestattete sie sich, über ihre wirklichen Eltern nachzudenken, besonders über ihre leibliche Mutter. Wer war sie? *Wo* war sie? Und warum hatte sie sich so lang von ihr ferngehalten?

* * *

Das erste, das Katie am liebsten getan hätte, als sie Maria durch die Hintertür ins Haus kommen sah, war, sie in einer ungestörte Ecke des alten Bauernhauses beiseite zu ziehen und ihr das Geheimnis zu verraten. Aber statt dessen begrüßte sie ihre Freundin ruhig und ging mit ihr zusammen zu den Kusinen in die Küche. Dann stellte sie zusätzliche Stühle für die Nußknackerinnen auf, während Rebekka einen Kessel mit Wasser zum Kochen aufsetzte. Es gab für alle heiße Schokolade sowie Käse, frisches Brot und geschmolzene Butter. Und auch Apfelbutter und Ananasgelee für alle, die einen süßen Aufstrich auf dem warmen Brot bevorzugten.

Katie bewegte sich durch das rege Treiben und fühlte sich wie eine Schlafwandlerin, ohne das Plaudern und Lachen, das um sie herum herrschte, richtig wahrzunehmen. Sie schaffte alles – ohne daß auch nur eine einzige Seele den Verdacht hegte, irgend etwas sei mit ihr nicht in Ordnung – bis zum Ende des Tages, als Eli und Benjamin ihre Zederntruhe und mehrere Koffer, in denen das Babykleid versteckt war, zum Haus des Bischofs brachten.

Am Abend kamen fünf Verwandte, um Papa und den Jungen zu helfen, die Möbel in die Scheune hinauszubringen, damit für die langen Holzbänke Raum wäre, auf denen zweihundert Hochzeitsgäste im Inneren des Hauses Platz finden sollten.

Früh am Mittwochmorgen kamen Johannes Beiler und sein Sohn Johannes und halfen, als zwei Wagen mit den Bänken eintrafen – einer vom Gemeindedistrikt Hickory Hollow und einer aus einem Nachbardistrikt. Mehrere Onkel, Vettern und Nachbarn halfen, die Bänke abzuladen und im Freien die Tischbeine aufzuklappen, bevor sie die Möbel ins Haus brachten und aufstellten. Das geschah nach einem jahrhundertealten überlieferten Brauch so, wie es schon immer gemacht worden war.

Da Johannes Beiler schon bei seiner ersten Heirat das übliche Ritual, dreißig Hühner, die für das Hochzeitsessen benötigt wurden, zu schlachten, befolgt hatte, übertrug er aus Achtung vor seiner verstorbenen Frau diese Aufgabe jetzt seinen drei Brüdern und anderen nahen Verwandten.

Rebekka begann zusammen mit ihren zwei Schwestern, Nancy Yoder und Naomi Zook, und deren Männern, die Küchenhelfer einzuteilen. Es wurden diejenigen festgelegt, die zum Kartoffelschälen,

Füllen der Pfannkuchen, Anrichten des Krautsalats, Braten und Zerkleinern der Hühner, Zusammenfügen der Brotmischung, Säubern des Selleries, Backen von Strudeln und Kuchen und Fritieren von Pommes frites abgestellt waren.

Zweiundzwanzig Köche – elf Ehepaare – bekamen ihre Aufgaben zugewiesen sowie die vier Hochzeitsbegleiter, darunter Katies Brautjungfer, Maria Stoltzfus, die kurz nach halb acht eintraf.

„Du bist schon wieder so schrecklich ruhig", sagte Maria, als sie zu einer kurzen Verschnaufpause in Katies Zimmer geflüchtet waren.

Katie breitete ihr Hochzeitskleid auf dem Bett aus, um es ein letztes Mal begutachten zu lassen. Sie hatte die weiße Schürze und Haube gestärkt und das Hochzeitskleid gebügelt, bis kein Fältchen mehr zu sehen war. Aus dem regen Treiben, das unter ihnen zu hören war, schloß sie, daß sie nur noch ein paar Minuten Zeit hatte, um ihrer Freundin zu erzählen, was sie ihr unbedingt sagen wollte. Wenn es irgend jemand verstehen könnte, dann wäre das Maria. „Das, was ich dir jetzt gleich sage, überrascht dich vielleicht", vertraute sie ihr an.

Maria war ganz Ohr. Ihre Augen verdunkelten sich besorgt.

„Ich glaube, ich werde Johannes nicht so lieben können, wie ich das sollte", flüsterte Katie. „Es genügt vielleicht nicht, um eine gute Ehefrau zu sein, aber ich werde mein möglichstes versuchen. Ich werde mein Bestes geben." Nachdem sie das gestanden hatte, fühlte sie, wie eine Last von ihrem Herzen fortgenommen war.

Maria antwortete leise: „Ich weiß, daß du das kannst. Vielleicht stellst du ja irgendwann überrascht fest, daß du dich in den Bischof verliebt hast. Ehrlich gesagt, bin ich mir da ziemlich sicher. Früher oder später wird das kommen. Warte nur ab."

„Es ist sehr nett von ihm, daß er beschlossen hat, mich zu heiraten." Katie berührte die weiße Haube, ein Symbol für Reinheit. „Ich hätte vielleicht überhaupt keinen Mann mehr gefunden, wenn er nicht ..."

„Jetzt hör mir einmal gut zu", unterbrach Maria sie. „Dieses Gerede bringt dich nicht weiter. Du hast sehr viel, für das du dankbar sein kannst, das stimmt, aber wenn du es genau siehst, Katie, wirst du *den Bischof* heiraten. Vergiß das nie. Er ist ein wunderbar guter Mann."

Die Art, wie Maria *wunderbar guter* sagte, ließ Katie aufhorchen. Hegte ihre Freundin womöglich heimliches Interesse an dem Bischof? „Was meinst du damit, Maria?"

„Nun, ich glaube, du hast ihn noch nie richtig angeschaut", erwiderte Maria benommen. „Findest du nicht, daß Johannes gut aussieht?"

„Ich glaube, mit solchen Augen habe ich ihn noch nie angeschaut." *Nicht, nachdem ich damals in Dans Gesicht geschaut habe*, dachte Katie. *Und mich gefragt habe, wie um alles in der Welt der Herrgott einen so gutaussehenden Mann schaffen konnte ...*

„Dann solltest du ihn dir einmal genauer ansehen", riet Maria und warf Katie einen vielsagenden Blick von der Seite zu. „Du siehst nur durch getönte Gläser ... und ich weiß auch, warum. Es ist wegen Dan, nicht wahr? Er wirft auf alles einen dunklen Schatten. Aber du *sollst* jetzt den Bischof heiraten."

Sollst? Wenn sie das nur mit Bestimmtheit wüßte. *Ich sollte nicht einmal hier in Hickory Hollow leben*, dachte Katie. *Ganz zu schweigen davon, einen einundvierzigjährigen Amisch-Bischof zu heiraten. Ich sollte Katherine Mayfield sein, wer immer das auch ist!*

Aber sie wagte es nicht, das Geheimnis zu verraten – nicht einmal Maria. Ein nicht ausgesprochener Pakt war zwischen Mutter und Tochter geschlossen worden. Mama hatte bereits genug gelitten. Jetzt, da sie die Gelegenheit hatte, vor ihrer liebsten Freundin ihr Herz auszuschütten, war Katie klug genug, ihren Schmerz nicht noch schlimmer zu machen und sich auch noch vor anderen bloßzustellen.

Sie verbarg ihre Beklommenheit tief in ihrem Inneren, so tief wie ihre Mutter das Babykleid in die weiße Vase gestopft hatte. Wenn sie ihre Gefühle nicht unterdrückte, fürchtete Katie, könnten sie an die Oberfläche treten und ihre Mutter erneut schlimm verletzen und auch unbarmherzig an ihrer eigenen Zukunft sägen. Und so tat sie, was Maria „das Richtige" nennen würde. Sie behielt ihr Geheimnis für sich – und vergrub es tief in ihrem Herzen.

14

An ihrem Hochzeitstag war Katie schon vor halb fünf auf den Beinen. Es war so wichtig, daß alles gut lief. Ihr Vater hatte am Vorabend sogar eine Familienbesprechung einberufen, um letzte Anweisungen zu erteilen. „Eine schlampige Hochzeit zeugt von einer schlampigen Braut", hatte er gesagt.

Jetzt, da Katie im Laternenlicht dastand, widerstand sie nur mühsam der Versuchung, sich die Haare über die Schultern zu bürsten und verschiedene Frisuren auszuprobieren. Sie fragte sich, wie Katherine Mayfield an ihrem Hochzeitstag wohl ausgesehen hätte.

In ihrer Phantasie schlüpfte sie in ein Hochzeitskleid aus Satin und Spitzen . . . und verzichtete auf die Haube und setzte statt dessen einen strahlenden weißen Schleier auf den Kopf. Jetzt verstand sie auch, warum sie ihr ganzes Leben lang von schönen Dingen so angezogen war. Sie verstand es – wußte aber nicht, wie sie damit umgehen sollte.

Bei Katies Hochzeit würde es keine der eitlen, weltlichen Zugaben wie Blumen oder Eheringe geben. Die Braut hatte sich mit ihrem selbstgenähten, von Hand gesponnenen Kleid, der Schürze und der Haube zufriedenzugeben. Da der Tag sich als ziemlich warm herausstellte, müßte sie sich wenigstens nicht auch noch mit einem schweren Tuch abplagen.

Ella Mae freut sich bestimmt sehr über das Wetter, dachte Katie und erinnerte sich daran, was die *Weise Frau* vor kurzem bei Katies Besuch erwähnt hatte. Wie aus heiterem Himmel kam ihr der Gedanke, daß ihre Großtante wahrscheinlich Katies wahre Herkunft ahnte – daß sie von Geburt eine weltliche Engländerin, ein Mensch außerhalb der Amisch-Gemeinschaft war.

Aber dieser Gedanke verschwand so schnell wieder, wie er gekommen war, und Katie konzentrierte sich auf letzte Vorbereitungen. Sie empfand dabei weder Schmerz noch Freude. Die lähmende Gleichgültigkeit als Reaktion auf den Schock, den die Enthüllung ihrer Mutter bei ihr ausgelöst hatte, trug sie durch die Stunden, bevor Prediger Zook sie fragen würde, ob sie ihren Bruder in Christus, Johannes Beiler, als ihren Mann nehmen und ihm die Treue halten wolle, bis daß der Tod sie scheide, und sie mit „Ja" antworten würde.

Köstliche Gerüche erfüllten das Haus, während nach und nach die Einzelheiten von der Liste gestrichen wurden. Ab halb sieben kamen die bestellten Helfer, und um sieben Uhr saßen Johannes, Katie und ihre Nebensitzer beim Frühstück in der Sommerküche, einem Raum abseits von der großen Küche.

„Welch ein himmlischer Tag für eine Hochzeit", flüsterte Maria Stoltzfus Katie ins Ohr.

„Du wirst die nächste sein, die heiratet ... und zwar bald", prophezeite Katie.

Johannes hatte diesen Wortwechsel gehört und lächelte. „Es ist ein herrlicher Tag für unsere Hochzeit", sagte er und strich sich über den Bart. „Möge der Herr, unser Gott, sein Volk segnen."

Katie nickte und erwiderte sein Lächeln. Den Bruchteil einer Sekunde überdeckte das Bild von Dans Gesicht Johannes' Lächeln. Sie blinzelte erstaunt. Dann rieb sie sich die Augen und wandte schnell den Blick ab. Würde sie denn nie aufhören, an ihre erste Liebe zu denken?

„Was ist mit dir?" fragte Johannes mit einem Stirnrunzeln und beugte sich zu ihr vor.

„Ach, nichts." Sie winkte mit der Hand ab, wie es ihre Mutter oft tat. „Überhaupt nichts."

„Nervenflattern, kurz vor dem großen Augenblick, kommt bei vielen Leuten vor", bemerkte Johannes' Bruder Noah.

Katie riß die Augen weit auf und versuchte, den Eindruck loszuwerden. Maria hatte ihr gesagt, sie solle Dan Fisher vergessen, die Vergangenheit begraben, damit sie nicht die Zukunft vergiften konnte. Maria hatte immer recht. Aber sie hatte ihr nicht sagen können, wie man wunderschöne Erinnerungen aus dem Denken löscht.

Johannes Beiler zu heiraten und ihn an die erste Stelle in ihrem Leben zu setzen war vielleicht die Antwort. Vielleicht hatte Maria deshalb behauptet, daß diese Hochzeit sein *sollte*.

Nach dem Frühstück ging Katie mit Johannes und den Nebensitzern durch die Küche und blieb immer wieder stehen, um die Strudel und Aufläufe zu probieren, die gebracht worden waren. Aus der Fülle, die sie auf ihrem Land geerntet hatten, hatten die guten Köchinnen von Hickory Hollow Pfirsich- und Aprikosen- und Kirschstrudel, Apfel-, Dörrobst- und Kürbisstrudel zubereitet. Natürlich auch viele Kuchen. Fünf Pfund schwere Nußkuchen und vielfältig belegte Obstkuchen. Später, nach den Predigten und der eigentlichen Hochzeitsfeier, wenn Katie und Johannes als Mann und Frau wieder die Treppe hinunterkämen, würden sie zum ersten Mal die zwei hübschen Hochzeitskuchen sehen, die mit Nüssen und Süßigkeiten verziert waren. Für Katie, deren Schwäche für Süßes allseits bekannt war, gab es noch eine große Auswahl anderer Desserts, die sie an ihrem Tisch kosten könnte – Tapiokapudding, Schokoladenpudding und Gelees, bei denen einem das Wasser im Munde zusammenlief. Dafür hatte Rebekka gesorgt.

Natürlich waren die besten Speisen für den Brauttisch reserviert, der so aufgestellt war, daß die meisten Hochzeitsgäste das Brautpaar sehen konnten. Zehn sieben Meter lange Tische, an denen zweihundert Leute Platz fanden, waren mit dem besten Geschirr gedeckt. Darunter war auch das Geschirr, das von Katies Schwägerin, Annie, ausgeliehen worden war.

Als die Zeit kam, daß das Brautpaar und seine Nebensitzer ihre Hochzeitskleidung anzogen, stiegen die Frauen – Katie, Maria und Sarah Beiler, Johannes' Nichte – in Katies Zimmer hinauf; die Männer zogen sich in Elis und Benjamins Zimmer zurück.

Draußen im Hof halfen fünf Jungen – Vettern oder Neffen von Braut und Bräutigam – bei jedem Wagen, der eintraf, die Pferde auszuspannen. Bei einer Hochzeit war es für einen jungen Mann eine Ehre, einer der Stallknechte zu sein.

Oben wartete Katie geduldig, während ihre Mutter die weiße Hochzeitsschürze mit Nadeln an ihrer Taille befestigte. Die Brautjungfern schauten dabei zu. Katie und Rebekka sprachen jetzt zum letzten Mal, bevor der Gottesdienst begann, unter vier Augen miteinander. Maria und Sarah verließen diskret das Zimmer und warteten so weit wie möglich von Benjamins Zimmer entfernt auf dem Gang.

„Ich werde dich immer lieben, Katie", sagte Mama und umarmte sie. „Immer und ewig."

„Ich werde dich auch immer lieben, Mama."

„Ich wünschte, wir hätten nicht so kurz vor deiner Hochzeit über ... einiges ... sprechen müssen", sagte Rebekka, als sie ihre Umarmung lösten und einander liebevoll anschauten.

„Ach, das ist jetzt erledigt und vorbei", wischte Katie den schmerzlichen Gedanken beiseite.

„Ja, es ist vorbei."

„Ich bin einfach die schlichte Katie, nicht wahr?" Selbst jetzt mußte sie noch an das Babykleid aus Satin denken und konnte nur mit Mühe die Erinnerung an das herrliche Gefühl unter ihren Fingern verdrängen.

„Ja, durch und durch schlicht", kam die leidenschaftliche Antwort ihrer Mutter. Rebekka streckte die Arme aus und ergriff Katies Handgelenke. „Du liebst Johannes, nicht wahr?"

„Ich liebe ihn ... genug."

Die Worte waren hohl, und Rebekka zog Katie an sich heran. „Du denkst doch nicht immer noch an jemand anderen, oder?"

Katies Stimme klang dünn und verzweifelt, selbst in ihren eigenen Ohren, als sie antwortete: „Er war alles, was ich je wollte, Mama. Dan kannte mein Herz. Niemand kann je seinen Platz einnehmen. Niemand."

Rebekkas Wimpern zuckten, und eine tiefe Sorgenfalte zog über ihre Stirn. „Himmel ... du bist in eine Erinnerung verliebt!"

„Ich liebe die Erinnerung an Dan, ja. Das will ich nicht leugnen. Aber es ist noch mehr." Sie trat ans Fenster. Sie wollte ihre Mutter nicht verletzen und erwähnte deshalb nicht die Musik, die sie und Dan so sehr geliebt hatten. Rebekka drang nicht weiter in sie. Darüber war Katie auch froh.

Unter ihr rollte ein nicht abreißender Strom von Kutschen mit grauen Dächern auf das Haus zu. Einige der jungen Leute kamen in offenen, schwarzen Einspännern. Es waren auch ein paar Autos zu sehen – mennonitische Verwandte und Freunde.

Es war schon fast viertel vor acht. Um acht Uhr würden die Helfer anfangen, die Gäste ins Haus zu führen, und ihnen nach einer vorgeschriebenen Sitzordnung ihre Plätze zuteilen. Zuerst kamen die Prediger, Prediger Yoder und Prediger Zook, gefolgt von den Eltern von Braut und Bräutigam und von anderen nahen Familienangehörigen und Freunden.

Der Druck, der in den letzten zwei Tagen auf Katie lag, begann, sich zu lösen. Sie starrte Rebekka verständnislos an und zitterte. *Wer bin ich wirklich?*

Katie drückte ihrer Mutter einen schnellen Kuß auf die Wange und eilte los, um sich zu Maria und Sarah auf den Gang zu stellen – rechtzeitig, damit das Brautpaar mit seinen Begleitern ihre Plätze auf einer langen Bank neben der Küche einnehmen konnte. Die Bank war so neben der Treppe aufgestellt, daß die weiblichen Gäste auf ihrem Weg nach oben, wo Hüte und Tücher abgelegt wurden, an ihnen vorbeigehen und das Brautpaar begrüßen konnten.

Bischof Johannes saß zwischen Katies jüngstem Bruder, Benjamin, und seinem eigenen Bruder, Noah. Er sah in seinem neuen *Multze,* einem langen Rock mit geteilten Schössen, und mit seiner schwarzen Fliege gut aus. Er und seine Begleiter trugen hohe Schuhe und weite, schwarze Hüte mit einer zehn Zentimeter breiten Krempe. Sein langer Bart war von grauen Fäden durchzogen, und obwohl er inzwischen meistens eine Brille zum Lesen brauchte, war er ohne sie zu seiner Hochzeit gekommen.

Weiter unten auf der Bank saß Katie zwischen Maria und Sarah, bereit, den weiblichen Gästen die Hände zu schütteln. Die Männer würden sich draußen in oder vor der Scheune versammeln und warten, bis die Helfer, die *Vorgeher,* sie ins Haus führten und ihnen ihre Plätze zuwiesen – die Männer auf einer Seite und die Frauen auf der anderen – genauso wie im Sonntagsgottesdienst.

Katie merkte, wie sich ihr Magen verkrampfte. Sie fühlte sich, als säße sie auf dem Brett des morschen, alten Bootes und rudere auf die Insel zu – die heimliche Zufluchtstätte ihrer Kindheit. In Gedanken ruderte sie immer schneller und schneller, von der rauschenden Geschwindigkeit der Ruder im Wasser angetrieben, und fühlte sich zwischen dem Ufer und dem herbeigesehnten Versteck gefangen. Gefangen zwischen zwei Welten – ihrem Platz bei den Amischleuten und ihrem Hunger nach der modernen Welt, so verboten diese auch war. Die Welt ihrer leiblichen Eltern hatte sie schon immer gereizt, die Welt der jungen Frau, die ein Babykleid aus Satin für ihre neugeborene Tochter genäht hatte, sie liebevoll damit bekleidet und dann weggegeben hatte.

Du hast allen Grund, dankbar zu sein ...

Katie warf einen verstohlenen Blick auf Johannes. Nur noch zwei Stunden trennten sie von ihrer geistlichen Vereinigung. Als Mann und Frau ... die für immer unter den Amisch leben und die alten Überlieferungen fortsetzen sollten. Sie erinnerte sich an das Versprechen, das sie ihm erst letzten Samstag gegeben ... und jetzt gebrochen hatte. Wie viele Versprechen durfte man brechen?

Wie ein plötzlicher Windstoß, der die Federwolken vertreibt, wanderten ihre Gedanken davon, und sie konnte sie nicht wieder einfangen. Sie begann, die Frauen zu begrüßen, von denen sie viele seit ihrer frühesten Kindheit kannte. Sie schüttelte Mattie Beiler die Hand und beobachtete, wie Mattie zurückging, um ihrer alten Mutter, Ella Mae, zu helfen, sich durch die Reihen zu bewegen. Katie dachte an ihre verstorbenen Großeltern und wünschte sich, Opa David und Omi Essie hätten lang genug gelebt, um diesen Tag zu erleben.

Als Ella Mae stehenblieb, um Katie ihre dünne, faltige Hand zu reichen, verspürte sie den inneren Drang, die alte Frau zu umarmen. *Die Leute tun immer das, was sie wollen,* hatte Ella Mae einmal zu Katie gesagt. *Selbst wenn jemand sich zurücksetzt und nichts tut. Denn nichts zu tun ist im Endeffekt auch eine Entscheidung.*

Als nächste kamen mehrere von Katies direkten Kusinen – Nancy, Rachel und Susie Zook – gefolgt von Naomi, Maria und Esther Beiler und den Müttern der Mädchen, Becky und Maria – Ella Maes verheiratete Töchter.

Noch viele andere Frauen standen in der Reihe. Eine von ihnen war Lydia Miller – die mennonitische Kusine ihrer Mutter – die Frau, die mit Gott sprach, als würde er wirklich zuhören.

Lydias Händedruck war warm und kräftig. „Der Herr segne dich heute, Liebes“, sagte sie kurz, dann ging sie weiter, um Maria Stoltzfus zu begrüßen.

Wer sich selbst demütigt, den erhöht der Herr ...

Wenn irgend jemand demütig war, dann war das Lydia Miller. Sie kleidete sich immer schlicht – in langen bedruckten Kleidern – und trug die Haare in einem Knoten. Eine tiefe Demut war in ihr rundes Gesicht geschrieben. Und Liebe. In ihren Augen konnte man ein großes, aufrichtiges Mitgefühl für die Welt erkennen.

In diesem Augenblick wünschte sich Katie, sie wüßte mehr über Kusine Lydia, die Frau, die von der Familie immer wieder als ein Beispiel dafür, wie man *nicht* beten sollte, herausgestellt wurde. Diese Geschichte hatte bestimmt noch eine andere Seite.

In der kurzen Pause zwischen den einzelnen Gästen kamen ihr beunruhigende Gedanken in den Sinn und stachen wie Nesseln. *Du hast wie eine Katie ausgesehen ... von Anfang an.*

Katie begann, Mitleid mit sich selbst zu empfinden, auch wenn die Traurigkeit sich mit Ärger und Angst vermischte. Am Abend vor ihrer Hochzeit zu erfahren, daß sie in Wirklichkeit keine Lapp war – kein Teil der Amisch-Gemeinschaft –, war, als habe sie endlich gelernt, schöne kurze Steppstiche zu nähen, und habe dann, nachdem sie kritisiert worden war, beschlossen, sie wieder aufzutrennen.

Sie wurde immer unruhiger, während die jungen Leute – die Jugendlichen des Gemeindedistrikts und der umliegenden Gegend – nach und nach das Haus betraten. Unverheiratete Brüder und Schwestern von Braut und Bräutigam führten den Zug an, gefolgt von Paaren, die erst kürzlich geheiratet hatten oder deren Hochzeit kurz bevorstand.

Ich hätte vielleicht überhaupt keinen Mann mehr bekommen ...

Eine Gruppe von Kusinen, Vettern, Neffen, Nichten und Freunden kamen als nächste herein, gefolgt von den jungen Burschen, die schnell ihre Plätze einnahmen. Alle Männer außer Prediger Yoder, Prediger Zook und Bischof Johannes – da er ebenfalls ein Ältester war – nahmen den Hut ab und legten ihn unter ihre Bank. Diese äußere Förmlichkeit brachte ihre Überzeugung zum Ausdruck, daß Samuel Lapps Haus jetzt – in diesem Augenblick und für den Rest des Gottesdienstes über – ein Haus der Anbetung war.

Nachdem die Gäste sich gesetzt hatten, wurde ein anderer alter Brauch befolgt: Die drei Pastoren trugen bis zum ersten Lied ihre Hüte.

Bei der dritten Strophe standen Prediger Yoder und Prediger Zook auf und begaben sich, gefolgt von Johannes und Katie, nach oben ins Gästezimmer. Dort begann Prediger Yoder, ihnen Anweisungen zu geben, und sprach Johannes und Katie Mut zu und erinnerte sie an ihre Pflichten, die sie einander als Verheiratete vor dem Herrn zu leisten hatten. Katie wußte, was kommen würde, und überlegte, wie sehr es sie in Verlegenheit bringen würde, wenn sie auf die Frage, ob sie rein geblieben sei, nicht ehrlich mit Ja antworten könnte.

Johannes' Augen leuchteten vor Zuneigung, als er ihre Hand ergriff und die Treppe hinabstieg und zum ersten Mal in der Öffentlichkeit Katies Hand hielt. Sie betraten den dicht besetzten Raum und schritten zusammen mit ihren Begleitern den schmalen Gang entlang.

Katie erblickte den kleinen Jakob Beiler in der Menge. Er strahlte sie mit einem engelhaften Lachen an, während die Gemeinde den dritten Vers des Lobliedes sang.

Ich kann es kaum erwarten, bis du meine Mama wirst ...

Das Brautpaar und seine Begleiter erreichten die sechs Rohrstühle, die für sie reserviert waren, und setzten sich genau zum selben Zeitpunkt. Katie, Maria und Sarah saßen auf einer Seite, Johannes, Benjamin und Noah hatten ihnen gegenüber Platz genommen.

Überall, wohin sie schaute, sah Katie freundliche, ehrliche Gesichter von lieben Menschen und Freunden – die liebe Nancy Beiler und ihre Schwester Susie, die bald Katies Obhut unterstehen würden. Und dort war Levi, ihr in sich gekehrter Bruder, der mit verschränkten Armen dasaß und Katie neugierig beäugte. Der Junge würde sie nicht so leicht zur Ruhe kommen lassen; soviel stand schon einmal fest. Sein Bruder, Hickory-Johannes, saß groß auf der Bank und erinnerte sie an seinen Vater.

Aber im ganzen Haus war keine Menschenseele, die auch nur die geringste Ahnung hatte, daß Katie Lapp ein ungehorsames Gemeindemitglied war – eine Frau, die ihrem Bischof, ihrem Verlobten, ungehorsam gewesen war. Die sich entschieden hatte, ihre Gitarre zu verstecken, statt sie zu zerstören.

Sie war deshalb einer nicht gebeichteten Sünde schuldig. Und noch schlimmer, sie war eine Heuchlerin. Daß sie von Geburt her keine Amisch war, unterschied sie von allen anderen, die heute hier waren. Wenigstens empfand sie es so. Sie fragte sich, ob dadurch, daß sie adoptiert war und dies nie erfahren hatte, nicht sogar ihr Taufgelöbnis ungültig wurde.

Es gefällt dir nicht, amisch zu sein, aber du kommst nicht aus ... Marias Bemerkung hallte in ihren Ohren wider, während die Gemeinde den sechsten und siebten Vers des nächsten Liedes sang.

Was auch geschieht, vergiß nicht, daß ich dich liebe ...

Würde diese geliebte Stimme nie aufhören, aus dem Grab zu ihr zu sprechen? Müßte sie sich mit einer auf Pflichten beruhenden Beziehung mit Johannes Beiler zufriedengeben, während ihr Herz sich nach so viel mehr sehnte?

Das Singen der Gemeinde endete, und Johannes' Onkel stand auf, um den *Anfang* zu machen, zu dem Berichte von Ehepaaren aus der Bibel gehörten – von Adam und Eva bis zu Ruth und Boas. Als der Prediger geendet hatte, drehten sich alle um und knieten eine Weile zum schweigenden Gebet nieder. Während die anderen die Augen schlossen, spähte Katie zu dem bekannten Wandbehang, der vor ihr hing. *Wer Zeit vergeudet, vergeudet sein ganzes Leben.* Das alte Amisch-Sprichwort stach ihr ins Auge; die Botschaft sprach mitten in ihr Herz.

Ich vergeude die Zeit der Gemeinde, dachte sie. *Papas, Mamas, Marias ... Bischof Johannes' Zeit. Und mein eigenes Leben – habe ich es vergeudet? Habe ich mich nicht ernsthaft genug bemüht, die Ordnung zu befolgen?*

So schnell, wie die Fragen kamen, wurden sie wieder verdrängt. Sie atmete tief ein und erinnerte sich an ihren Eid vor Gott. Sie hatte vor der ganzen Gemeinde ihr Taufgelöbnis abgelegt, vor denselben Leuten, die heute im Haus ihrer Eltern versammelt waren und bald Zeugen ihres Eheversprechens würden. *Was geschehen ist, ist geschehen*, dachte sie. Als das schweigende Gebet zu Ende war, stand sie mit allen anderen auf.

Sie wartete respektvoll, während einer der Vorsteher die ersten zwölf Verse aus dem neunzehnten Kapitel des Matthäusevangeliums las. Danach setzten sich alle wieder. Der *Alte Brauch*. Gemeinderegeln und -ordnungen – Bestimmungen, wie alles abzulaufen hatte.

All das lastete schwer auf Katie, während sie auf den unausweichlichen Augenblick wartete, wenn Prediger Zook sich zuerst an Johannes und dann an sie wenden würde. Er würde sie fragen, ob sie verspreche, ihm in guten wie in bösen Tagen, in Gesundheit wie in Krankheit die Treue zu halten.

Prediger Yoder stand sehr langsam auf, um mit der Hauptpredigt zu beginnen. Seine Schultern waren so gebeugt, und seine Stimme war so gedämpft, daß seine Worte kaum zu vernehmen waren. Mit jedem Satz wurde seine Stimme jedoch lauter, und bald verfiel er in den bekannten Tonfall der Ermahnungen. Er wischte sich den Schweiß von der Stirn und sprach weiter. Nach ungefähr einer Stunde kam er zu dem Bericht von Jakob und Rahel.

Mit funkelnden Augen griff er nach einer altdeutschen Bibel und las: „,Denn der Mann ist das Haupt der Frau, wie auch Christus das Haupt der Gemeinde ist, die er als seinen Leib erlöst hat. Aber wie nun die Gemeinde sich Christus unterordnet, so sollen sich auch die Frauen ihren Männern unterordnen in allen Dingen.'"

In allen Dingen ...

Katies Mut sank. *Da stehe ich, noch nicht einmal verheiratet, und habe bereits die Bestimmungen zur Unterordnung gebrochen.* Traurig warf sie einen Blick auf ihren Vater. Nicht einmal seine strenge Erziehung hatte ihren Willen brechen und sie dazu bringen können, sich der Autorität unterzuordnen.

Wenn ich nicht einmal meinem eigenen, geliebten Papa gehorchen kann, wie kann ich dann einem unerbittlichen, strengen Mann wie dem Bischof gehorchen? Sie fragte sich, wie lang es dauern würde, bis ihre Schuld sie übermannen würde, bis sie gestehen müßte, daß sie sich geweigert hatte, die Gitarre zu zerstören. Tage? Wochen? Letztendlich müßte sie Johannes ihre Sünde gestehen. Was für ein Anfang für eine Ehe!

So ein Mädchen wie dich habe ich noch nie gesehen ... Omi Essies seltsame Worte hallten jetzt wie ein Gespenst in den Winkeln ihres Denkens wider.

Prediger Yoder setzte sich, und Prediger Zook nahm seinen Platz ein und sprach über das Buch Tobit. Er zitierte lange Stellen aus dem Bericht von einem Paar namens Tobit und Sara, dann wich er von seinem Text ab und wandte sich an die Gemeinde: „Wir haben vor uns einen Bruder und eine Schwester, die ihren Willen erklärt haben, den Bund der heiligen Ehe zu schließen, Johannes Beiler und Katie Lapp."

Katie lehnte sich leicht an ihre beste Freundin und Brautjungfer und war versucht, nach Marias Hand zu greifen, aber sie wußte, daß sich das jetzt nicht schickte. Sie mußte das allein durchstehen. Es gab keinen anderen Weg.

„Wenn heute ein Bruder oder eine Schwester anwesend ist, die uns einen Grund nennen können, warum diese beiden nicht den Bund der Ehe schließen sollten, soll er es jetzt sagen oder für immer schweigen, denn später wird keine Klage mehr angehört werden", erklärte der Prediger.

Katie wurde steif und hielt unbewußt den Atem an. Papas Worte klangen in ihren Ohren. *Läßt auch die Quelle aus einem Loch süßes und bitteres Wasser fließen?*

Prediger Zook schwieg und ließ genug Zeit, daß jemand das Wort ergreifen könnte, dann sprach er weiter: „Wenn es keine Einwände gibt und wenn unsere Schwester und unser Bruder sich einig sind, könnt ihr jetzt im Namen des Herrn vortreten."

Katie stand auf, aber statt Johannes' ausgestreckte Hand zu ergreifen, ging sie an ihm vorbei auf den Prediger zu. Dann drehte sie sich mit zittrigen Knien zur Gemeinde um. „Ich habe euch allen, die ihr heute hier seid, etwas zu sagen." Sie atmete tief ein und schaute einen Augenblick auf den Boden.

Langsam hob sie den Kopf wieder und ließ ihren Blick über die Gesichter wandern. Einer nach dem anderen kam in ihr Blickfeld: Ihre Familie und ihre lieben Freunde, ihre Eltern, ihre Brüder, Ella Mae Zook, die Kinder des Bischofs, die zahlreichen Kusinen und Vettern und Mattie, die Hebamme, die grollte, weil sie nicht hatte helfen dürfen, sie auf die Welt zu bringen. Und da war Lydia Miller, eine der wenigen anwesenden Mennoniten. Katie schaute in die bekannten Gesichter und wünschte sich einen angenehmeren Weg, einen, der ihren Lieben keinen Schmerz zufügen würde.

„Das, was ich jetzt bekennen muß, tut mir sehr leid", begann sie. „Aber ich bin nicht geeignet, um euren Bruder in Christus, Bischof Johannes Beiler, zu heiraten."

Bewußt wich sie Johannes' Blick aus, da sie wußte, wenn sie ihn anschaute, würde ihr vielleicht die Stimme versagen, oder noch schlimmer – sie würde einen Rückzieher machen und von dem ablassen, was sie tun mußte.

Einen einzigen Fehler beging sie jedoch. Ihre Augen blieben an ihren Eltern hängen, und der Schmerz in ihren Gesichtern riß ihr fast das Herz aus dem Leib. „Es tut mir so schrecklich leid", hörte sie sich flüstern. „So leid, daß ich euch so sehr verletze, Papa ... Mama ..."

Rebekka stand keuchend auf. In ihren Augen glänzten die Tränen. Sie wollte etwas sagen, aber Katie wartete nicht auf das Flehen ihrer Mutter. Sie drehte sich um und floh durch den schmalen Gang an den versammelten Verwandten und Freunden vorbei in die Küche, an den verdutzten Köchinnen, ihrem Bruder Elam und an Annie vorbei aus dem Haus.

Katherine, die jetzt Katie hieß, stürmte durch die Hintertür hinaus und lief aus dem Zuhause ihrer Kindheit, das vorübergehend ein Gottesdienstraum war, und von den verblüfft aufgerissenen Mündern fort. Fort von Rebekkas tränenüberströmtem Gesicht, fort von dem Bischof, den sie beschämt hatte und dem sie ungehorsam gewesen war, fort von den Menschen, die sie getäuscht hatte.

Weit, weit fort.

15

„Sie ist vollkommen *verhudelt*", flüsterte Mattie Beiler einer ihrer verheirateten Töchter zu. „Meine Güte, ist das nicht komisch? Genau das habe ich erst letzte Woche bei Katies Stepptag gesagt."

„Was hast du gesagt?"

„Wenn es um etwas Wichtiges geht, dann benimmt sich Rebekka Lapps Tochter unmöglich." Mattie schüttelte den Kopf und murmelte. „Katie läuft ihrer eigenen Hochzeit davon. Wenn das nicht dem Faß den Boden ausschlägt!"

Mehrere Bänke weiter flüsterte Rebekka ihrem Mann etwas zu, und während der verdatterte Bischof vorne bei Prediger Zook stand, stürmte sie zur Küche und zur Hintertür hinaus. „Katie! Katie, komm zurück!"

* * *

Johannes Beiler hatte die Hände entschlossen in den Hosentaschen vergraben und begab sich mit ungläubigen Augen – begleitet von seinem Freund, Prediger Zook – zu den jetzt leeren Stühlen und setzte sich zu dem Rest der Brautgesellschaft, die ziemlich verwirrt wirkte. Er blieb nur ein paar unsichere Sekunden lang sitzen, dann stand er wieder auf, verließ den Raum und begab sich zu der geschlossenen Veranda, auf der die Gäste das Hochzeitsessen eingenommen hätten, wenn Katie nicht weggelaufen wäre.

„Was sagst du dazu?" fragte Prediger Zook.

Johannes schüttelte den Kopf. „Etwas muß sie schwer beunruhigen. Sie war heute morgen schon nicht sie selbst."

„Nun ..." Der Prediger brach ab und überlegte, wie er seinen langjährigen Freund am besten trösten könnte. „Hast du eine Ahnung, warum sie das getan hat?" Bevor Johannes versuchen konnte zu antworten, sprach er weiter: „Es ist ja nicht so, daß das Mädel jünger würde. Sie weiß, daß dies ihre letzte Chance war zu heiraten."

Johannes pflichtete ihm mit einem Kopfnicken bei, vermutete aber insgeheim, daß Katies überstürzte Reaktion etwas mit der Art zu tun haben mußte, wie er bei ihrer Beichte die Dinge gehandhabt hatte. War es ihm nicht gelungen, ihr den Ernst ihrer Übertretung klarzumachen?

Hatte er die Angelegenheit zu leichtfertig abgehandelt – da sie bald seine Frau sein würde? Er kratzte sich unter dem Bart am Kinn und sinnierte über die ganze traurige Situation nach. Samuel Lapp erschien im Türrahmen.

„Was soll ich nur dazu sagen?" begann Samuel zerknirscht. „Meine Tochter benimmt sich schrecklich, einfach unmöglich." Er ließ den Kopf hängen.

„Geben Sie sich keine Schuld für Katies Handeln", ergriff Prediger Zook das Wort.

„Ich habe mein Bestes getan, um sie in der Furcht des Herrn zu erziehen, aber das ... das ..."

Prediger Yoder kam durch die Haustür und gesellte sich zu ihnen auf der Veranda. „Das, was wir heute hier erlebt haben, ist beschämend."

„Ja, beschämend", sagte Samuel, der immer noch den Kopf so weit hängen ließ, daß sein Bart über seine Brust strich. „Unser guter Bischof ... von seiner eigenen Braut verschmäht."

„Vielleicht kommt sie wieder zur Vernunft ... und wird sich bewußt, was sie getan hat", warf Prediger Zook ein.

Samuel schüttelte den Kopf. „Sie kennen Katie nicht. Das Mädchen hat einen Dickkopf, einen schrecklichen Dickkopf. Den hat sie schon seit dem Tag ihrer Geburt. Nur ihre Mutter konnte sie zu etwas überreden."

„Welch eine Schuld gegenüber der Gemeinde", warf Prediger Yoder ein. „Sie muß Buße tun."

Johannes erinnerte sich an Katies reumütige Haltung am vergangenem Samstag – an die süße, unschuldige Art, mit der sie auf ihn zugegangen war, zu ihm ins Zimmer getreten war, ihm erlaubt hatte, ihre Hände ein wenig länger als nötig zu halten. Er erinnerte sich daran ... und sehnte sich selbst jetzt noch nach ihr.

Schließlich ergriff er das Wort. „Über dieses Thema können wir ein anderes Mal sprechen, heute nicht. Das ist alles, was dazu zu sagen ist." Die Männer hörten auf zu spekulieren und gingen wieder ins Haus zurück.

Drinnen hörte Johannes das gedämpfte Stimmengewirr. Die Braut läuft während der Hochzeitszeremonie davon ... so etwas war in Hickory Hollow noch nie vorgekommen.

Die Brautgesellschaft – das, was davon übrig war – saß immer noch zusammen und rutschte nervös auf den Stühlen herum. Da es so etwas noch nie gegeben hatte, war man sich nicht sicher, was zu tun war. Die anderen Gäste begannen herumzugehen, aber niemand verließ das

Haus, sondern alle warteten auf eine Entscheidung, wie es nun weitergehen solle.

Johannes selbst konnte nichts anderes fühlen als einen pochenden Schmerz in seinem Herzen – eine Leere, die nur Katie füllen könnte.

* * *

„Was kann sie nur veranlaßt haben, so etwas Schreckliches zu tun?" fragte Sarah Beiler Maria Stoltzfus.

Maria bemerkte Bischof Johannes in dem Augenblick, in dem er ins Zimmer zurückkam, und errötete leicht. „Das kann ich wirklich nicht sagen", erwiderte sie ausweichend. Als sie den Blick des Bischofs auf sich ruhen fühlte, senkte sie demütig den Kopf. Der arme Mann. Was mußte er jetzt durchmachen!

„Du mußt doch *irgendeine* Ahnung haben, warum sie plötzlich kalte Füße bekam", beharrte Sarah Beiler. „Du kennst sie schon dein ganzes Leben lang!"

„Nein, nein, ich habe keine Ahnung, was Katie sich dabei gedacht hat." Sie konnte nicht immer die Handlungen der älteren Freundin deuten, auch wenn sie das, der Himmel war ihr Zeuge, seit vielen Jahren versuchte. *Was soll jetzt passieren?* fragte sie sich und fühlte sich ein wenig schuldig, weil sie der Versuchung nicht widerstehen konnte, heimliche Blicke auf den Mann zu werfen, der noch vor ein paar Minuten der Bräutigam ihrer besten Freundin war.

Ganz ehrlich gesagt, hoffte sie, Johannes Beiler habe von Frauen wie Katie Lapp jetzt endgültig die Nase voll. Sie hatte seine Grenzen endgültig überschritten. Sie hatte auf kein Wort von dem gehört, was Maria ihr die ganze Zeit zu sagen versucht hatte. Aber trotz ihrer Enttäuschung konnte sie sich eines aufkommenden Mitgefühls für ihre Freundin nicht erwehren. „Ich gehe am besten und suche Katie", sagte Maria zu Sarah und entschuldigte sich, als sie an Benjamin Lapp vorbeischlüpfte, der mit finsterer Miene auf seinem Stuhl saß.

Maria suchte als erstes das ganze Haus nach Rebekka Lapp ab. Wenn sie Katies Mutter finden könnte, müßten sie es zu zweit doch bestimmt schaffen, der Braut des Bischofs ein wenig Vernunft einzureden. Was in aller Welt hatte Katie gemeint, als sie sagte, sie sei nicht geeignet, um ‚*euren* Bruder in Christus' zu heiraten? Betrachtete sie Johannes Beiler nicht auch als *ihren* Bruder in Christus?

* * *

Ella Mae beobachtete, wie Katies beste Freundin durch das Haus lief und von Zimmer zu Zimmer eilte. Die *Weise Frau* wußte, daß Maria schließlich Rebekka einholen würde – aber das war nicht wichtig. Weder Maria Stoltzfus noch Rebekka Lapp könnten Katie dazu überreden, jetzt zurückzukehren. Jetzt nicht... und vielleicht auch dies auf weiteres nicht.

Ella Mae wußte vieles über Katie. Persönliche, traurige Dinge. Im Laufe der Jahre hatte sie zugehört, wenn das junge Mädchen zu ihr gekommen war und ihr Herz vor ihr ausgeschüttet hatte – ihre schwierigen Teenagerjahre, ihr Herzeleid wegen Daniel Fischers Tod ... und erst vor kurzem etwas über ein englisches Babykleid und ein Versprechen, das sie nicht halten konnte.

Welches Versprechen das war, konnte Ella Mae nicht sagen. Aber eines stand fest: Das gebrochene Versprechen – was immer es auch war – hatte einen Einfluß darauf, warum Katie ihren Bräutigam so beschämt und allein stehengelassen hatte.

Sie seufzte und fragte sich, was sie anderes sagen oder hätte tun können, damit die Sache anders für das arme, verlorene Schaf ausgegangen wäre.

* * *

„Sie sollte meine Mama werden", jammerte der kleine Jakob Beiler neben seiner Schwester Nancy, die gleich neben der Brautgesellschaft saßen. „Das sollte sie wirklich ..."

„Komm schon, weine jetzt nicht." Die große Schwester legte ihm eine Hand auf die Schulter, streichelte ihn und schüttelte ihn kräftig. „Du bist doch ein großer Junge." Sie hoffte von ganzem Herzen, ihr jüngster Bruder würde sich nicht ungebührlich benehmen – so wie Katie.

Ach – wie hatte sie ihren Vater nur so in Verlegenheit bringen können! Nancy merkte, wie ihr Gesicht rot wurde. So etwas Schamloses. Bestimmt würde Gott selbst das Gericht über sie herabregnen lassen.

Vielleicht war es auch gut so, daß Katie Lapp nicht zu ihnen nach Hause kam, um ihre Mutter zu werden. Außerdem konnte sowieso niemand den Platz ihrer Mama einnehmen ...

* * *

Levi Beiler ließ seine langen Arme, die er vor seiner Brust verschränkt hatte, sinken und schaute sich um. Sein Blick fiel auf die alte Frau, die mehrere Reihen hinter ihm saß. Ella Mae Zook wirkte genauso verblüfft wie alle anderen, auch wenn er glaubte, einen Funken Hoffnung in ihren Augen zu entdecken, und sich fragte, was das bedeuten konnte. Er konnte die heiße Schokolade fast schmecken, die die *Weise Frau* letzten Donnerstag, genau vor einer Woche, für ihn bestellt hatte.

Katie hat letzte Woche schon alles geplant, dachte er. *Sie traf Vorbereitungen, heute so etwas zu tun. Sie hatte geplant, Papa einfach stehenzulassen, ohne ihn zu heiraten.*

In Levi, der normalerweise schüchtern und in sich gekehrt war, erwachte plötzlich eine ungeahnte Kühnheit. Er dachte an die Engländerin mit den rötlichen Haaren und dem langen schwarzen Auto, die den Weg nicht gewußt hatte. Irgendwie könnte diese elegante Frau etwas mit dem zu tun haben, was heute hier passiert war. Er stand auf und wollte nach hinten schlendern, um der *Weisen Frau* „Guten Tag“ zu sagen.

Ungefähr zur selben Zeit bat jedoch Samuel Lapp alle Anwesenden um ihre Aufmerksamkeit. Levi hörte genau zu und hoffte, daß das lekkere Essen trotzdem nicht stehen blieb.

Samuel räusperte sich. „Ihr seid alle eingeladen, hier zu bleiben und mit uns das Mittagessen einzunehmen. Trotz allem, was gerade passiert ist, wollen wir heute das Brot brechen.“

Levi war zutiefst enttäuscht, als sein Papa seine fünf Kinder zu sich rief und sich anschickte, das Haus zu verlassen. Er hatte wirklich gehofft, daß sie wenigstens zum Mittagessen bleiben würden.

Als sie an den Tischen vorbeigingen, die mit Strudeln und Kuchen und vielen anderen köstlichen Leckereien beladen waren, knurrte ihm der Magen. Gerade, als es so aussah, als sei alle Hoffnung verloren, kam ihm Annie Lapp zu Hilfe und rief ihrem Mann zu, einige Körbe für „Bischof Johannes’ Familie“ zusammenzupacken.

Trotz der verzweifelten Miene seines Vaters begaben sich Levi und seine Geschwister getröstet zu der neu gestrichenen Kutsche – die eine neue Mama nach Hause hätte bringen sollen – und freuten sich über die köstlichen Schätze. Er konnte es kaum erwarten, nach Hause zu kommen und sich darüber herzumachen.

Er wartete nicht einmal so lange. Der Predigtgottesdienst hatte über zweieinhalb Stunden gedauert, und er hatte Hunger. Er riß einen Kanten noch warmes Brot ab und stopfte ihn sich in den Mund.

Seine kleine Schwester beobachtete ihn dabei. „Levi nascht", piepste Susie.

Als ihr Vater nicht antwortete, wiederholte das Mädchen die Beschuldigung. Schließlich winkte Johannes Beiler gedankenabwesend mit der Hand ab. „Laß deinen Bruder in Ruhe."

Levi grinste, und Susie schaute ihn mit einer ärgerlichen Grimasse an. Nancy und Hickory-Johannes legten je eine Hand auf Levis Schulter. Ihr Vater war nicht in der Stimmung für ihre Streitereien.

„Wo ist Katie, Papa?" fragte der kleine Jakob und sah ganz zerknirscht aus. „Kommt sie nicht mit uns nach Hause?"

Johannes schüttelte den Kopf. „Heute nicht."

„Ist sie vielleicht krank geworden?"

Es dauerte lang, bis sein Vater sich zu einer Antwort durchringen konnte. „Ich weiß nicht genau, ob sie wirklich krank ist. Heute morgen schien sie sich nicht schlecht zu fühlen. Aber inzwischen fühlt sie sich bestimmt ein bißchen krank – genauso wie ich."

Levi hatte Mitleid mit seinem Vater. Wenn sie nicht mitten auf der Straße gewesen wären, hätte er den Korb mit dem Essen abgestellt und wäre zu ihm nach vorne geklettert. *Der arme Papa. Zuerst ist Mama gestorben . . . und jetzt das . . .*

* * *

Rebekka lief geradewegs zur Scheune, wohin Katie sich oft flüchtete, wenn sie allein sein wollte. Sie kletterte die Leiter zum Heuboden hoch und rief: „Katie? Bist du da oben?"

Sie schaute hinter mehreren Heuballen nach und hoffte, Katie dort zu finden. Aber hier waren nur Katzen und viel Staub. Als sie festgestellt hatte, daß der Heuboden bis auf sechs oder sieben Mäusefänger leer war, drehte sich Rebekka um und trat wieder ins Freie. Dieses Mal bog sie auf den Weg ein, der zum Wald führte.

Entmutigt trottete sie über die leere Lichtung und unterdrückte unter Aufbietung ihrer ganzen Willenskraft Tränen der Enttäuschung und des Bedauerns. Wenn sie ihrer Tochter durch diese Krise durchhelfen wollte, müßte sie nüchtern bleiben und durfte nicht weinen.

Trotzdem stiegen starke Gefühle in ihr auf. Was war nur in Katie gefahren, daß sie an *ihrem* Tag den Bischof sitzengelassen hatte? Was in aller Welt hätte wichtiger sein können, als einen so feinen Mann zu heiraten?

Ein beängstigender Gedanke traf sie. Laura Mayfield-Bennett fuhr in der Hoffnung, einen Blick auf ihre lange verlorene Tochter zu erhaschen, vielleicht in diesem Moment durch Hickory Hollow. Sie würde bald sterben, hatte sie geschrieben. So viel wußte Rebekka noch, auch wenn es Augenblicke gab, in denen sie wünschte, sie könnte sich an alles aus dem Inhalt des Briefes erinnern.

Wie mußte das sein: Zu sterben ... und nie sein Kind kennengelernt zu haben? Mit einem Seufzen ging Rebekka weiter. So ungern sie es auch zugab, konnte sie der Frau wirklich keinen Vorwurf machen. Jede Mutter würde so handeln.

Die Ruhe war beinahe unheimlich. Die Sonne hatte anscheinend vergessen, daß es Mitte November war. Sie schien so heiß und stark, als wäre der Sommer zurückgekehrt, und wärmte Rebekka den Rükken. Mit kurzen, schnellen Schritten ging sie zum Wald und dann weiter auf die Lichtung und zu dem Teich mit seiner verborgenen Insel.

Sie stand am Ufer und suchte mit sehnsüchtigen Augen das Gelände ab. Das alte Boot war nirgends zu sehen – Rebekkas erste Vermutung war, daß ihre Tochter in der Festung ihrer Kindheit Zuflucht gesucht habe.

„Katie!“ rief sie und legte die Hände als Trichter an ihre Lippen. „Katie, ich bin es!“

Sie wartete, hörte aber nichts.

„Katie, geht es dir gut?“ rief sie wieder und betrachtete die Insel, auf der große Weiden mit dichtem, trockenem Unterholz wucherten und eine abgeschlossene Höhle bildeten, die von dieser Seite mit den Augen nicht zu durchdringen war.

Ihr Herz schlug schneller. Sie rief wieder und dann noch einmal. Schmerzen und Gefühle der Ablehnung wüteten in ihrem Herzen.

Würde Katie antworten, wenn ihre leibliche Mutter jetzt nach ihr riefe? Dieser Gedanke raubte ihr alle Kraft.

„Du brauchst mir nichts zu sagen, Katie. Ehrlich nicht. Laß mich einfach bei dir sein, Mädchen.“

Sie wartete und sehnte sich nach der Stimme, die sie so sehr liebte. Aber außer dem Krächzen der Krähen, die über dem ruhigen Wasser hin- und herflogen war alles still.

Dann wußte sie, was sie sagen mußte – das einzige, was die Sache für Katie leichter machen würde. Sie sagte es mit großer Aufrichtigkeit. Ihre Stimme zitterte, während sie ihre Bitte erneut zu der Insel hinüberrief: „Du brauchst jetzt nicht zum Haus zurückzugehen. Du brauchst nicht einmal den Bischof zu heiraten, wenn du nicht willst."

Das Warten hätte mit den Wehen bei einer Geburt verglichen werden können, so intensiv und schmerzlich war es. Aber genauso wie ihr totgeborenes Baby nie den Atem bekommen hatte, um seinen ersten Schrei von sich zu geben, gab jetzt auch Katie keinen Ton von sich.

Zwischen dem Drang, in den Teich zu springen und zu Katie zu schwimmen, und ihrer Verpflichtung der Gemeinde gegenüber, die in ihrem Haus versammelt war, hin- und hergerissen, drehte sich Rebekka betrübt um und ging mit traurig gesenktem Kopf den Waldweg zurück.

* * *

Unter einer Weide in der Mitte der Insel saß Katie und hatte die Knie dicht unter ihr Kinn gezogen. Sie hatte ihre Haube abgenommen und ihren Haarknoten gelöst und ließ ihre langen, kastanienbraunen Locken über ihr Kleid nach unten fallen. Sie sang ihre Lieblingslieder und fuhr sich mit den Fingern durch den traditionellen Mittelscheitel, warf alle Haare auf eine Seite und flocht sie dann zu einem dicken Zopf.

Sie spielte nach Herzenslust mit ihren Haaren und wünschte sich einen kleinen Handspiegel, um ihren neuen Anblick zu betrachten. Die eitle neue Frau.

Sie begann, lauter zu singen, während sie ihre Haare wieder löste und den Zopf neu flocht, aber dieses Mal webte sie getrocknete Stiele von Weidenblättern mit hinein und wünschte sich, es wären goldene Kordeln oder seidene Haarschleifen.

„Ich bin jetzt Katherine", rief sie zum Himmel hinauf. „Mein Name ist Katherine Mayfield." Sie zwang sich die Bilder von den traurigen Gesichtern ihrer Eltern aus dem Kopf.

Sie schaute zum Teich hinaus und beschloß, ihr Spiegelbild im Wasser zu bewundern. Sie hätte sich wahrscheinlich auf den schmalen Pier gewagt, wenn sie nicht in diesem Augenblick die Stimme ihrer Mutter vernommen hätte. Schnell kauerte sie sich unter den Schutz des bräunlichen Weidenvorhangs. Obwohl das üppige Blattwerk um diese Jahreszeit fehlte, war sie sicher, gut versteckt zu sein. Mehrere Male rief ihre Mutter zu ihr herüber, wahrscheinlich in der Hoffnung, sie damit aus ihrem Versteck herauszulocken. Aber Katie gab nicht nach. Das war *ihr* Tag. Ein Tag, an dem sie die Fragen und die Ängste, die sie verfolgten, zulassen wollte. Ein Tag, an dem sie die eitle Seite ihrer Person ungezügelt ausleben würde, ohne daß irgend jemand sie zur Rechenschaft zöge.

Sie wartete, bis sie sah, daß ihre Mutter sich umdrehte und mit hängenden Schultern auf den Waldweg und zu dem Haus mit seinen vielen Gästen zurückkehrte. Katie erlaubte sich nur einen winzigen Anflug von Bedauern darüber, daß sie ihre Eltern in diese Verlegenheit gebracht hatte. Aber höchstwahrscheinlich würden sie wie geplant mit dem Festessen weitermachen, sie würden essen, sich unterhalten und sich fragen, was wohl in sie gefahren sei. Es wäre unter den gegebenen Umständen keine fröhliche Feier, aber die Atmosphäre wäre angenehm, und das Band des Friedens würde die Gemeinde wieder zur Einheit verbinden.

Unwichtig. Das war jetzt ihre Zeit, und sie beabsichtigte, das Beste daraus zu machen. Katie kroch auf den Pier zu, beugte sich flach darüber und starrte in das Teichwasser unter sich.

Ihre Haare. Wie anders sie aussahen. Statt des vertrauten Mittelscheitels erhoben sich ihre glänzenden Haare oben auf ihrem Kopf, bevor sie leicht über ein Auge fielen und in ein kunstvolles Muster übergingen. Sie zupfte an den Weidenblättern, die sich durch den dikken Zopf wanden, warf die kleinen Stückchen ins Wasser und erzeugte damit kleine Kreise auf der glasigen Oberfläche. Sie beobachtete, wie die Kreise größer wurden, bis sie sich am fernen Ufer auflösten. Irgendwo tief in ihrem Inneren sah sie darin ein Symbol für ihr eigenes Leben.

Wer bin ich wirklich? fragte sie sich. *Wenn ich unter meiner Haut Katherine Mayfield bin, wer ist dann diese Katie Lapp, die in diesem tristen, selbst gesponnenen Kleid steckt?* Sie ließ ihre Haube über dem Wasser baumeln und starrte ihr Spiegelbild an.

Etwas beschäftigte sie, aber sie konnte es nicht genau in Worte fassen. Nachdenklich schaute sie zu, wie ein Blatt träge davontrieb, bis es nicht mehr zu sehen war. Eine gute Amischfrau gehorchte der Ordnung, ordnete sich vollkommen unter. Wie hatte sie nur so schrecklich versagen können? Trotz aller Versuche, gut zu sein, war sie schwach geworden. Wie hatten die Lehren der Amischleute sie zu jemandem machen können, der sie nicht war? Jemandem, der demselben Bischof gegenüber ungehorsam war, vor dem sie ihr Lebensübergabegebet ausgesprochen hatte – und zur Taufe niedergekniet war? Jemandem, der denselben Bischof unbeschreiblich verletzen konnte, und das auch noch im Beisein des gesamten Gemeindedistrikts?

Aber mit solchen Gedanken durfte sie sich nicht zu lang aufhalten. Schließlich war *sie* am meisten von allen verletzt worden.

Sie stand auf, ging zum Ufer und zog das alte Boot unter dem Pier hervor und drehte es nach rechts herum. Dann tauchte sie die Ruder in die Oberfläche des Teichs und ruderte zur anderen Seite zurück.

Wenige Minuten später stieß sie auf dem Waldweg, der zum Hof zurückführte, auf Maria Stoltzfus. „Wo bist du gewesen? Deine Mama ist krank vor Sorge." Mit entsetzt hochgezogenen Augenbrauen betrachtete Maria Katies Haare. „Und was ist aus deinen Haaren geworden?" Sie hob die Hand und berührte den dicken Zopf, in dem immer noch die Weidenblätter steckten. „Wo ist deine Haube?"

Katie knüllte ihre Kopfbedeckung zu einem Ball zusammen. „Ich komme nicht zurück, um Johannes zu heiraten, falls du das glauben solltest. Frag mich also nicht, was passiert ist. Außerdem denke ich, weißt du es bereits."

„Aber machst du dir denn nichts aus den Gefühlen des Bischofs? Und seinen Kindern ... was ist mit ihnen?"

Katie wünschte, Maria hätte Johannes' Familie nicht erwähnt. Das Gesicht des lieben kleinen Jakob bliebe für immer in ihrem Gedächtnis eingegraben. Sie hatte den Jungen im Stich gelassen. Sie hatte alle im Stich gelassen.

„Es hatte nie so sein sollen – der Bischof und ich", sagte sie. „Und so sehr ich es auch versuchte, ich hatte nie eine Amisch sein sollen."

Maria schüttelte den Kopf. „Ach, fang doch nicht wieder damit an. Ich dachte, diese ganze Geschichte hättest du längst hinter dir."

„Nein, das habe ich nicht."

„Aber das Richtige wäre doch ..."

„Es interessiert mich nicht mehr, das Richtige zu tun", entgegnete sie. „Mein ganzes Leben lang habe ich versucht, das Richtige zu tun, und es hat nie funktioniert."

Marias blaue Augen wurden vor Entsetzen ganz groß. „Aber Katie, was in aller Welt willst du denn damit sagen?"

„Genau das, was ich gerade gesagt habe. Es klappt einfach nicht, daß ich amisch bin. Ich wünschte, ich hätte nicht so lang gebraucht, um das zu begreifen, aber ich weiß jetzt, was mit mir los ist ... warum ich hier anscheinend nicht klarkomme." Katie warf einen wehmütigen Blick auf das Bauernhaus, das am Fuß des kleinen Hanges direkt unter ihr stand. Sie würde nicht die Wahrheit über ihre sogenannte Adoption verraten – so etwas müßten Papa und Mama entscheiden. Im Augenblick konnte sie es einfach nur nicht erwarten, in die Haut von Katherine Mayfield zu schlüpfen.

„Ich fahre ein bißchen in die Stadt. Wenn du also nichts dagegen hast ..."

„Du fährst ... wohin?" Marias Augen wurden immer heller, überraschend leuchtend, als raubte Katies seltsames Verhalten ihnen jede Farbe. „Was du tun *mußt,* ist ins Haus zu gehen und alle um Vergebung zu bitten."

„Nein, ich werde nichts dergleichen tun."

Marias Stimme wurde leise. „Tut es dir nicht leid, was du getan hast?"

„Leid? Ich habe dem Bischof einen Gefallen damit getan, daß ich davongelaufen bin und ihn nicht heirate. Und auch seinen lieben Kindern." Katie fühlte, wie ihre Kehle sich zuschnürte.

Maria runzelte die Stirn und biß sich auf die Lippe. „Was hast du damit gemeint, als du sagtest, Johannes sei nicht dein Bruder in Christus?"

„Du hast mich ganz richtig verstanden, Maria." Der Zopf schwang herum, als Katie zur Scheune eilte. „Satin Boy und ich unternehmen einen Ausflug."

„Satin Boy? Wann hast du ihm denn einen so seltsamen Namen gegeben?"

„Vor einer ganzen Weile schon."

Bevor Maria ihr noch eine weitere Frage stellen konnte, spannte Katie ihr Pony vor den Wagen. „Ich bin vor Einbruch der Dunkelheit zurück. Sag Mama bitte, daß bei mir alles in Ordnung ist."

„Aber das ist es *nicht.* Ich sehe es doch glasklar, daß bei dir nichts mehr in Ordnung ist, Katie Lapp!"

16

In der Stadt herrschte dichter Verkehr. Autos und Lastwagen – und auch Busse schoben sich durch die Straßen. Einige Fahrer drückten ungeduldig auf die Hupe, als sie an ihr vorbeifuhren und Katie ihre Abgase ins Gesicht bliesen. Aber sie ließ sich nicht beirren und fuhr auf dem Kutschbock ihres Ponywagens, in dem die ganze englische Welt sie sehen konnte, fest entschlossen weiter.

Schließlich bog sie in eine Einkaufspassage ein, band Satin Boy an einen Hydranten und spannte den Wagen ab. „Ich hole dir später Wasser", versprach sie, „ich bin bald wieder da."

Begierig, so viel wie möglich zu sehen, ließ sie ihren Blick über die Schaufenster wandern. Ihre Augen blieben schließlich an einem elegant geschmückten Fenster hängen. Sie warf die Schultern zurück und schritt auf die Boutique zu, fest entschlossen, ein schönes Kleid anzuprobieren.

„Kann ich Ihnen helfen, Miss?" Es war nicht zu übersehen, daß es die Verkäuferin Mühe kostete, sie nicht anzustarren. Immerhin bot sie einen ungewöhnlichen Anblick in ihrem zerknitterten langen Kleid, der weißen Schürze und ihrem langen Zopf, in den Weidenblätter geflochten waren.

„Ich würde gern ein elegantes Satinkleid anprobieren."

„Satin?"

„Ja. Sie haben doch so etwas, oder?"

„Nun, nein, normalerweise führen wir Satin erst später in der Saison." Die Verkäuferin nahm ihre Brille, die an einer Kette um ihren Hals baumelte, und setzte sie auf die Nase. „Ist das Kleid für Sie selbst ... oder für jemand anderen?"

Katie schmunzelte leise. „Oh, es ist schon für mich selbst. Es wird Zeit, daß ich sehe, was ich bis jetzt versäumt habe."

Die Frau blinzelte schnell und drehte sich dann zur Theke um. „Wenn Sie möchten, kann ich bei einer unserer Filialen in York oder in Harrisburg nachfragen. Sie haben ein größeres Angebot."

„Nein, nein", unterbrach Katie sie, „es ist wichtig, heute eins anzuprobieren." Als sie einen Ständer mit eleganten Kleidern mit Brokatmieder und Spitzenbesatz sah, ließ sie die sprachlose Frau einfach stehen und ging darauf zu. „Was ist mit einem von diesen Kleidern?"

Sie nahm ein weiches Chiffonkleid vom Ständer und ging damit zu einem großen dreigeteilten Spiegel. Sie drehte sich nach links und nach rechts und bewunderte ihr Spiegelbild aus mehreren Blickwinkeln. Dabei summte sie eines der Lieder, die sie am meisten liebte, Dans Lied.

„Welche Größe suchen Sie, Miss?"

„Das weiß ich nicht, ehrlich nicht", erwiderte Katie und dachte an die vielen Kleider, die sie im Laufe der Jahre genäht hatte. Aber es war immer noch überwältigend – diese ganzen Kleider in einer so faszinierenden Vielfalt an Farben, Schnitten und Stoffen zu sehen, die nur darauf zu warten schienen, getragen zu werden. „Diese Frage hat man mir noch nie gestellt, aber das wird wohl herauszufinden sein. Am besten probiere ich es einfach an und schaue selbst."

Die Verkäuferin wußte nicht mehr, was sie sagen sollte. „Ah ... ja. Natürlich. Hier entlang."

Ohne auf das Preisschild zu achten, folgte Katie ihr zu einer kleinen Umkleidekabine im hinteren Teil des Geschäfts. Auf eine Handbewegung der Verkäuferin hin schloß ein Samtvorhang sie in eine Privatsphäre ein – nur Katie und das schier goldene Kleid, so zart wie die Flügel eines Schmetterlings.

Als sie sich umdrehte und unerwartet ihr Spiegelbild sah, entfuhr ihr ein leiser Seufzer. Der winzige Raum war auf allen Seiten von Spiegeln umgeben – vom Boden bis zur Decke. „Träume ich denn?" flüsterte sie und berührte das Glas mit den Fingern.

Katie genoß jede Bewegung. Sie zog ihre Kleidung aus. Zuerst ihre Schürze, dann ihr schlichtes – sehr schlichtes Hochzeitskleid. Mit großer Sorgfalt und fast ehrfürchtig hob sie das elegante Kleid hoch. Es glitt sanft über ihren Kopf, fiel leicht auf ihre Schultern und endete auf für sie wunderbare Weise in der Mitte ihrer Wade.

Sie genoß das leichte Rascheln des Stoffes, das seidige Gefühl auf ihrer Haut. Und, oh wie herrlich, den großzügigen Ausschnitt, frei und ungehindert!

Katie trat ein paar Zentimeter von dem Spiegel weg, um sich zu betrachten. Vor ihr stand keine Katie mehr! Das mußte Katherine sein. Aber noch während sie diesen Augenblick genoß, fühlte sie sich beraubt, um die Jahre betrogen, in denen ihr diese Seite des Lebens vorenthalten worden war. Würde sie je diese bunten, leuchtenden Farben tragen können, ohne es heimlich tun zu müssen?

Sie fragte sich auch, wer wohl diese Frau war, die ihr den Namen Katherine gegeben hatte. Welche Frau konnte ein Kind auf die Welt bringen, ohne dann für sein Leben zu sorgen? Diesem Baby einen eitlen Namen geben und es dann irgendeiner Fremden überlassen? Was für ein Mensch konnte so etwas tun?

Ihre Freude trübte sich etwas. Katie zog das elegante Kleid aus und schlüpfte wieder in ihre eigenen Kleider. „Eines Tages will ich ein solches Kleid in der Öffentlichkeit tragen", versprach sie sich selbst. „Eines Tages werde ich das tun." Mit Tränen in den Augen steckte sie den Kleiderbügel sanft in die Öffnung der beiden Puffärmel und hängte das Kleid an einen zweiteiligen Haken.

„Kommen Sie bald wieder", rief die Verkäuferin ihr nach.

Katie antwortete nicht. Sie eilte hinaus zu Satin Boy und dem alten Holzwagen, ohne auch nur zurückzublicken.

* * *

Auf dem Nachhauseweg begann Satin Boy, unter seiner Last zu schwitzen. „Ach, armes Tier . . . kannst du nicht noch ein bißchen laufen?" versuchte Katie, ihn von ihrem Sitz aus anzutreiben. „Wir halten bei Elam und Annie an und lassen uns Wasser für dich geben. Einverstanden?"

Satin Boy dampfte und schnaufte schwer, als Katie die lange lehmige Auffahrt hinauffuhr, die zum Haus ihres großen Bruders führte, drei Kilometer östlich vom Sandsteinhaus ihrer Eltern in der Hickory Lane.

„Schau, Elam! Schau nur, wer da kommt!" rief Annie ihrem Mann von der Veranda des weißen Holzhauses aus zu. Annie winkte Katie zu, als hätte sie sie schon lange nicht mehr gesehen.

„Ich habe schon fast nicht mehr geglaubt, daß mein Pony es noch bis hierher schafft", rief Katie ihnen zu und vergaß ganz, wie sonderbar sie mit dem verbotenen Zopf und ohne ihre Haube aussehen mußte. „Es ist kurz vor dem Verdursten. Kann ich ihm Wasser und Heu geben?"

Elam schritt die Stufen hinab und nahm dem müden Tier ohne Umschweife das Halfter ab. Er warf Katie einen strengen Blick zu. Der tadelnde Blick erinnerte sie an Papa, aber er sprach kein einziges Wort. Katie stand da und schaute zu, wie er Satin Boy zur Scheune hinter das Haus führte.

Er will nichts mehr mit mir zu tun haben, dachte Katie. *Und das zu Recht. Ich habe allen so viel Kummer bereitet.* Sie wußte, daß der Druck noch ansteigen würde, bis ihr Bruder früher oder später mit seiner Meinung über die Hochzeit herausplatzte.

Widerwillig stieg sie die Stufen hinauf, wo Annie die Hände über ihren dicken Bauch gelegt hatte und wartete. „Du hättest sehen sollen, wie Satin Boy sich auf der Straße benahm“, sagte Katie zu ihr.

„Ich dachte, er heiße Tobias.“ Annies Blick fiel zu Katies Frisur, dann schaute sie schnell wieder weg.

„Die Dinge ändern sich.“

„Oh.“ Annie öffnete die Tür und ging hinein. „Komm herein und trink selbst auch etwas“, rief sie Katie über die Schultern zu.

Erst als Annie ihr ein großes Glas Eistee angeboten hatte und sie sich an den Tisch ihres Bruders gesetzt hatte, bemerkte Katie, wie durstig und müde sie war. „Es war ziemlich dumm von mir, mit nur einem Pony so weit zu fahren“, sinnierte sie laut.

Annie ließ sich vorsichtig auf der Bank neben dem Tisch nieder. „Wohin bist du denn gefahren?“

„In die Stadt, nach White Horse.“ Katie hätte gern mehr erzählt, aber sie fürchtete, damit ließe sie sich auf allerhand Fragen ein. Außerdem kannte Annie Lapp keine Boutiquen oder elegante Kleidergeschäfte. Sie war eine gute, aufrichtige, schlichte Amischfrau. Frauen wie Annie waren nie in der Versuchung, in weltliche englische Geschäfte zu spähen.

Annies Augen wichen jetzt nicht mehr von ihrer Schwägerin. Wahrscheinlich versuchte sie, sich zu erklären, warum Katie ihre Haube nicht auf dem Kopf hatte. „Meine Güte, was hast du denn in White Horse gemacht?“ platzte Annie schließlich heraus.

Katie zuckte zurück. Sollte sie es ihr erzählen? Sollte sie den heimlichen Genuß der wenigen Stunden, in denen sie das eleganteste Partykleid von ganz Lancaster County anprobiert hatte, verraten?

Sie schaute Annie genau an – Daniels geliebte Schwester. Sie hatte so viel Ähnlichkeit mit dem Jungen mit den intensiven blauen Augen! Und, guter Gott, ihr Kind würde ihm wahrscheinlich auch ähnlich sehen! Katie erschauderte bei dem Gedanken, ihr Leben lang von Dans Gesichtszügen in der Gestalt ihrer Neffen und Nichten verfolgt zu werden. Natürlich würden sie auch Elams Gesichtszüge erben. Aber so geistreich und attraktiv wie Daniel Fischer immer gewesen war, vermutete Katie, daß die Kinder ihres großen Bruders eine starke Ähnlichkeit mit ihrem geliebten Dan aufweisen würden. *Genauso wie ich bestimmt Ähnlichkeit mit meiner leiblichen Mama habe ...*

Dieser Gedanke bestürzte sie. Sie erinnerte sich, was Annie sie gerade gefragt hatte. Sie war dankbar, als ihre Schwägerin ihre Frage wiederholte.

„Du warst heute so verzweifelt, Katie! Bist du deshalb von deiner eigenen Hochzeitsfeier davongelaufen?" fragte Annie leise. „Wenn du jemanden brauchst, um dich auszusprechen, nun ... ich bin für dich da. Jederzeit."

Von diesem Angebot angerührt, streckte Katie die Hand über den Tisch und drückte ihrer Schwägerin die Hand. „Es könnte gut sein, daß ich darauf zurückkomme", flüsterte sie. Die Schuldgefühle kehrten zurück und drohten die wenigen Stunden der Freiheit zunichte zu machen. Sie richtete sich steif auf und war fest entschlossen, dies nicht zuzulassen.

Elam kam geräuschvoll ins Haus, machte in der Abstellkammer einen unüberhörbaren Lärm und schloß die Tür mit einem lauten Knall. Dann trat er in die Küche. Er warf einen Blick auf Katie und schüttelte den Kopf. „Du sollst deine Haube suchen und sie wieder aufsetzen. Denkst du nicht auch?"

Katie legte den Kopf schief und betrachtete ihren ältesten Bruder. „Ich brauche sie nicht zu *suchen*", erklärte sie. „Ich weiß ganz genau, wo sie ist."

„Warum sitzt sie dann nicht auf deinem Kopf, wo sie hingehört? Und was soll dieser Zopf?"

Annie schaute ihrem Mann bedeutungsvoll in die Augen, ganz ähnlich, wie Mama und Papa oft Blicke miteinander wechselten. Katie erwartete fast, daß Annie für sie Partei ergreifen würde. Als sie dies nicht tat, wußte Katie, daß sie auf sich allein gestellt war. Rebekka Lapp war die einzige Frau, die je gegen einen Mann Partei für sie ergriffen hatte.

Elam war jetzt kurz davor, seinem Zorn über sie ungezügelt Luft zu machen. Katie konnte die deutlichen Vorzeichen dafür sehen – seine zusammengekniffenen Augen, die aufgeblähten Nasenflügel. Sie wollte es nicht riskieren, sich von ihm demütigen zu lassen, nicht vor Annie.

„Ich bin ein bißchen durcheinander."

„Durcheinander? Ja! Und wenn Papa dich in die Hände bekommt, wirst du wünschen, du wärst mit Johannes Beiler zusammen zum Prediger vorgegangen und hättest dein Ehegelöbnis abgelegt!"

„Sprich nicht so mit mir, Elam Lapp!"

„Es wird Zeit, daß es endlich jemand tut", sagte er und konnte seine Wut kaum noch in Zaum halten. „Papa konnte das anscheinend nie. Das steht fest."

„Laß Papa aus dem Spiel!" verlangte Katie. „Papa hat mich richtig erzogen. Das weißt du ganz genau."

„Ich sage dir eines", sprach Elam weiter, „wenn du mit diesen Haaren nach Hause fährst, wirst du das bereuen, noch bevor der Morgen graut."

Ihr Bruder hatte recht. Heute gäbe es von Papa eine harte Zurechtweisung, und morgen früh würde entweder Elam oder Papa ihre vielen Übertretungen Prediger Yoder oder Bischof Johannes melden.

„Ich schäme mich für dich, Katie. Du mußt versuchen, in Jesus zu bleiben", sagte er. „Du mußt es einfach versuchen."

Katie stand auf und ging zur Hintertür. „Ich gehe jetzt. Und nenne mich nicht mehr Katie. Ich heiße Katherine."

„Seit wann?" knurrte Elam.

„Von Anfang an, seit meiner Geburt", antwortete sie über die Schulter, während sie nach der Türklinke griff. Plötzlich war ihr unbehaglich zumute. Sie fürchtete, in verbotenes Territorium vorgedrungen zu sein, an einen Ort, der nur zu Verrat führen konnte.

„Du redest Unsinn. Stecke deine Haare wieder zu einem Knoten zusammen. Und sage nicht, wir hätten dich nicht gewarnt", rief Elam ihr nach. „Gegen die Gemeinde zu sündigen ist keine Angelegenheit, die man auf die leichte Schulter nehmen sollte ... Es ist eine Sünde gegen Gott." Elam setzte sich neben seine Frau an den Tisch und beugte jetzt den Kopf.

„Auf Wiedersehen, Annie", sagte Katie, ohne ihren Bruder im geringsten zu beachten.

Annies Abschied war ein geflüstertes: „Der Herr sei mit dir."

* * *

Der Nachmittag war immer noch warm, und die Sonne schien auf die runden, vollen Hügel südlich der Straße.

Du mußt versuchen, in Jesus zu bleiben. Elams Worte hallten in ihrem Kopf wider. Aber ihr Verstand argumentierte dagegen: Bedeutete in Jesus zu bleiben ständig eine Haube zu tragen? Mußte sie die Haare lang und immer mit einem Mittelscheitel – und zu einem Knoten zusammengeschlungen – tragen? War das der einzige Weg?

Daniel Fischer hatte ganz anders gedacht. Die Erlösung kommt – so hatte er ihr oft gesagt – durch den Glauben an Jesus Christus – nicht durch Werke oder durch das Befolgen von Gesetzen, die die Menschen aufgestellt hatten.

Sie seufzte und ließ Satin Boy gemächlich traben. Wenn nötig, würde sie aussteigen und den Rest des Weges zu Fuß nach Hause gehen.

Warum hatte sie damals nicht mehr auf Daniel gehört? Warum hatte sie die Lehre der Gemeinde ihrer Eltern befolgt, ohne sie je zu hinterfragen? Die Lehre, nach denen andere christliche Gemeinden außerhalb von Hickory Hollow ausgeschlossen wurden und in denen die *Meidung* als Zuchtmittel eingesetzt wurde?

Katie wußte natürlich, warum. Sie war zu jung, zu unsicher gewesen, um die alten Traditionen zu verlassen und sich nach etwas Neuem umzuschauen. Sie hatte zu wenig Ahnung von der Heiligen Schrift gehabt, um die Traditionen hinterfragen zu können. Dan dagegen hatte sich heimlich irgendwo einem Bibelkreis angeschlossen gehabt. Er hatte nicht nur mehrere Kapitel der Bibel auswendig gelernt, sondern auch verstanden, was sie bedeuten und wie sie ein Leben, das Christus übergeben war, verändern konnten. Er war weise genug gewesen, seine Aktivitäten vor der Amisch-Gemeinschaft geheimzuhalten. Nur Katie wußte davon.

Wenn Dan noch leben würde, könnte er ihr jetzt bestimmt helfen. Er könnte sie zur Wahrheit führen – wo immer diese auch zu finden war.

Ein unheilverkündendes Gefühl legte sich über sie, als das rote Sandsteinhaus in Sicht kam. Die Wahrheit lag jedenfalls bestimmt nicht darin, eine Kopfbedeckung zu tragen oder einen Zopf zu flechten. Dessen war sie sich ziemlich sicher.

Trotz aller äußeren Umstände sang sie leidenschaftlich: „Welch ein Freund ist unser Jesus." Satin Boy, den der Rhythmus der Melodie offensichtlich inspirierte, begann, Tempo zuzulegen.

„Guter Junge!" rief Katie ihm zu und versprach, ihn lange und ausgiebig zu striegeln und ihm frisches Heu und Wasser zu bringen, wenn sie im Stall wären. Sie fuhren an dem großen Hof vor dem Haus vorbei und bogen auf den Lehmweg ein, der zum Hinterhof führte.

Sie schob es so lange wie möglich hinaus, ins Haus zu gehen. Als sie schließlich hörte, wie Mama die Männer rief, huschte sie aus der Scheune und begab sich zur Küchentür.

Während sie auf Zehenspitzen in die Abstellkammer schlich, erinnerte sie sich an die festliche Atmosphäre, die noch vor wenigen Stunden im Haus geherrscht hatte – die vielen Hochzeitsgäste, die freundlichen Worte, die Predigten und die Köchinnen, die ein Festessen zubereiteten. Die düstere Stimmung, die das Haus jetzt ausstrahlte, legte sich auf ihr Gemüt.

Schnell begann sie, die Haare um ihre Hand zu wickeln, und war bereit, sie zu dem üblichen Knoten hochzustecken, doch dann änderte sie ihre Meinung und ließ die Locken ungehindert über ihren Rücken fallen. Jetzt war es zu spät für Reue. Was geschehen war, war geschehen.

„Katie, du bist wieder da!" rief ihre Mutter erleichtert aus, sobald sie ihre Tochter erblickte. Sie eilte auf sie zu, warf die Arme um die verlorene Tochter und bemerkte anscheinend überhaupt nicht, daß Katies Haare nicht unter der obligatorischen Haube versteckt waren. „Ich habe dich gesucht, als du aus dem Haus gelaufen bist", berichtete sie aufgeregt. „Ich lief bis zum Teich und rief und rief immer wieder. Wo in aller Welt bist du gewesen?"

Katie schüttelte den Kopf. Das war nicht der richtige Zeitpunkt. „Vielleicht verstehst du das nicht, Mama", sagte sie leise und schaute die Frau an, die seit ihrer frühesten Kindheit alles für sie getan hatte. „Aber ich kann im Augenblick nicht darüber sprechen."

„Nun ... dann warten wir eben bis nach dem Abendessen."

Katie hielt den Atem an, als sie an ihrer Seite die Küche betrat. Trotz Elams Vorwarnung war sie nicht auf die – berechtigte – Empörung ihres Vaters vorbereitet. „Wo ist deine Kopfbedeckung? Hast du denn überhaupt keinen Respekt vor Gottes Gesetzen – ganz zu schweigen von den Gefühlen des armen Bischofs. Er hat heute nacht keine Frau, die sein Bett wärmt, und auch keine Mutter für seine Kinder!" Er tobte noch einige Minuten weiter, die ihr wie Stunden vorkamen. An ihrer Seite war nur hin und wieder ein ersticktes Schluchzen von Rebekkas Lippen zu hören.

„Ich weiß mit Gewißheit, daß Prediger Yoder in zwei Tagen kommt und mit dir sprechen will", sprach Papa weiter, während sich die Familie um den Tisch setzte.

„Ich werde mit ihm sprechen", willigte Katie ruhig ein.

„Gut, ich bin froh, daß du wieder zur Vernunft kommst."

Katie atmete tief ein. „Ich will damit aber nicht sagen, daß ich beichte, falls du das meinen solltest. Ich will ihm nur einige Fragen stellen – über die Bibel."

Es kam keine hörbare Antwort. Aber als Samuel den Kopf zum stillen Gebet über das Essen beugte, dauerte das Ritual mindestens doppelt so lang wie gewöhnlich.

Eli warf ihr einen langen, kalten Blick zu und wollte keine der Schüsseln annehmen, die sie ihm reichte.

Er behandelt mich, als wäre ich gebannt, dachte Katie.

Benjamin war netter und reichte an Katies Stelle seinem Bruder die Schüsseln mit den Butterkartoffeln, den Karotten und Zwiebeln und die Platte mit dem Schinken.

Während der Mahlzeit explodierte ihr Vater wieder. „Ich esse keinen einzigen Bissen mehr, wenn du nicht gehst und deine Haare so machst, wie es sich gehört und wie es heilig ist!"

Von seinem Ausbruch aufgeschreckt, stand Katie vom Tisch auf und lief eilig in ihr Zimmer hinauf. Mit zittrigen Händen bürstete sie ihre Haare und band sie zu einem Knoten, ohne in ihrem Handspiegel nachzusehen, ob der Mittelscheitel gerade war. Sie fand eine saubere Haube und setzte sie sich auf den Kopf. Dann eilte sie wie eine verängstigte Maus wieder die Treppe hinab.

Inzwischen hatte Papa seinen Stuhl vom Tisch weggeschoben und knurrte immer noch wegen der Schande, die sie über die Lapps gebracht habe.

Katie sagte nichts. Sie war bis in die Tiefe ihres Seins verletzt. Aber sie würde ihrem Vater nicht die Genugtuung geben und ihm den Schmerz zeigen, den er ihr zufügte. Im Gegenteil, seine Reaktion – auch wenn sie nicht unerwartet kam – schürte nur ihre Entschlossenheit, zu gegebener Zeit mit dem Prediger zu sprechen.

Später, nachdem die Küche saubergemacht war, aber noch vor dem Abendgebet, flüsterte Benjamin Katie zu, sie solle mit ihm nach draußen kommen. Katie, die nicht wollte, daß ihr Vater eine heimliche Verschwörung vermutete, willigte ein. Sie wartete, bis die beste Zeit war, um unbemerkt aus dem Haus zu schlüpfen. Schließlich döste ihr Vater vor dem Holzofen ein.

Sobald sie aus dem Haus waren, steuerte Benjamin schnellen Schrittes auf das Milchhaus zu.

„Was ist denn so wichtig?" wollte Katie wissen und bemühte sich, mit ihm Schritt zu halten.

„Ich muß dir eines sagen: Papa will nicht nur, daß du beichtest", sagte er. Sein Atem dampfte in der frostigen Luft. „Er ist wütender als eine gereizte Hornisse über das, was du heute getan hast."

„Ja ... da ist er ja auch im Recht."

„Ja, und er ist nicht der einzige, der mächtig wütend ist." Benjamin öffnete die schwere Tür und hielt sie seiner Schwester auf. Hier im Milchhaus war es wärmer. „Du hast den *Bischof* vor allen Leuten blamiert! Bei allem, was recht ist! Du hast etwas Schreckliches getan!"

Katie nickte, wehrte sich aber gegen die Schuldgefühle, die sie immer mehr erdrücken wollten. „Ich habe nicht erwartet, daß Johannes wütend ist", überlegte sie laut. „Verletzt oder enttäuscht vielleicht ... aber nicht wütend."

„Ja, und jetzt kommt das, was ich dir unbedingt heute noch sagen wollte: Wenn du nicht versprichst, am kommenden Sonntag vor der ganzen Gemeinde zu beichten, läufst du Gefahr, daß der Bann über dich verhängt wird, Katie. *Der Bann!*"

Die Angst durchbohrte sie wie ein Eiszapfen – kalt und stechend. Eigentlich sollte sie nicht überrascht sein, das zu hören. Immerhin hatte sie mehr oder weniger öffentlich verkündet, daß Johannes Beiler nicht ihr Bruder in Christus sei.

In den Augen der Gemeinde war sie eine Sünderin. Sie verdiente es, aus der Gemeinschaft ausgeschlossen zu werden.

„Überlege es dir lieber noch einmal, Katie. Ich möchte nicht mit ansehen müssen, wie du der *Meidung* ausgesetzt wirst. Das möchte ich wirklich nicht."

Die *Meidung* – die Ächtung. Allein der Gedanke daran schickte ein neues Schaudern über ihren Rücken.

„Es wurde schon darüber gesprochen ..." Ben brach ab und kratzte sich am Kopf, als überlegte er, ob er lieber den Mund hätte halten sollen.

„Was sagst du da, Ben?"

„Nun ..." Er blickte sich um und schaute zum Haus. „Mama bat Eli und mich, zum Bischof zu fahren und deine Truhe und die Koffer und alles andere wieder nach Hause zu holen."

„Ja?" Sie fühlte, wie ihre Kehle sich immer mehr zuschnürte.

„Während wir dort waren, hörte Eli, wie Bischof Johannes mit seinem Freund, Prediger Zook, über alles sprach." Seine Augen wurden weich. „Ich sage dir, Katie, die Dinge könnten wirklich schlimm für dich ausgehen. Und zwar schrecklich schnell."

„Ich kann nicht beichten. Ich kann es einfach nicht."

Benjamin schaute sie ungläubig an. „Du kannst es dir nicht leisten, *nicht* zu beichten."

„Aber es wäre eine Lüge." Sie hob die Hand und riß sich die Haube wieder von ihrem Kopf, dann zog sie die Haarnadeln heraus, die ihren Knoten zusammenhielten. „Schau mich doch an! Ich bin nicht der Mensch, für den du mich hältst, Ben. Ich bin keine Amisch."

Er runzelte fragend die Stirn und schüttelte verständnislos den Kopf.

„Ich bin nicht schlicht. Ich wurde nie getauft – nicht der Mensch, der jetzt vor dir steht."

Ben war jetzt ganz und gar verwirrt. „Du sprichst in Rätseln."

„Ja, ich weiß. Aber mein ganzes Leben ist ein einziges Rätsel." Sie schüttelte traurig den Kopf. „Ich wünschte, ich könnte dir mehr dazu sagen, aber das kann ich leider im Augenblick nicht. Eines Tages kann ich es dir erklären, das verspreche ich dir."

„Eines Tages wird es nicht mehr geben, wenn du gemieden wirst, Katie. Warte lieber nicht ab, was dann sein wird."

Bens Prophezeiung traf sie zutiefst und bohrte einen Pfeil in das Innerste ihrer Seele.

17

Am nächsten Tag war das Wetter wieder unangenehm kalt. Eisige Regentropfen gingen wie Nadelspitzen auf die gefrorene Erde nieder. Dampfschwaden vom warmen Atem der Pferde hingen in der Luft und vermischten sich mit dem leichten Nebel, während die Amischleute zu einem Stepptag, einem landwirtschaftlichen Verkauf oder Einkauf irgendwo in Hickory Hollow unterwegs waren.

Katie hatte immer noch keine Antworten auf die Fragen, die sie wie ein Stechmückenschwarm an einem Sommertag plagten. Prediger Yoder konnte ihr sicher wieder ihren Seelenfrieden über die wichtigste Frage von allen schenken – die Frage, die alle ihre Probleme lösen und dem Gerede von dem *Bann* und der *Meidung* ein Ende bereiten würde, wie sie hoffte. Aber um ihm diese Frage zu stellen, müßte sie Prediger Yoder das Geheimnis um ihre Geburt verraten.

Würde Papa dem zustimmen? Würde er ihr nach seinem Ausbruch gestern abend erlauben, so etwas zu verraten?

Sie beschloß, lieber ihre Mutter zu fragen. Während sie miteinander beschäftigt waren, ihren Koffer wieder auszupacken und ihre Wäsche in die Zederntruhe zu räumen, brachte sie diesen Gedanken zur Sprache.

„Nein, nein, nein!" war Rebekkas vehemente Antwort. „Es wird nicht herumerzählt, daß du adoptiert bist!"

„Aber ich muß es Prediger Yoder sagen."

„Du wirst das schön bleibenlassen." Der Blick in den haselnußbraunen Augen war fast wild.

„Aber siehst du das denn nicht ein?" sprach Katie weiter. „Wenn der Prediger weiß, daß ich von Geburt nicht amisch bin, dann ergibt doch alles andere einen Sinn für ihn."

Rebekka warf ihr einen verständnislosen Blick zu. „*Was* ergibt dann einen Sinn für ihn?"

„Meine Schwierigkeiten damit, schlicht zu sein", murmelte Katie so leise, daß sie nicht sicher war, ob ihre Mutter sie überhaupt hörte.

Ein langes Schweigen breitete sich zwischen ihnen aus, und Katie fragte sich, ob sie sich wiederholen sollte. Sie berührte ihren Zopf und fragte sich, ob ihr Vater sie heute wieder zwingen würde, die Haare hochzustecken.

Schließlich sagte Rebekka. „Deine Schwierigkeiten kommen nicht daher, daß du adoptiert bist, Katie", tadelte sie ihre Tochter. „Deine Schwierigkeiten kommen aus einem ungehorsamen Geist."

Katie zuckte mit den Achseln. „Trotzdem sollte ich die Wahrheit über meine leibliche Mutter sagen, findest du nicht? Über meine englische Herkunft."

Der Gefühlsausbruch, der folgte, kam so plötzlich und vehement, daß Katie ihre Mutter nur mit offenem Mund verblüfft anstarren konnte. War das die sanftmütige Mama, die nie in ihrem Leben ihre Stimme im Zorn erhoben hatte? „Nein! Das kannst du nicht sagen, Katie!" Sie schrie jetzt richtiggehend. „Ich verbiete es dir!"

Katie drehte sich um, verbarg ihr Gesicht in den Händen und versuchte, sich zu beruhigen. Als sie wieder aufblickte, hatte Rebekka das Zimmer verlassen.

Katie warf die übrigen Kleidungsstücke in die einzige Kommode in ihrem Zimmer. Wütend und mit Tränen in den Augen zog sie das rosafarbene Babykleid aus einem Winkel des Koffers. Dann stopfte sie das Kleid in eine Tasche ihrer Schürze, eilte die Treppe hinunter und aus dem Haus und warf die Tür laut knallend hinter sich ins Schloß.

Sie würde nicht untätig herumsitzen und warten, bis Prediger Yoder zu ihr käme. Sie würde zu ihm gehen. Was sie vorhatte, würde ihrer Mutter weh tun, das wußte sie. Aber ihre eigene Verletzung war so tief, so schmerzlich, daß sie darauf einfach keine Rücksicht nehmen konnte.

* * *

Der Prediger bediente gerade einen Kunden, als Katie in seinem Laden eintraf. „Ich komme gleich", rief er und warf einen Blick zur Ladentür, über der die Glocke geläutet hatte, um zu sehen, wer eingetreten war. Sein freundliches Lächeln verschwand augenblicklich, als er ihre Haare sah – zu einem langen eitlen Zopf geflochten und ohne die nötige Kopfbedeckung.

Katie trat von der Verkaufstheke weg und wartete, bis er seinen Kunden fertig bedient hatte. Sie überlegte, wie sie, jetzt, da sie hier war, das Gespräch mit dem älteren Mann beginnen sollte.

Die Herausgabe des Wechselgeldes und das letzte Klingeln der Kasse signalisierte das Ende des Kaufes. Jetzt war sie an der Reihe. „Herr Prediger", begann sie, jetzt, da die Schärfe von Rebekkas Worten sich ein wenig gelegt hatte, etwas unsicher. „Ich habe gehört, daß Sie mit mir sprechen wollen."

Prediger Yoder, der ein lila Hemd und eine schwere, von Hand gesponnene Hose, die an den Beinen weit geschnitten war, trug, ließ seinen Blick durch den Laden wandern, ob noch irgendwo Kunden zu sehen seien. Dann winkte er Katie in die Richtung eines kleinen Hinterzimmers.

Der Raum war spärlich möbliert, nur eine Regalreihe nahm eine ganze Seite des Zimmers ein. Auf den breiten Regalböden lagerten ordentlich aufgereihte Stoffballen.

Prediger Yoders Miene verriet Besorgnis, als er für Katie einen Stuhl herauszog und sie einander gegenüber Platz nahmen. „Nun, ich muß sagen, es freut mich zu sehen, daß du zum Beichten kommen willst. Am nächsten Sonntag?"

„Nein, nein, ich bin nicht hier, um zu beichten."

Er runzelte die Stirn. Tiefe Falten zogen über seine bereits runzlige Stirn.

„Ich muß Ihnen etwas im Vertrauen sagen", fügte sie leise hinzu. „Es ist etwas, das außer Ihnen niemand erfahren darf."

Er wartete mit unbeweglicher Miene darauf, daß sie weiterspräche.

Katie blieb aufrecht stehen. „Versprechen Sie mir vor Gott, daß Sie nie einer Menschenseele verraten, was ich Ihnen sagen muß?" Diese Forderung war ziemlich kühn, das war ihr klar. Und dann noch aus dem Mund einer jungen Frau, die erst gestern den Bischof vor der ganzen Gemeinde bloßgestellt hatte.

Prediger Yoder legte beide Hände auf seine Knie. „Nun, ich denke, ich muß erst hören, was du zu sagen hast, bevor ich dir irgendwelche Versprechen geben kann."

Sie atmete tief ein. Soweit sie es sehen konnte, war dies ihre einzige Chance, sich reinzuwaschen, ohne tatsächlich eine Sünde beichten zu müssen. Sie begann, alles zu erzählen: daß sie wenige Tage vor ihrer Hochzeit erfahren hatte, daß sie nicht von Geburt eine Amisch war; daß ihre Eltern ihr in all den Jahren dieses Geheimnis vorenthalten hatten.

„Das erklärt *wirklich* einiges." Er schüttelte erstaunt den Kopf und zog an seinem grauen Bart. „Du sagst also, du seist von Geburt her keine Amisch?"

„Mein wirklicher Name ist Katherine Mayfield. Ich habe den Beweis dafür dabei." Sie zog das Satinkleid heraus. „Das war mein erstes Babykleid, und Sie sind der einzige in Hickory Hollow außer Ella Mae und meinen Eltern, der es zu Gesicht bekommt."

„Ella Mae?" Er lehnte sich auf seinem Stuhl zurück. „Weiß sie um deine Geburt?"

„Ach, nein. Ich habe ihr nie ein Wort über das Kleid oder darüber, woher es kommt, erzählt."

„Aber sie hat es gesehen?"

„Ja."

„Aber warum erzählst du jetzt *mir* das alles?"

Sie atmete tief ein und hielt kurz den Atem an. „Weil ... nun, weil ich mich frage, ob es nicht in gewisser Weise alles ändert ... meine Taufe ungültig macht. Wenn ich adoptiert bin, wird damit nicht mein Eid ungültig?" Sie brach ab und wartete, aber ihre Fragen wurden nur von einem Schweigen beantwortet.

Sie ergriff erneut das Wort. „Sehen Sie das denn nicht ein? Ich wurde getäuscht, Prediger Yoder ... Ich war nicht der Mensch, der ich damals zu sein glaubte."

Der alte Mann schob seine Brille wieder nach oben und schaute sie durch die Gläser kritisch an, als hätte er noch nie so etwas Sonderbares gehört. „Das Versprechen, das du Gott und der Gemeinde gegeben hast, gilt für immer, ob du dich nun Katherine oder irgendwie anders nennst." Seine Augen musterten sie eindringlich. „Für immer und ewig wirst du dich vor der Gemeinde dafür verantworten müssen, wie du lebst – für das Leben, das du vor Gott führst. Und wenn du dich entschieden hast, am nächsten Sonntag nicht zu beichten, läufst du Gefahr, daß die Gemeindeversammlung den Bann über dich verhängt."

Sie war klug genug, ihm nicht zu widersprechen. Ihm zu widersprechen bedeutete die sofortige Meidung. Der Mann Gottes hatte gesprochen. Es bestand keine Chance, keine Hoffnung. Ob sie nun englisch war oder nicht, sie war für den Rest ihres Lebens an ihr Taufgelöbnis gebunden.

Was ihr Familiengeheimnis betraf, so schwor der Prediger, es für sich zu behalten. Bevor sie ihn verließ, bemerkte er jedoch, daß er wirklich hoffe, sein Bruder und seine Schwester im Herrn, Samuel und Rebekka Lapp, kämen freiwillig zu ihm und würden die Jahre ihres Betruges beichten.

Bevor Katie ging, erinnerte er sie noch ein letztes Mal, ihre Fehler zu beichten und um die Vergebung der Gemeinde zu bitten, „damit du nicht den Fallstricken des Satans erliegst".

Doch sie lehnte es erneut ab. Die Entscheidung, gebannt und damit gemieden zu werden, war somit getroffen. Die Weigerung, ihre Sünden zu bereuen, führte zu einer vorübergehenden Meidung. Und da sie fest entschlossen war, nicht zu beichten, nicht den Bischof zu heiraten und sich nicht gemäß der Alten Ordnung zu verhalten, waren die Räder der Meidung bereits in Bewegung gesetzt.

Auf dem Heimweg dachte sie daran, Ella Mae einen kurzen Besuch abzustatten, entschied sich aber dagegen. Warum sollte sie das Unausweichliche noch länger hinauszögern? Sie wußte, daß ihr eine harte Zurechtweisung ihrer Eltern bevorstand, genauso wie sie sicher war, daß sie die Tochter einer englischen Familie irgendwo draußen in der modernen Welt war.

* * *

Katie stand am Sonntag spät auf.

Enttäuscht und traurig über Katies Verhalten in der letzten Woche, klopfte Rebekka an die Tür ihrer Tochter. „Wir dürfen nicht zu spät zur Predigt kommen“, rief sie.

„Ich komme nicht mit“, kam die angespannte Antwort.

„Du kommst nicht mit? Katie, benimm dich doch nicht so unklug“, schimpfte Rebekka. Obwohl sie nur ungern einen weiteren Wortwechsel mit ihrem rebellischen Kind heraufbeschwören wollte, eilte sie die Treppe hinunter, um Samuel und die Jungen zu suchen.

Innerhalb weniger Minuten standen die drei Männer vor Katies Zimmertür. Samuel war der erste, der das Wort ergriff. „Katie, laß dich von deinem Starrsinn nicht daran hindern, am Tag des Herrn zur Kirche zu gehen.“

Keine Antwort.

„Komm schon, Schwester“, flehte Benjamin. „Man wird bestimmt davon sprechen, die Meidung über dich zu verhängen, wenn du nicht mitkommst. Komm wenigstens mit und tu so, als tue es dir leid – ein wenig Demut kann viel bewirken.“

Katie seufzte. „Ich habe es euch schon gesagt. Ich kann nicht beichten. Jetzt laßt mich in Ruhe.“

„Dann wirst du in der Hölle verbrennen“, rief Eli, da alles andere nichts half. „Du wirst ...“

„Eli, sei still.“ Sein Vater deutete zur Treppe. Samuel beugte sich vor. Sein Bart berührte die Tür. „Wenn du dich entscheidest, zu Hause zu bleiben, Tochter, wird der Bischof keine andere Wahl haben als die Meidung!“

„Ich weiß“, erwiderte Katie. „Aber ich gehe nicht in die Gemeinde und tue so, als würde ich beichten – nicht, nachdem ich in all diesen Jahren so angelogen worden bin.“

Rebekka atmete schnell ein. Ihr Herz schlug bei dieser Anschuldigung bis zu ihrem Hals. Trotzdem wollte sie ihren Teil sagen. „Fang nicht an, *uns* die Schuld zu geben, Katie“, sagte sie mit zittriger Stimme. „Wir haben uns bemüht, das Beste zu tun.“

Warum wollte das Mädchen nur nicht auf Vernunftgründe hören? Warum wollte sie nicht den Rat ihrer Familie befolgen? Wenn es nur irgend etwas gäbe, das sie oder Samuel oder die Jungen sagen oder tun könnten, um das aufzuhalten, was mit Sicherheit kommen würde ...

Traurig drehte sich Rebekka um und ging die Treppe hinab. Sie konnte es nicht länger ertragen. Sie wagte es nicht, darüber nachzudenken, was Prediger Yoder wohl über sie und Samuel dachte, nachdem Katie zu ihm gegangen war und ihm alles erzählt hatte. Katie sagte, er habe versprochen, keiner Menschenseele ein Wort zu verraten. Aber die Wahrheit war ... daß jetzt Rebekka und Samuel selbst beichten mußten. Höchstwahrscheinlich müßten sie sich nach dem Gottesdienst in der Scheune hinter David und Mattie Beilers Haus mit dem Prediger treffen. Am besten taten sie es, bevor er auf *sie* zukäme.

Eines stand jedenfalls fest. Sie würden ihre Beichte im Privaten ablegen – bevor die Situation außer Kontrolle geriete wie ein Krebsgeschwür, das nicht mehr zu heilen war.

* * *

Katie nahm ihr Mittagessen allein ein. Sie dachte an die Gemeinde und an das, was drüben im Haus der Beilers jetzt passierte – im Haus von Bischof Johannes' Verwandten und auch ihren eigenen Verwandten, da Mattie die direkte Kusine ihrer Mutter war.

Sie konnte es sich deutlich vorstellen: Mattie, deren Zunge nicht ruhte, noch bevor die Predigt überhaupt begann. Sie wäre bestimmt auch ganz Ohr, besonders dann, wenn der Prediger nach der Gemeindepredigt die Diskussion vor der Versammlung eröffnete. Er würde Katies mangelnde Bereitschaft erwähnen, an diesem Tag des Herrn zu kommen, um sich vor Gott und vielen Zeugen zu demütigen. Er würde sagen, daß sie deutlich gewarnt worden sei, aber trotzdem nicht von ihren Übertretungen und ihrer Rebellion ablassen wolle.

Jedes Gemeindemitglied durfte seine Meinung über die zur Debatte stehende Abtrünnige äußern. Ella Mae würde vielleicht das Wort ergreifen und die Gemeinde an die Not erinnern, die das arme verlorene Schaf zu ertragen hatte. Rebekka würde vielleicht auch ein paar gute Worte für ihre Tochter vorbringen. Wenigstens würde sie daran denken. Aber am Ende würde sie es doch nicht tun, da sie selbst der Buße bedurfte, und das wußte der Prediger!

Maria Stoltzfus würde vielleicht den Mut aufbringen, etwas Nettes über ihre beste Freundin zu sagen – das heißt, wenn sie Katie die harten Worte vergeben könnte, die sie das letzte Mal, als sie sich gesehen hatten, auf dem Waldweg zu ihr gesagt hatte.

Irgendwann würde der Bischof nach vorne gerufen werden. Johannes' Aufgabe war es, zu entscheiden, wie man in der Situation zu verfahren habe, und da sie wußte, wie die Dinge normalerweise liefen, war sich Katie ziemlich sicher, daß die Gemeinde aufgefordert würde, nicht mit ihr am selben Tisch zu sitzen, nicht mit ihr zu sprechen und so weiter. Die vorübergehende Meidung dauerte sechs Wochen. Wenn sie danach nicht zur Gemeinde kam und zur Beichte niederkniete, würde sie – Katie Lapp – „lebenslang" gebannt werden.

18

Maria Stoltzfus war auch nicht bei der Predigt. Einige Minuten vor Beginn des Gottesdienstes erzählte Rachel Rebekka, daß ihre Tochter an schweren Kopfschmerzen leide. Aber Rebekkas Gedanken waren mit Wichtigerem beschäftigt, um sich um solche Kleinigkeiten zu kümmern; sie drehten sich um die bevorstehende Gemeindeversammlung.

Rachel wollte jedoch über Marias Problem sprechen. Sie flüsterte hinter vorgehaltener Hand, daß einer von Marias Freunden – Hühner-Josef – gestern abend Sarah, Mattie Beilers Tochter, von einem Abendessen mit ihrer Jugendgruppe nach Hause gebracht habe. „Maria ist deshalb schrecklich deprimiert – und auch beunruhigt."

„Maria hat ... Angst, daß sie vielleicht nie heiratet."

„Ach, das wird sie schon, das wird sie schon", beschwichtigte Rebekka sie und winkte mit der Hand ab.

„Zu schade, daß Katie Maria in ihrer Enttäuschung nicht beistehen kann", sagte Rachel und warf einen Blick auf den Prediger und den Bischof, die unweit von ihnen miteinander beratschlagten. „Die Mädchen stehen sich so nahe. Sie wissen anscheinend genau, wie sie einander trösten können."

„Ja. Aber ich fürchte, die Dinge ändern sich", sagte Rebekka. „Wenn das Herz des Bischofs sich nicht erweichen läßt, wird es heute zu einer Meidung in der Gemeinde kommen."

* * *

Der Urteilsspruch war hart.

Rebekka saß stocksteif auf der harten Holzbank und wünschte von ganzem Herzen, irgend etwas könne das Ruder noch herum reißen. Ihre Katie – die arme, liebe, eigensinnige Katie – war das Thema dieser ganzen schrecklichen Aussprache um eine Meidung. Das war mehr, als sie ertragen konnte. Um ihre Tränen zurückzuhalten, drückte sie sich ein Taschentuch auf die Lippen.

Mattie mußte ihr ersticktes Schluchzen gehört haben, denn sie warf von ihrem Platz aus, der einige Reihen von ihrer Kusine entfernt war, einen kurzen Blick auf Rebekka. Rebekka fühlte erneut die schon bekannte Unversöhnlichkeit. Der Blick ihrer Kusine sprach Bände: *Du hast mich damals vor vielen Jahren nicht gerufen, um deine Tochter zu entbinden, aber schau mich jetzt an ... Meine erwachsenen Kinder sind besser als deine. Meine Kinder kämen nie auf den Gedanken, der Meidung ausgesetzt zu werden.*

Rebekka schloß die Augen, um Matties überheblichen Blick und der deprimierenden Szene, die sie von allen Seiten umgab, auszuweichen.

Prediger Yoder und Bischof Johannes leiteten jetzt gemeinsam die Gemeindeversammlung. Rebekka hörte die Stimmen, öffnete aber nicht die Augen.

Durch den Raum schwirrten viele verwirrende Worte. „Liebt die Abtrünnigen zurück in den Schoß der Gemeinde", schlug jemand vor. „Verhängt strenge Strafen, damit sie weiß, was auf sie zukommt, wenn sie nicht umkehrt", sagte eine andere Stimme.

Dann ergriff Bischof Johannes das Wort. „Die Braut Christi darf keine Überheblichkeit dulden. Katie Lapp hat wiederholt Rebellion und Schamlosigkeit bewiesen."

Die Bibelstellen und die Theologie, die hinter der Praxis der Meidung standen, waren Rebekka bestens bekannt, aber heute nahm die Meidung eine herzzerreißende, neue Dimension an. Heute traf sie ihr eigenes Herz – ihre geliebte Katie. Und mit jeder Faser ihres Seins wünschte sich Rebekka, es gäbe einen anderen Weg.

* * *

Katie hörte die Nachricht als erstes aus Johannes Beilers Mund – kurz bevor ihre Eltern und Brüder zum Melken nach Hause kamen. Sie sah, wie der Bischof aus seinem Wagen stieg und unsicheren Schrittes aufs Haus zuschritt.

Der Gedanke, sich ins Großvaterhaus davonzustehlen, war verlokkend, aber sie wußte, daß sie früher oder später die Wahrheit von Johannes Beilers eigenen Lippen zu hören hatte.

Er klopfte kräftig an die Tür. Als Katie sie öffnete, trat er mit einer Haltung, als sei er für einen Kampf gerüstet, ins Haus. Er kam nicht ganz ins Haus, nahm seinen Filzhut ab und betrachtete sie mit einem strengen Blick.

Katie sagte nichts. Sie begrüßte ihn nicht einmal und hieß ihn im Haus ihres Vaters auch nicht willkommen.

Als er sprach, geschah dies mit eiserner Selbstbeherrschung. „Ich rate dir, während der nächsten sechs Wochen den Gottesdienst zu besuchen. Komme als Nicht-Mitglied und sprich nur mit den Predigern" – damit meinte er wahrscheinlich sich selbst. „Aber du mußt jeden Sonntag vor der Gemeindeversammlung und dem gemeinsamen Essen wieder gehen. Niemand in Hickory Hollow wird ab jetzt mit dir sprechen. Du darfst nicht am selben Tisch mit Gemeindemitgliedern essen oder mit irgendeinem von uns etwas zu tun haben, bis du umkehrst und zur Beichte niederkniest."

Katie hörte ungläubig zu. Alle Kraft wich ihr aus den Gliedern. Die Schnelligkeit, mit der die Gemeindezucht vollstreckt wurde, warf sie aus dem Gleichgewicht.

„Diese Strafe ist angemessen für alle, die ihr Leben dem Herrn übergeben haben", erklärte er, dann zitierte er Hesekiel, Kapitel dreiunddreißig, Vers neun: „‚Warnst du aber den Gottlosen vor seinem Wege, daß er von ihm umkehre, und er will von seinem Wege nicht umkehren, so wird er um seiner Sünde willen sterben.'"

Um seiner Sünde willen sterben ...

Sie sprach kein Wort und konnte es nicht erwarten, daß er das Haus wieder verließ. *Diesen grausamen Mann hätte ich beinahe geheiratet,* dachte sie voll Abscheu. *Wie hatte ich so etwas auch nur in Erwägung ziehen können?*

„Verstehst du, daß diese Zucht geschieht, damit das Unkraut nicht weiter wachsen kann, während du auf das Urteil Christi wartest?" fragte Johannes ernst. „Damit du zu dem liebenden himmlischen Vater zurückfindest?"

Sie merkte, wie der Zorn in ihr aufstieg. Sie schüttelte den Kopf. „Nein, nein ... ich verstehe nicht mehr, weshalb ich hier bei euch lebe. Ich verstehe euch nicht mehr."

Ein verständnisloses Stirnrunzeln, gemischt mit Besorgnis, zog über sein Gesicht. Für einen Augenblick fürchtete Katie, er könnte daran denken, sie persönlicher anzusprechen. Aber sein Ausdruck wurde wieder härter, und er drehte sich um und verschwand ohne ein weiteres Wort.

* * *

Als Samuel zurückkehrte, kam er sofort ins Haus und begab sich, ohne zu zögern, an die Arbeit: Er stellte einen kleinen Klapptisch in einem deutlichen Abstand zu dem Tisch, an dem die übrige Familie ihre Mahlzeiten einnahm, auf der anderen Seite der Küche auf. Während dieser Arbeit sprach er kein Wort mit Katie und zeigte auch nicht den geringsten Anflug von Mitgefühl. Sie wußte, daß die Meidung nun offiziell begonnen hatte.

Mama kam ein wenig später herein. Ihre Augen waren geschwollen und rot. Dieser Anblick weckte Katies Mitgefühl. Sie wollte am liebsten zu ihrer Mutter laufen und sie trösten. Aber sie zwang sich, regungslos sitzenzubleiben, während Rebekka sich an ihr vorbeischleppte und die Treppe hinaufstieg.

Eli und Benjamin erschienen im Türrahmen und hielten einen deutlichen Abstand zu Katie. Mit fast mechanischen Bewegungen traten sie an den Holzofen, um sich vor dem Melken zu wärmen. Ihre Gesichter waren düster, und ihre Augen waren auf den Boden gerichtet, als würden sie sich infizieren, wenn sie zu ihrer abtrünnigen Schwester Kontakt aufnähmen.

Die Ablehnung war jetzt schon unerträglich. Katie konnte es nicht länger ertragen und ging nach nebenan ins Großvaterhaus. Das Haus war bitterkalt. Sie eilte schnell wieder hinaus und füllte ihre Schürze mit gehacktem Holz, um sich ein Feuer anzuzünden.

Als sie wieder da war, entfachte sie mit klappernden Zähnen und zitternden Fingern ein Streichholz, zündete das Feuerholz an und blies auf die schwache Flamme. In ihrem ganzen Leben war ihr noch nie so kalt gewesen.

* * *

Rebekka stand am oberen Treppenabsatz im ersten Stock und warf einen flüchtigen Blick auf das Schlafzimmer, das sie und Samuel miteinander teilten. Eine schier unerträgliche Benommenheit und Taubheit kroch durch jede Faser ihres Körpers, in jeden Winkel ihres Seins. So war ihr noch nie zumute gewesen. Niemals in ihrem ganzen Leben. Nicht sicher zu sein, was sie als nächstes tun würde. Nicht zu wissen, was sie tun sollte …

Zögernd drehte sie sich um und zwang sich, den Gang entlang in Katies Zimmer zu gehen.

Die Tür stand offen. Benommen trat Rebekka ein. Es war intim und weiblich – ganz wie ihre geliebte Tochter. Dieses Schlafzimmer gehörte Katie seit über zweiundzwanzig Jahren. Ihre Sachen übten eine unwiderstehliche Anziehungskraft auf Rebekka aus und luden sie ein, im Zimmer herumzugehen und ihre Fingerspitzen über die Utensilien auf der Kommode und dem Regal und über die Bettkissen gleiten zu lassen.

Warum mußte Katie nur so eigensinnig sein? Warum konnte sie nicht nachgiebiger sein, demütiger ... *amischer?*

Rebekka zuckte bei der Erinnerung an die Ereignisse der vergangenen Stunden unwillkürlich zusammen – die Versammlung der Gemeindemitglieder und die Verhängung der Meidung durch Bischof Johannes. Sie setzte sich auf den Stuhl neben Katies Bett. Das Leben mit ihrer lieben Tochter hätte nie so enden dürfen. Alles war so lange gut, bis Daniel Fischer in Katies Leben getreten war.

Rebekka drehte sich um und starrte aus dem Fenster. Sie erinnerte sich daran, daß Daniels Mutter ihr – in strengstem Vertrauen – vor Jahren erzählt hatte, daß er irgendwo außerhalb von Hickory Hollow einen Bibelkreis besuchte. Nancy Fischer war damals ziemlich besorgt um ihren Sohn gewesen und hatte beschlossen, keiner Menschenseele – nicht einmal Annie, ihrer jüngsten Tochter – ein Sterbenswörtchen davon zu erzählen.

Rebekka hatte ihr recht gegeben. Es war weiser, es niemandem zu erzählen, und sie hatte ihr Wort gehalten und es nicht einmal Katie verraten. Das war das einzige über Daniel, das sie ihrer Tochter nie erzählt hatte. Und jetzt ... jetzt, da diese schwere Last über ihren Lieben hing, fragte sich Rebekka, ob Daniel irgendwie eine Rolle bei der ganzen Sache gespielt hatte und Katie vielleicht beeinflußt hatte, selbst ihren Verstand zu gebrauchen ...

Je mehr sie jedoch darüber nachdachte, um so weniger ließ sich dieser Verdacht begründen. War Katie nicht anderthalb Jahre nach Daniels Tod vor der ganzen Gemeinde nach vorne gegangen und hatte erklärt, daß sie dem Herrn folgen und sich in die Gemeinde hineintaufen lassen wolle? Bewies das nicht, daß er trotz allem keinen schlechten Einfluß auf sie ausgeübt hatte?

Rebekka stand wieder auf und atmete den angenehmen Fliederduft ein, der das Zimmer durchzog. In Katies Zimmer lag immer eine angenehme Frische in der Luft. Ihre Tochter trocknete gern Fliederblüten und mischte sie mit verschiedenen Kräutern und Gewürzen und steckte dann das selbstgemachte Gemisch in Netze, die sie in Prediger

Yoders Laden kaufte. Oft versteckte sie die Duftsäckchen in ihren Kommodenschubladen.

Ohne nachzudenken, zog Rebekka die oberste Schublade auf und beugte sich darüber, um den süßen Geruch einzuatmen. „Oh, Katie, ich würde alles dafür geben, um deine Schwierigkeiten aus dem Weg zu räumen", seufzte sie laut. Dann steckte sie die Hand hinein und versuchte, eines der kleinen Säckchen zu ertasten. Statt dessen berührten ihre Finger jedoch unerwartet das Babykleid aus Satin.

Sie begann zu weinen. Zuerst leise. Dann drückte sie das kleine Kleid an ihre Brust und weinte laut schluchzend.

Dann hörte sie es – die zarten, fast ängstlichen Töne einer Gitarre. Wer spielte hier? Und wo?

Sie trat in den Gang hinaus und drückte ihr Ohr an die Wand. Es war eine massive Wand, die das Großvaterhaus und ihr eigenes Haus voneinander trennte. Während sie den Atem anhielt und lauschte, wurden die Töne deutlicher. Katies Stimme – sanft und angenehm – sang die traurigste Melodie, die sie je in ihrem Leben gehört hatte.

Das Mädchen war also wieder ungehorsam gewesen. Katie hatte die Gitarre nicht zerstört, wie der Bischof ihr bei der privaten Beichte bestimmt befohlen hatte.

Es war schwer, die Worte zu verstehen, aber die traurige Melodie ging Rebekka zu Herzen, da sie genau ihren eigenen Gefühlen entsprach. Gut, daß Samuel und die Jungen jetzt draußen waren und die Kühe molken. Besser, wenn *sie* die Gitarrenklänge und den Gesang aus dem Nachbarhaus nicht hörten.

Widerwillig wandte sie sich von der herzzerreißenden Musik ab, kehrte in Katies Zimmer zurück, legte das Babykleid wieder in die Schublade und ging dann schweren Herzens nach unten, um das Abendessen zuzubereiten.

* * *

In der schmerzlichen Zeit, die nun folgte, lehnte Katies gesamte Familie nicht nur jedes Gespräch mit ihr ab, sie weigerte sich auch, geschriebene Notizen von ihr anzunehmen. Katie war auf die Idee mit dem Schreiben gekommen, weil sie mehr über Maria Stoltzfus erfahren wollte, die krank geworden war – soweit Katie verstanden hatte. Bei den Vorbereitungen des Abendessens hatte sie gehört, wie ihre Eltern über ihre Freundin sprachen.

„Rachel sagte, sie habe schreckliche Kopfschmerzen“, erzählte Rebekka Samuel, während er sich die Hände wusch. „Aber nichts Ansteckendes. Anscheinend hat es etwas damit zu tun, daß Hühner-Josef sie sitzengelassen hat.“

„Warum fährst du morgen nicht hinüber und bringst ihr etwas von deiner guten Hühnermaissuppe?“ schlug Samuel seiner Frau vor.

Katie stürmte durch die Küche und wollte unbedingt mit ihnen sprechen. Sie kritzelte eine Nachricht auf ein Blatt Papier – *Wie lang ist Maria schon krank?* – und hielt es ihrer Mutter vor das Gesicht.

Sowohl Samuel als auch Rebekka drehten ihr den Rücken zu. Katie, die nicht bereit war, so schnell aufzugeben, lief um sie herum und baute sich erneut vor ihnen auf. Sie deutete auf die Worte auf dem Papier und hielt ihnen den Bleistift hin, damit sie ihr eine Antwort auf den Zettel schreiben könnten.

Samuel schüttelte den Kopf und weigerte sich, ihr zu antworten. Rebekkas Augen wurden traurig und feucht, aber auch sie blieb schweigsam.

Katie schrieb erneut: *Warum hat mir das niemand erzählt? Maria ist meine beste Freundin!*

Sie schob Rebekka den Zettel unter die Nase.

Schweigen.

„Ich bleibe nicht hier, wenn meine Freundin in Not ist“, verkündete sie. „Ich fahre dorthin, wo ich gebraucht werde!“ Sie entschied spontan, selbst herauszufinden, wie es Maria ging, auch wenn schon bald die Abenddämmerung über das Land zog. Ihre beste Freundin wäre doch sicher froh, sie zu sehen.

In dem verzweifelten Wunsch, mit jemandem zu sprechen, packte sie ihr Tuch und verließ mit Melasse und dem Familienwagen das Haus. Die Gefühle, die durch die Meidung in ihr ausgelöst wurden, erschütterten sie. Wütend trieb sie das alte Pferd an.

Unterwegs begegnete sie mehreren Einspännern. Statt des üblichen fröhlichen Hallos von den anderen Amischleuten wurde Katies Gruß immer mit einem gesenkten Blick beantwortet.

Als ihr wieder ein Einspänner auf der linken Fahrspur entgegenkam, konnte sie sehen, daß es Elam und Annie waren, die wahrscheinlich unterwegs waren, um jemanden zu besuchen. Sie konnte es nicht erwarten, sie schon von weitem zu begrüßen, und rief ihnen zu: „Hallo! Wie schön, euch zu sehen!“

Sie reagierten mit denselben ausdruckslosen Gesichtern wie alle anderen. Tränen traten Katie in die Augen. Ungefähr anderthalb Kilometer von dem Sandsteinhaus der Stoltzfus' entfernt, lenkte sie den Wagen herum und fuhr wieder nach Hause.

Zutiefst betrübt und einsam aß sie zum ersten Mal allein – zwei Meter vom Familientisch entfernt, ganz allein in der Ecke der Küche. Sie hörte den Klang geliebter Stimmen und das angenehme Klirren des Bestecks auf den Tellern, wurde aber selbst nicht in das Gespräch einbezogen. Traurig stellte sie fest, daß sie genausogut fünftausend Kilometer weit fort sein könnte.

Eine erstickende Schwere legte sich über sie. Sie steckte ihre Mitgift, die ihre Eltern ihr geschenkt hatten, in einen Umschlag und schob ihn unter Samuels und Rebekkas Schlafzimmertür hindurch. Das Geld war nicht für eine so sündige, aufständische Seele bestimmt gewesen. Sie schrieb außen eine Nachricht auf den Umschlag, in der sie ihnen genau diesen Umstand mitteilte.

Ohne daß ihr jemand „Gute Nacht", wünschte, stieg Katie in ihr kaltes, dunkles Schlafzimmer hinauf und kleidete sich aus, während ihre Familie unten in der Wärme der Küche beim gemeinsamen Abendgebet zusammensaß. Mit einem schweren Kloß im Hals schlüpfte sie ohne ihr übliches schweigendes Nachtgebet ins Bett.

19

Langsam krochen die Tage dahin. Jeder Tag war noch düsterer als der vorhergehende. Der Winter hatte sehr früh Einzug gehalten und das kahle Land mit seinem Grau überzogen.

Vier Tage waren seit Katies erstem Versuch, Maria zu besuchen, vergangen. Sie sehnte sich nach dem strahlenden Lächeln ihrer Freundin, nach ihrem fröhlichen Wesen. Ging es Maria schon besser? Niemand schien etwas zu wissen. Wenigstens sagten sie nichts. Selbst Benjamin hatte sich ihr gegenüber verschlossen, obwohl er genug Gelegenheiten gehabt hätte, für einen Augenblick Elis und Samuels wachsamen Augen zu entkommen und heimlich mit ihr zu sprechen. Katie wußte auch, warum. Benjamin, Eli – sie alle – hatten Angst, dabei erwischt zu werden und dann als Strafe selbst gemieden zu werden.

Sie konnte es nicht länger ertragen. Vierundzwanzig Stunden am Tag gemieden zu werden kam ihr wie eine Ewigkeit vor. So viele Ewigkeiten ohne Maria – einsame, freudlose Tage. Katie seufzte und wünschte sich, sie und ihre Freundin hätten am letzten Donnerstag auf dem Waldweg nicht so harte Worte miteinander gewechselt. Es war Zeit, die Sache ins reine zu bringen.

Rachel Stoltzfus öffnete Katie die Küchentür. Aber als sie sah, wer davor stand, schüttelte sie vehement den Kopf, hob beide Hände abwehrend vor sich hoch und wich zurück.

„Ich bin gekommen, um Maria zu besuchen", flehte Katie, die in ihr wärmstes Tuch gewickelt war. „Geht es ihr schon besser?"

Die Tür wurde geschlossen – sie wurde ihr nicht ins Gesicht geschlagen, aber unmißverständlich geschlossen, noch ehe das letzte Wort über ihre Lippen gekommen war.

Zutiefst getroffen und verletzt, wandte sich Katie zum Gehen. Plötzlich kannte sie die Bedeutung des Wortes *allein.* Kannte sie intensiver, als sie je etwas anderes gekannt hatte. Sie rief das Wort in die schneidende, kalte Luft hinaus, während sie mit Melasse den Hof verließ. „Allein. Ich bin ganz allein." Der Klang des Wortes pochte in ihrem Kopf.

Vor einigen Jahren – als Dan starb – hatte sie erfahren, was es bedeutete, von jemandem getrennt zu werden, den man liebte. Aber damals war sie von liebevollen Freunden und Verwandten umgeben gewesen, die ihr über die schlimmsten Tage hinweggeholfen hatten. Und alles in allem betrachtet, war ihr Leben nie einsam gewesen. Es gab immer etwas zu tun, und es gab immer jemanden, mit dem man etwas in Hickory Hollow tun konnte: irgendein Arbeitseinsatz – Teppichknüpfen oder Steppen; Hochzeitsvorbereitungen oder Singstunden; Spiele wie „Fuchs und Gans“ und im Winter Eislaufen auf Papas Teich unter dem weiten, schwarzen Himmelszelt, an dem viele tausend Sterne auf sie herabfunkelten.

Nein, sie war ihr ganzes Leben lang nie wirklich allein gewesen. Aber sie begann zu begreifen, was das bedeutete. Schlimmer noch, sie wußte, was ihr fehlte – die Gemeinschaft mit geliebten Menschen, die allesamt einem Beschluß des Bischofs ausgeliefert waren. Sie konnte sich insgeheim der Frage nicht erwehren, ob die vorübergehende Meidung nicht irgendwie eine Rache war – daß Johannes Beiler es ihr heimzahlte, weil sie ihn nicht geheiratet hatte!

Vielleicht glaubt Johannes, er könne mich auf diese Weise zurückgewinnen. Mich dazu bewegen, Buße zu tun – und ihn obendrein womöglich auch noch zu heiraten. Sie zwang sich zu einem Lachen, das in einem Hustenanfall endete.

In diesem Moment entschied sie sich, umzukehren und noch einmal zu Maria zu fahren. Sie brachte Melasse auf der lehmigen Auffahrt neben Marias Zimmerfenster zum Stehen und band ihn an einen Baum.

„Ich werfe Steine hinauf“, sagte sie zu dem Pferd. „Dann kommt sie bestimmt ans Fenster.“

Katie ging zu dem ausgetrockneten Blumenbeet neben dem Baum und wich vorsichtig den Erhebungen in der Erde aus, an denen die Baumwurzeln die Erde nach oben geschoben hatten. Sie bückte sich und sammelte ein paar Kieselsteine und warf sie dann vorsichtig nach oben. Sie konnte nur hoffen, daß sie damit nicht Rachel oder Abe Stoltzfus' Aufmerksamkeit erregen würde. Sie wartete einen Augenblick, dann versuchte sie es erneut und zielte auf das Fenster im ersten Stock. Zu ihrer großen Erleichterung kam Maria, um zu sehen, was unter ihrem Fenster vorging.

„Ich vermisse dich, Maria“, rief Katie leise und legte die Hände zu einem Trichter um den Mund. „Ich will mit dir sprechen.“ Sie gab ihrer Freundin mit einer deutlichen Geste zu verstehen, daß sie das Fenster nach oben schieben sollte, aber Maria schien nicht zu begreifen, was sie meinte. Sie stand nur da und schaute mit verzweifelter Miene in den Hof hinunter.

„Geht es dir gut?“ formte Katie mit den Lippen.

Maria sagte kein Wort. Sie benutzte auch keine Zeichensprache, um sich verständlich zu machen. Aber was als nächstes geschah, sprach mehr als alles, was sie hätte sagen können, und rührte Katies Herz zutiefst an. Sie legte einfach die Hand auf das Fenster und hielt es fest – wie um durch das kalte Glas hindurch Kontakt zu ihr aufzunehmen – dann ließ sie die Hand nach unten gleiten und wich einige Zentimeter zurück, bis sie nicht mehr zu sehen war.

Es hätte keinen Sinn, sie anzuflehen, daß sie bleiben solle, das wußte Katie. Sie drehte sich um und trottete betrübt zu ihrem Wagen zurück. Mit einem resignierten Seufzen stieg sie ein, dann machte sie einen Bogen um den Hof und steuerte Melasse schließlich wieder auf die Hickory Lane hinaus.

In ihr meldete sich jetzt kein Lied, kein Wunsch zu summen. Sie war eine Geächtete unter den Amischleuten. Was würde Daniel von ihr denken, wenn er das wüßte? Würde er sich ihrer schämen?

Sie verrenkte sich den Hals und schaute zum Himmel hinauf. Dabei fragte sie sich, ob die Toten wohl irgendwie eine Ahnung davon hätten, was hier unten auf der Erde vor sich ging.

„Am besten mache ich bald Pläne, wie es in meinem Leben weitergehen soll", erklärte sie laut. Es wäre wahrscheinlich nicht schwer, ihre alte Stelle als Hausmädchen wiederzubekommen. Aber wenn sie sich selbst durch das Leben schlagen wollte, müßte sie höchstwahrscheinlich irgendwann auch Auto fahren lernen. Vielleicht sogar noch einmal zur Schule gehen. Eines stand jedoch schon jetzt unumstößlich fest: sie hatte beschlossen, daß sie nicht beichten würde, wenn die sechs Wochen vorbei waren. So schwer es auch war, konnte sie genausogut jetzt schon damit anfangen, die Tatsache zu akzeptieren, daß sie von der ganzen Gemeinde lebenslang gemieden werden würde.

Einen halben Kilometer vor sich erblickte sie David und Matties Hof. Einem inneren Drang folgend, bog sie in die Hofauffahrt ein und stellte dann ihren Einspänner direkt hinter Ella Maes Großvaterhaus ab. Wenn es auf dieser Erde noch irgendeinen Menschen gab, der mit ihr sprechen würde, dann war das die *Weise Frau.*

Zögernd näherte sich Katie ihrer Tür und klopfte.

„Es ist offen", kam die Antwort.

Katie öffnete die Tür und trat in die warme Küche. „Ich bin es, Ella Mae. Katie", rief sie und fühlte sich fast wie eine Aussätzige, die ihre Mitmenschen vor ihrer Anwesenheit warnen mußte. „Vielleicht bin ich nicht willkommen ..."

Die *Weise Frau* erschien mit einer Näharbeit in der Hand. „Unsinn,

Lämmchen. Komm schon herein und setz dich. Wärme dich am Feuer auf. Es ist ziemlich kühl draußen, nicht wahr?"

Bei dem Klang einer menschlichen Stimme – besonders bei Ella Maes dünner, zittriger Stimme – hätte Katie sie vor Freude beinahe umarmt. „Oh, meine Güte! Es ist so wunderbar, dich zu sehen! Niemand sonst will mit mir sprechen."

„Ja." Ella Mae nickte nachdenklich. „Ich finde es einfach nicht richtig, einen Menschen so zu behandeln."

„Glaubst du nicht an die Meidung?" Katie zog ihren Zopf über ihre linke Schulter und fragte sich, ob Ella Mae bemerkt habe, daß sie keine Haube trug.

Die *Weise Frau* winkte nur mit der Hand ab – so wie Rebekka es oft tat, wenn sie über etwas nicht sprechen wollte. Katie setzte sich also an den Tisch und ging nicht weiter auf das Thema ein.

Sie schaute der alten Frau beim Teekochen zu. Das Ritual wirkte sehr tröstlich und beruhigend auf sie. Ella Mae stellte einen Kessel zum Kochen auf, holte die Teetassen aus dem Schrank und pflückte zwei kleine Pfefferminzzweige ab . . .

„Ich habe gehört, daß Maria Stoltzfus unter dem Wetter leidet."

„Ja, aber sie wird es überleben."

„Es ist alles wegen Hühner-Josef und Sarah, nicht wahr?" fragte Katie und achtete sorgfältig darauf, wie sie die Frage formulierte, da Sarah eng mit Ella Mae verwandt war.

„Die Liebe treibt mit ihren Opfern hin und wieder ein böses Spiel."

Katie fragte sich, ob der Bischof auch das Gefühl habe, sie treibe ein grausames Spiel mit ihm. „Johannes wird eines Tages eine andere finden, nicht wahr?" fragte sie in dem Wunsch, ihr Tun zu rechtfertigen. „Eine, die besser zu ihm paßt."

Ella Mae schüttelte den Kopf. „Werte dich jetzt nicht selbst ab. Du bist eine genauso gute Frau wie jede andere, ob mit oder ohne Haube."

Sie lachten miteinander, als die alte Frau auf sie zutrat und Katies respektlosen Zopf in Augenschein nahm. Es war ein strahlender Augenblick für beide, ein Augenblick des Triumphes.

„Meine Güte. Es ist so schön, daß jemand zum Tee kommt", sagte Ella Mae und ging, um den Stoff mit der Kreuzstichstickerei zusammenzufalten. Sie legte ihn auf die Sofalehne und setzte sich dann zu Katie an den Tisch. „Dir geht es ähnlich wie mir, denke ich. Es kommen nicht mehr viele Leute vorbei – und die Nächte werden lang und einsam."

„Vielleicht ist es das Wetter . . . die Kälte und der Frost."

„Nein, nein. Ich weiß es besser."

„Warum denn sonst? Warum kommt niemand?"

„Nun, ich denke, die Gemeindeältesten haben Wind von meinem Besucherstrom bekommen – von den Leuten, die mich um Rat fragen."

„Das ist wirklich schade. Sie müßten doch wissen, daß du den Leuten einen großen Gefallen erweist, so wie du uns allen zuhörst, wenn wir unser Leid und alles, was uns auf dem Herzen liegt, bei dir aussprechen können."

„Ach, es ist nur so, daß Prediger Yoder will, daß die Leute auf *ihn* zukommen, glaube ich. Vielleicht hält er mich für dumm – für krank im Kopf, weißt du?" Sie strich über ihre Haube und begann, dieses warme, wunderbare Kichern zu lachen, das tief in ihrem Inneren einsetzte und an guten Tagen, wenn ihre Stimme kräftiger war, fröhlich über ihre Lippen rollte.

Es war der reinste Himmel, sie so lachen zu hören. Während sie dort in Ella Maes gemütlicher Küche saß, fühlte Katie, wie ihr Gemütszustand sich wieder besserte. Sie war natürlich um ihrer selbst willen glücklich. Und auch froh, der alten Frau, die ihr – ungeachtet der Meidung – die Tür geöffnet hatte, Gesellschaft leisten zu können.

„Ich nehme an, es hat sich herumgesprochen, daß der junge Levi und ich vor einer Woche miteinander eine Tasse heiße Schokolade im Laden getrunken haben", warf Ella Mae ein.

„Warum sollte *das* jemanden interessieren?" Katie war wirklich erstaunt. Wie konnte eine solche Kleinigkeit die Amischleute veranlassen, einer alten Frau den Rücken zu kehren?

„Ach, es ist wirklich schwer zu sagen. Aber ich vermute, daß Levi Beiler nach Hause ging und seinem Papa erzählte, daß die alte Ella Mae Zook dies und das und so und so gesagt habe." Sie streckte die Hand über den Tisch und streichelte Katies Hand. „Wir brauchen einander, Kind. Die Gemeinde ist einfach nicht genug, fürchte ich."

Jetzt fing Katie an, sich ihrerseits Sorgen zu machen. Wurde ihre Großtante wirklich allmählich wirr im Kopf? Ihre Worte ergaben überhaupt keinen Sinn. „Der Bischof und Prediger Yoder tun nur das, von dem sie glauben, daß es für uns das Beste ist", erklärte Katie. „Es ist die Alte Ordnung, die Art, wie man hier in Hickory Hollow schon immer alles geregelt hat."

Als Katie begriff, was sie soeben gesagt hatte, war sie über ihre eigenen Worte erstaunt. Hatte sie aus reiner Gewohnheit gesprochen – und die Gemeinde verteidigt – oder fing sie an zu glauben, daß sie den

Bann tatsächlich verdiente? Lastete das Gewicht ihrer Schuld schon so schwer auf ihr? War das die normale Funktionsweise der Meidung? Wurden die Sünder damit tatsächlich im Lauf von sechs Wochen schließlich zur Umkehr bewegt?

Ella Mae setzte sich aufrecht hin und ließ Katies Hand los. „Nein, nein, ich spreche nicht von deiner gegenwärtigen Misere mit der Gemeinde. Du bezahlst für deine Sünde, das stimmt, und du wirst wahrscheinlich früher oder später beichten. Das tun wir alle. Ein Mensch kann nicht auf Dauer herumlaufen, ohne mit jemandem zu sprechen." Sie machte eine Pause und holte tief Luft. „Nein, nein. Das, wovon ich spreche, ist etwas ganz anderes. Etwas, das mit der Ewigkeit zu tun hat – wo das eine Leben endet und ein anderes beginnt."

Katie seufzte. „Oh, Ella Mae, du wirst doch nicht bald sterben, oder?"

„Wir sterben alle irgendwann." Sie stand auf und holte den Teekessel vom Ofen und goß das kochende Wasser in die Tassen. Als nächstes kamen die Minzblätter. „Du bist jung, und du glaubst vielleicht, du hättest alle Zeit der Welt. Aber ich hoffe, du vergeudest nicht die Zeit, die dir zugeteilt ist. Keine einzige Minute."

„Mach dir um mich keine Sorgen", versicherte Katie ihr. Sie wurde aus Ella Maes Worten immer noch nicht schlau. Was *wollte* die alte Frau ihr nur damit sagen?

Dann begann die *Weise Frau,* weiter auszuholen. Ihre Worte drangen bis tief in die innersten Winkel von Katies Seele. „Ich wurde als Amische geboren, und ich werde als Amische sterben. Das schlichte Leben ist das einzige Leben, das ich je kennenlernen werde. Aber du, Katie, du hast die Chance zu sehen, was da draußen ist, was auf der anderen Seite der Medaille steht."

„Du meinst ... die moderne Welt?"

„Genau die suchst du doch, nicht wahr?"

Diese Frage traf Katie wie ein kalter Windstoß. War dem wirklich so? War sie auf der Suche nach dem, was jenseits der Grenze, dem sprichwörtlichen Zaun um die Amischleute lag? Hoffte sie, sie eines Tages zu durchbrechen, ihr wahres Selbst zu finden? „Warum sagst du das alles?"

„Weil du irgendwie so aussiehst, als gehörtest du nicht mehr hierher", antwortete Ella Mae in einem heiseren Flüstern. „Du hast schon immer so ausgesehen."

Katie begann allmählich zu begreifen. „Ich komme hierher, seit ich ein kleines Mädchen war, und habe dir immer meine ganzen Schwierigkeiten erzählt, die ich damit hatte, ein gutes schlichtes Mädchen zu sein – und später eine gute erwachsene Frau, die würdig wäre, das ... Vertrauen des Bischofs zu verdienen. Ich habe es versucht ... aber ich habe versagt ...“ Ihre Stimme verstummte.

„Du bist eine Denkerin“, sagte Ella Mae kopfschüttelnd. „Denken und sich der Alten Ordnung fügen paßt nicht zusammen.“

Katie streichelte ihren Zopf. „Du hast wahrscheinlich recht.“ Sie schaute in die Ferne und erinnerte sich, daß Dan Fischer einmal genau das gleiche zu ihr gesagt hatte.

* * *

Ella Mae setzte ihrem Gast noch eine Tasse Minztee vor und rang mit ihrem eigenen Gewissen. Sollte sie Katie erzählen, was sie und der junge Levi vor einer Woche gesehen hatten? Die schwarze Limousine und die weltliche Frau ... deren Haare dieselbe Farbe hatten wie Katies? Und von dem Brief, den die Frau ihr mit einer solchen Dringlichkeit in die Hand gedrückt hatte?

Sie beobachtete, wie das arme Mädchen die Tasse an ihre Lippen führte und an ihrem Tee nippte. Als sie die Tasse auf den Unterteller zurückstellte, begann sie, ihre Sorgen vor ihr auszubreiten.

„Ich habe viele Fragen wegen einer seltsamen Sache, die Mama mir am Tag vor der Hochzeit erzählt hatte“, begann Katie. „Das Ganze verwirrt mich jetzt noch mehr als am Anfang.“

Ella Mae nippte an ihrer Tasse und seufzte dann. „Ging es dabei um dieses kleine Kleid, das du mir gezeigt hast?“

Katie nickte. „Dieses Kleid hat alles verändert. Es hat meine ganze Welt auf den Kopf gestellt. Und auch das Leben meiner Familie.“

Ella Mae schien Katies Verzweiflung nicht zu bemerken. „Ich glaube, ich weiß, was deine Mama dir gesagt hat, Katie. Ich will nicht hier sitzen und dich anlügen und so tun, als wüßte ich es nicht.“

Katie war außer sich vor Freude. Endlich schien ein anderer Mensch – jemand, dem sie vertrauen konnte – um das Geheimnis zu wissen! Von allen aus der Gemeinde, die sie sich hätte aussuchen können, um darüber zu sprechen ...

Ella Mae sprach weiter. „Ich habe sie gesehen, Katie. Ich habe deine leibliche Mutter so deutlich wie jetzt dich vor mir gesehen.“

Katie verschluckte sich beinahe an ihrem Tee. „Meine leibliche Mutter? Wo? In Hickory Hollow?"

Ella Mae nickte nachdenklich.

„Das kann ich nicht glauben! Wann und warum war sie hier?"

„Sie sucht dich, Katie. Hat dir deine Mama das denn nicht erzählt?"

Katie konnte ihre Tränen nur mühsam zurückhalten. „Nein, nein, du mußt dich irren. Mama hat mir kein Wort davon gesagt."

„Meine Güte", flüsterte Ella Mae.

„Mama erzählte mir, daß mein richtiger Name Katherine Mayfield sei – daß ich ihr und Papa als Säugling anvertraut worden sei, nachdem ihr viertes Kind eine Totgeburt gewesen war. Aber sie hat nie ein Wort davon gesagt ..." Ihre Worte erstickten unter einem Schluchzen.

Ella Mae schüttelte traurig den Kopf. „Ach, ich habe unüberlegt gesprochen, fürchte ich. Vergib einer alten Frau, daß sie dir noch mehr Schmerzen zugefügt hat, Kind." Sie stellte ihre Tasse auf den Tisch und nahm die Brille ab, um sich die Augen zu wischen. Die erschütternde Wahrheit, die sie zwar schon geahnt hatte, brach ihr fast das Herz.

„Wann hast du sie gesehen ... meine richtige Mutter?"

„Sie war vor über einer Woche hier und gab mir einen Brief", begann Ella Mae und erzählte Katie, wie die elegante Dame vor Prediger Yoders Laden auf sie zugegangen war. „Sie flehte mich an, ihr zu helfen, eine Frau namens Rebekka zu finden. Ich erklärte ihr, daß es in Hickory Hollow viele Rebekkas gebe, aber es schien ihr schrecklich wichtig zu sein, daß ihr vornehmer Brief in die richtigen Hände gelangt."

Ohne Vorwarnung sprang Katie von ihrem Stuhl hoch.

Ella Maes Augen folgten dem Blick der jungen Frau. Sie schaute fragend zu dem Schatten hinüber, der über einem Teil des Zimmers lag. „Ach, Mattie, bist *du* das?" murmelte sie.

Ihre Tochter trat ins Laternenlicht, ohne ein Wort zu sagen. Katie versuchte, sich zu beruhigen, und klammerte sich verkrampft an ihre Stuhllehne.

„Was in aller Welt?" Ella Mae fuhr herum und stieß dabei beinahe ihre Teetasse um. „Meine Güte, kannst du denn nicht klopfen?" schimpfte sie.

„Ich habe Stimmen gehört", sagte Mattie, ohne Katie auch nur eines Blickes zu würdigen. „Mama, du müßtest doch klug genug sein, um nicht mit einer gebannten Person zu sprechen ... und mit ihr auch noch deinen Tisch zu teilen!" Sie trat auf sie zu. „Katie sollte am besten gehen, sonst muß ich diesen Vorfall dem Prediger melden."

„Was will er denn tun?" schimpfte Ella Mae. „Eine schwache, alte Seele wie mich mit dem Bann belegen?"

„Mama! Zeige etwas mehr Respekt, wenn du von der Meidung sprichst!"

Ella Mae drehte sich um und schaute Katie an, die sich auf ihrem Stuhl vorbeugte und nach ihrem Tee griff. Die Tasse zitterte in ihrer Hand. *Was für eine unmenschliche Sache geschieht hier nur?* fragte sie sich. Es schmerzte sie zutiefst, daß sie der Grund dafür war, daß Mattie Katies Familiengeheimnis hatte belauschen können. *Wir hätten vorsichtiger sein sollen.* Diese Klatschbase hatte jedes Wort ihres vertraulichen Gesprächs mit angehört. *Das* war wirklich besorgniserregend.

„Wie lang versteckst du dich schon da drüben?" stellte Ella Mae ihre Tochter zur Rede.

„Ich kam gerade herein."

Aber die *Weise Frau* wußte es besser. Und auch Katie. Und bis zum Einbruch der Nacht wüßte es auch fast jeder andere in Hickory Hollow – einschließlich Bischof Johannes.

20

„Katie Lapp ist adoptiert, und ihre richtige Mama ist auf der Suche nach ihr. Was sagst du *dazu*?“ fragte Nancy Beiler ihren großen Bruder, während sie die Scheune ausfegten.

„Woher weißt *du* denn so etwas?“

„Ich habe es heute in der Schulpause gehört.“

Hickory-Johannes blieb einen Augenblick stehen, stützte sich auf seinen Besen und schaute seine Schwester zweifelnd an. „Bist du dir sicher?“

Nancy grinste. „Ich habe es aus erster Quelle.“

„Von wem?“

„Von einer unserer Kusinen.“

„Von einem Mädchen?“ spottete er.

„Ja, von Sally Mae.“ Der Staub, den sie aufwirbelten, reizte sie zum Niesen. „So wie ich es sehe, muß es wahr sein, wenn es von einer Enkelin von Tante Mattie kommt. Denn Tante Mattie war diejenige, die hörte, wie *ihre* Mama erzählte, daß sie Katies leibliche Mutter gesehen und mit ihr gesprochen habe.“

„Wir wissen doch alle, wie Tante Mattie ist, nicht wahr?“ lachte Hickory-Johannes. „Man kann nicht immer danach gehen, was man hört.“

Ihr Bruder Levi trat sehr zu Nancys und Johannes' Überraschung zu ihnen. „Habt ihr gerade gesagt, daß Katies *wirkliche* Mama nach ihr sucht? Habe ich das richtig verstanden?“

„Du hast gelauscht, Levi!“ schimpfte Nancy. „Das ist etwas Abscheuliches für einen Bischofssohn! Geh hinein und wasche dir vor dem Mittagessen die Hände.“

Levi schritt leicht beleidigt zum Haus und murmelte leise vor sich hin. „Vielleicht schenkt Papa mir von nun an doch mehr Aufmerksamkeit ... besonders wenn ich ihm von rothaarigen fremden Frauen erzähle, die an unsere Haustür kommen!“ hörte sie ihn sagen.

* * *

Katie wartete, bis ihr Vater und ihre Brüder zu einer Scheunenerrichtung bei White Horse aufgebrochen waren, bevor sie beschloß, mit ihrer Mutter zu sprechen. Rebekka fühlte sich schon länger nicht gut – ein gereizter Magen, vermutete Katie.

Rebekka stützte schweigend ihren Arm auf den Tisch und stöhnte vor Schmerzen.

„Ich bringe dir gleich einen Tee", bot Katie an und hoffte, *irgend etwas* aus dem Mund ihrer Mutter zu hören. Aber es kam kein einziger Ton.

Wie lang würde es dauern, bis Mama anfing zu sprechen, wenn niemand in der Nähe war und es hören konnte? Sie war nicht absichtlich losgezogen, um ihre Mutter zu betrüben, aber Katie sehnte sich verzweifelt nach einem Gespräch, das nach dem Abend mit Ella Mae für sie notwendig geworden war.

Rebekka war stumm wie ein Zaunpfahl und schien fest entschlossen, sich durch die Hausarbeit zu quälen. Sie erlaubte Katie, ihr beim Backen zu helfen – Brot, sechs Dutzend Melassekekse und Apfeltaschen – die sie zu einem Stepptag, der am nächsten Tag geplant war, mitnehmen wollte. Aber gegen halb elf sank ihre Mutter erschöpft auf den großen Schaukelstuhl.

Katie wischte die Arbeitsplatten fertig ab und wusch sich die Hände. Dann trat sie um den kleinen Tisch herum, der nur für sie bestimmt war, blieb kurz stehen und betrachtete ihre Mutter. „Es hat sich in ganz Hickory Hollow herumgesprochen, daß meine leibliche Mutter versucht, mich zu finden", sagte sie. „Mattie hat nicht eher geruht, bis es alle wußten. Diese Klatschbase!"

Rebekkas Kopf schien zustimmend zu nicken, aber Katie war nicht sicher, ob das nicht nur durch die Bewegung des Schaukelstuhles ausgelöst war. „Ich hatte nie gewollt, daß dieses Geheimnis so herumerzählt wird, Mama", sprach sie weiter, „du weißt, daß ich die Wahrheit sage, denn Prediger Yoder mußte mir versprechen, es niemandem zu verraten." Sie schaute sie an und wartete und hoffte, Rebekka würde etwas sagen – *irgend etwas.*

Kein Kommentar kam.

„Ella Mae sagte etwas von einem Brief. Weißt du etwas davon?"

Ein kaum hörbares, leises Seufzen kam über Rebekkas Lippen. War das eine Antwort?

Katie ging zu ihr, kniete nieder und legte den Kopf auf die Knie ihrer Mutter. „Ich würde alles dafür geben, zu erfahren, was in dem Brief stand, Mama", sagte sie leise.

* * *

Rebekka legte ihre Hand auf den schlanken Rücken ihrer Tochter. Sie begann ihn mit beruhigenden, kreisenden Bewegungen zu streicheln – so wie sie es immer getan hatte, als Katie noch ein kleines Mädchen gewesen war.

Stockend kamen die Worte über ihre Lippen. „Ich habe mit diesem Brief etwas Schreckliches gemacht", gestand sie. „Ich warf ihn in den Ofen – ich hatte so große Angst. Er ist restlos verbrannt."

„Du hast ihn verbrannt?" Katie hob den Kopf. Das Streicheln hörte auf, aber nur für einen Augenblick. „Warum hast du ihn verbrannt?"

„Hör mir bitte zu", flüsterte Rebekka. Katie, die beim Klang der Stimme ihrer Mutter wieder zu neuem Leben erwachte, tat, wie ihr geheißen wurde. Rebekka legte die Hand auf Katies Kopf und konnte fühlen, wie ihre Tochter sich wieder auf ihrem Schoß entspannte.

„Ich war an jenem Tag so schrecklich besorgt und aufgewühlt", sprach sie weiter. Ihre Stimme war stellenweise kurz vor dem Erstikken. „Ich dachte, diese Frau – deine leibliche Mutter – würde kommen und dich uns wegnehmen. Aber wenn ich jetzt auf alles zurückblicke, was geschehen ist, wünschte ich, ich hätte ihren Brief behalten, damit du ihn jetzt selbst lesen könntest."

„Warum meinst du, will sie mich finden?" fragte Katie, ohne den Kopf zu heben.

„Der Arzt sagte ihr, daß sie ... bald sterben muß." Rebekkas Hand hielt einen Augenblick inne, bevor sie ihre heilende Bewegung fortsetzte.

Nach einem langen Schweigen, in dem sie nur ihr Herz laut schlagen hörte, blickte Katie auf. Rebekka konnte Tränen in den Augen des Mädchen glänzen sehen.

„Wie heißt sie?"

„Sie heißt ... Laura. Laura Mayfield-Bennett. Sie muß ihren Mädchennamen beibehalten haben – und ihn an den Namen ihres Mannes angehängt haben. Ich habe schon gehört, daß man draußen in der modernen Welt so etwas tut."

Katie flüsterte den sonderbaren Namen. „Laura Mayfield-Bennett."

„Warte." Rebekka stand auf und fand einen Bleistift und ein Blatt Papier in der Küchenschublade. „Ich buchstabiere ihn dir, so gut ich kann."

* * *

Katie betrachtete den Namen auf dem Papier – den fremden englischen Namen. Die Buchstaben erzählten ihr, wenn auch zusammenhangslos, wichtige Dinge über sich selbst.

„Hat sie ... hat Laura ihre Adresse in dem Brief genannt?"

„Ehrlich, ich kann mich nicht daran erinnern." Die nassen Augen ihrer Mutter bewiesen, daß sie die Wahrheit sagte. „Sie lebt irgendwo in New York, denke ich."

„In New York City?" stöhnte Katie. „Hoffentlich nicht!"

„Nein, nein, irgendwo anders, im Bundesstaat New York."

„Dann muß ich mir wohl einfach eine Landkarte besorgen", sagte Katie. „Eine Landkarte von New York State, da ich ja noch nie aus Lancaster County fort war."

„Du willst also versuchen, sie zu finden?" Mamas Stimme klang jetzt dünn und mitleiderregend – fast wie die eines Kindes. Sie lehnte sich müde auf dem Schaukelstuhl zurück.

Obwohl Katie für einen Augenblick von dem Mitgefühl, das sie für ihre Mutter empfand, weich wurde, entwickelte sie eine erstaunliche Entschlossenheit, die sie selbst überraschte. „Ich muß sie suchen, Mama. Du verstehtst doch auch, daß ich das muß. Ich kann sie jetzt nicht einfach vergessen." Sie stand auf und nahm Rebekkas Hände in die ihren und zog sie sanft aus dem Schaukelstuhl in die Höhe. „Ich will dich damit nicht verletzen. Das verstehst du doch ... nicht wahr?"

Ihre Mutter konnte wegen ihrer Tränen nicht sprechen. Katie sprach eilig weiter, bevor sie schwach würde. „Wegen der Meidung kann ich sowieso nicht mehr lang hier bleiben. Ich habe überlegt, nebenan ins Großvaterhaus zu ziehen, aber das hat keinen Sinn. Ich kann mir nicht vorstellen, daß ich beichte, weder jetzt ... noch später. Es wird Zeit, daß ich daran denke, von hier fortzugehen."

„Ach, Mädchen, nein!" Dann fügte sie leiser hinzu: „Wo willst du denn hingehen?"

Katie atmete tief ein. „Lydia Miller hat ein Zimmer zu vermieten. Ich habe gestern auf dem Heimweg von Ella Mae das Schild gesehen."

Ihre Mama schüttelte den Kopf und kramte nach einem Taschentuch. „Du willst Hickory Hollow doch nicht verlassen, oder?"

„Laura Mayfield-Bennett wohnt doch nicht in der Nähe von Lancaster, oder?" Katie umarmte ihre weinende Mutter. „Oh, Mama, ich bin so glücklich, daß du heute endlich mit mir gesprochen hast. So überglücklich."

„Das darf nicht wieder vorkommen", erklärte Rebekka. Ein Hustenanfall plagte sie. Schließlich räusperte sie sich. „Ich darf ... nicht wieder mit dir sprechen ... erst wieder, wenn du beichtest."

„Ich weiß, Mama", antwortete Katie. „Du bist eine gute Amischfrau. Das verstehe ich."

Als sich Rebekkas verzweifeltes Weinen legte, klammerten sich die beiden Frauen aneinander, als wäre es die letzte Umarmung in ihrem Leben.

* * *

Mattie war ganz aufgeregt, als Elam Lapp sie rief, um Annies erstes Baby zur Welt zu bringen, fast sechs Wochen vor dem errechneten Geburtstermin.

Es wird auch Zeit, daß ich wieder ein Lappbaby auf die Welt bringe! dachte sie, während sie mit Elam auf das Bauernhaus des jungen Paares zufuhren. Dumm, wie sie sich benommen hatte, weil sie bei Katie Lapps Geburt nicht hatte helfen dürfen. Jetzt wußte sie die Wahrheit und schämte sich sogar ein wenig, weil sie wegen dieser Kleinigkeit ein solches Theater veranstaltet hatte.

Trotzdem konnte sie immer noch kaum glauben, daß Samuel und Rebekka ein solches Geheimnis so lange hatten für sich behalten können. Aber als sie versuchte, Elam darüber auszufragen, verriet seine konzentrierte Miene deutlich, daß er im Moment Wichtigeres im Sinn hatte – wie etwa, daß er in den nächsten Stunden Vater werden würde.

Als der Wagen in die Einfahrt bog, sprang Elam heraus und stürmte vor ihr ins Haus. Er überließ es Mattie, das Pferd auszuspannen. „Diese Väter", kicherte sie. „Also wirklich!"

* * *

Während Annies Wehen in Abständen von weniger als zwei Minuten kamen, hatte sich die Nachricht von ihrer bevorstehenden Entbindung schon in mehreren amischen Häusern herumgesprochen, einschließlich in Rebekka Lapps Haus – dank Lydia Millers Telefon und ihres Autos.

Katie konnte das jüngste Mitglied der Familie Lapp schreien hören, als sie ihrer Mutter aus der Kutsche half. „Klingt nach einer kräftigen Lunge. Das muß ein Junge sein." Sie lächelte ihre Mutter an, auch wenn sie in diesem Augenblick keine Antwort von ihr erwartete.

Rebekka sagte nichts, sondern kniff beherrscht die Lippen zusammen.

Sie eilten die Stufen der vorderen Veranda hinauf, wo Elam durch die Tür gestürmt kam und auf sie zueilte. „Mama, willkommen!" begrüßte er sie, ohne auch nur einen flüchtigen Blick auf Katie zu werfen. „Du hast einen wunderschönen, gesunden Enkel bekommen!"

Er führte sie in das Schlafzimmer im Erdgeschoß, in dem Annie lag. Schweißgebadet und erschöpft hielt sie das winzige Bündel in den Armen.

„Er ist wunderhübsch", flüsterte Katie, als ihre Schwägerin Elam das Baby reichte.

„Mama, darf ich dir meinen ersten Sohn vorstellen ... Daniel Lapp." Elam hielt den Säugling hoch, damit Rebekka und die anderen ihn sehen konnten. „Seinen Namen hat er von Annies verstorbenem Bruder."

Diese unerwartete Erinnerung an Dan traf Katie. Aber sie war von ihrem Neffen so angezogen wie eine Biene von einer Honigwabe. „Darf ich ihn halten?"

Elam ignorierte ihre Bitte und legte das Baby statt dessen Rebekka in die Arme. „Er ist zwar ein wenig zu früh gekommen, aber er ist ein guter, kräftiger Junge, nicht wahr?"

„Ja, er ist kräftig. Das stimmt." Rebekka begann, in ihrem breitesten Dialekt mit dem Baby zu sprechen. „Opa Samuel und deine Onkels werden Augen machen, wenn sie nach Hause kommen!"

Mattie, die jetzt neben Rebekka getreten war, begann, die weiche Wange des Babys zu streicheln. „Ich glaube, es ist an der Zeit, daß ich mit dir über etwas spreche, Rebekka", sagte die Frau und schaute ihrer Kusine voll ins Gesicht.

Da sie nicht dabeistehen und Zeuge werden wollte, wie die Klatschbase versuchte, mit ihrer Mutter ins reine zu kommen – nicht nach dem, wie Mattie in Windeseile in ganz Hickory Hollow das Gerücht von ihrer Adoption verbreitet hatte –, schlüpfte Katie unbemerkt aus dem Zimmer. Sie machte sich Gedanken über Annies verfrühte Entbindung. Warum hatten bei ihrer Schwägerin die Wehen so früh eingesetzt? Hatte sie falsch gezählt ... oder war etwas passiert?

Katie ging ins Wohnzimmer, wo sie stehenblieb, um die hübschen Sachen zu betrachten, die im Wandschrank aufgestellt waren. Der Anblick des schönen Geschirrs erinnerte sie an die Hochzeitspläne, die sie und Bischof Johannes geschmiedet hatten. Sie hatte ihn grausam sitzen lassen. Nicht nur ihn, sondern die ganze Gemeinde. Jetzt hatte Elam es in die Hand genommen, noch einen Schritt weiterzugehen und sie damit bestraft, daß er ihr nicht einmal erlaubte, seinen Sohn zu halten. Wer hatte je so etwas gehört? Die eigene Schwester nicht das Baby halten zu lassen? Das gehörte nicht zu der Meidung!

In der Stille des Raumes hörte sie, wie ihr Name genannt wurde, und schlich auf Zehenspitzen zur Schlafzimmertür zurück, wo sie besser hören konnte. Es war Mattie, die etwas von Katies unerhörtem Benehmen bei der Hochzeit sagte. „Ich glaube, es ist diese schreckliche, beschämende Sache mit Katie, die Annie so sehr aufgeregt hat."

Elam warf ebenfalls ein paar Bemerkungen ein. „Ich glaube, die Meidung hat Annie viel mehr aufgeregt, als irgend jemand von uns ahnen konnte", gab er Mattie recht. „Dadurch haben wahrscheinlich ihre Wehen zu früh eingesetzt. Sie ist sehr sensibel."

Katie wich schweigend zurück und eilte zur vorderen Haustür. *Sie geben mir die Schuld!* Sie zitterte – ob vor Angst oder Wut konnte sie nicht mit Bestimmtheit sagen. *Wer weiß, ich hätte das arme kleine Kind vielleicht sogar umbringen können!*

Sie weigerte sich zu weinen, atmete tief ein und lief zu der Kutsche, um den alten Melasse anzuspannen.

Daniel ... Sie haben meinen Neffen Daniel genannt. Wie konnten sie nur?

Einen Augenblick lang schluchzte sie ungehindert und durchlebte erneut den schmerzlichen Verlust des geliebten Freundes. Verstanden sie denn gar nichts? Niemand konnte je seinen Platz einnehmen!

Sie ließ die Zügel schnalzen, und das Pferd trabte davon. Ihr hochnäsiger großer Bruder müßte sich wohl oder übel die Zeit nehmen und sich von seinem neugeborenen Sohn eine Stunde losreißen, um später ihre Mutter nach Hause zu fahren.

Sie wollte bei Lydia Miller vorbeifahren und mit ihr über das Zimmer sprechen, das sie zu vermieten hatte. Das konnte sie genausogut gleich jetzt erledigen.

21

Das Licht der Spätherbstsonne ergoß sich – wie geschmolzenes Gold – über einen rundum von Glas umgebenen Wintergarten, von dem aus man einen Blick über mehrere grüne Wiesen und üppige Gärten genießen konnte, die jetzt mit Schnee bedeckt waren. Gepflegte Gehwege durchzogen das Grundstück im Süden des alten Herrenhauses, das im englischen Stil erbaut war und dem im Sommer eine Vielzahl majestätischer Bäume Schatten spendeten.

Von diesem unvergleichlichen Aussichtspunkt aus konnte Laura Mayfield-Bennett den Wasserfall zwei Staustufen tief in einen Teich mit Seerosen hinabstürzen sehen. Die Seerosenblätter, die auf dem Wasser trieben, schimmerten im Morgenlicht silbrig grün.

Laura griff nach ihrer Sonnenbrille. In diesem Augenblick kam ihr Dienstmädchen in das von der Sonne getränkte Zimmer, in dem saftige Farne, Efeu und Ficuspflanzen grünten.

Rosie stellte den Liegestuhl so ein, wie es der Dame des Hauses bequem war. „Wenn Sie Sonnenschein wollen, Mrs. Bennett, dann bekommen Sie auch Sonnenschein“, versuchte sie, Laura mit einer fröhlichen Bemerkung aufzumuntern.

„Das ist herrlich. Danke, daß Sie noch einmal nach oben gekommen sind, Rosie.“ Laura bewegte die Zehen in ihren Samtschuhen und genoß die Wärme der Sonnenstrahlen auf ihren Füßen und Unterschenkeln.

„Kann ich noch irgend etwas tun, Madam?“

„Nein, danke.“

Laura seufzte schwer, als sie hörte, wie die Schritte auf den Marmorstufen schnell wieder verschwanden. Unter ihr fuhr auf der runden Auffahrt einer der Chauffeure vor und wartete auf ihren Mann. Sie schaute zu, wie Dylan Bennetts schlaksiger Körper auf dem Rücksitz Platz nahm.

Das Auto fuhr schnell die lange, von Bäumen gesäumte Allee hinab und ließ Laura mit ihren Gedanken wieder allein. „Nun, Herr, jetzt sind wir beide wieder allein, du und ich“, begann sie zu beten. Ihre offenen Augen genossen den herrlichen Anblick. „Ich komme heute zu dir und danke dir für mein Leben.“ Sie schwieg und schaute zum blauen Himmel hinauf. „Und für den Himmel, der heute sein hellblaues Kleid trägt. Ich danke dir für alles, was du mir schenkst, besonders für deinen Sohn, Jesus Christus. Bitte rühre an diesem Tag jeden meiner Lieben mit deiner zärtlichen Liebe an, besonders Katherine, wo immer sie auch sein mag. Und, guter Herr, auch wenn ich nicht verstehe, warum ihre amische Familie keinen Kontakt zu mir aufgenommen hat, übergebe ich Katherine dir, denn ich weiß, daß du alles gut machst."

Sie atmete tief und zitternd ein und sprach weiter: „Vielleicht ist es nicht in deinem Willen, daß meine Tochter mich so sieht. Aber wenn doch ... dann hilf bitte, daß sie zu mir kommt, solange ich geistig noch so gesund bin, daß ich sie erkenne, wenn sie kommt. Gewähre mir bitte diesen Wunsch, bevor ... bevor du mich nach Hause rufst. In Jesu Namen. Amen."

Sie hoffte, ihr himmlischer Vater würde ihr ihren letzten Wunsch erfüllen. Aber Laura hatte im Laufe der Jahre gelernt, daß sie selbstsüchtige Wünsche und Sehnsüchte loslassen mußte, wenn sie wirklich ihr ganzes Vertrauen auf ihren Herrn und Erlöser setzen wollte.

Sie nahm ein Glas Wasser von dem marmornen Tisch und nippte langsam daran. Ihre Gedanken wanderten nach Pennsylvania zu ihrer Fahrt, die sie vor wenigen Tagen unternommen hatte – nach Hickory Hollow –, und zu der Begegnung mit der älteren Amischfrau, die in ihrem Einspänner vor einem Laden gesessen hatte. Die Frau hatte nur sehr widerwillig Informationen preisgegeben, erinnerte sich Laura. Fast hätte man meinen können, sie fühle sich beleidigt, weil sie angesprochen wurde. Aber den Brief hatte sie mit schweigender Einwilligung angenommen. Laura hoffte von ganzem Herzen, daß die Frau ihr helfen würde, ihn der richtigen Rebekka – der einzigen Rebekka auf der ganzen Welt, die ihren Wunsch verstünde – zu übergeben.

Natürlich konnte sie nicht sicher sein, ob der Brief überhaupt in der Amisch-Gemeinde weitergegeben worden war. Und die Zeit lief jetzt gegen sie. Es stand nicht zur Diskussion, erneut eine solche Fahrt anzutreten, eine fünfstündige Fahrt vom Finger Lakes Distrikt in New York in das ländliche Gebiet von Lancaster County. Sie war dazu in ihrer gegenwärtigen Verfassung, die sich von Tag zu Tag verschlechterte, nicht imstande. Ihr Arzt würde das niemals zulassen, selbst wenn sie so starrsinnig wäre, es trotzdem zu versuchen.

So saß sie oben auf einer Anhöhe inmitten des großen Grundstücks, in dem sie ihre Kindheit verbracht hatte und das ihre Mutter, Charlotte Mayfield, ihr nach ihrem Tod vor zwölf Jahren hinterlassen hatte. Laura atmete die Stille ein und sehnte sich danach, die Atmosphäre der Amisch-Gemeinde in ihren Gedanken wieder lebendig werden zu lassen. Etwas hatte sie zu dieser bäuerlichen Gegend in Pennsylvania hingezogen – noch etwas anderes als die Liebe ihrer Mutter zu dieser Gegend. Sie konnte nie vergessen, wie sie Lancaster County das erste Mal kennengelernt hatte, genausowenig wie die Ereignisse, die den Tag von Katherines Geburt begleitet hatten ...

* * *

Ihre Mutter hatte sie an jenem Junitag zu einem Ausflug mit dem Auto überredet. Mit ihren siebzehn Jahren und in den letzten Wochen ihrer Schwangerschaft hatte Laura mit häufigen Panikanfällen zu kämpfen gehabt und ganz allgemein einen Tapetenwechsel gut vertragen können – fort von den Fragen ihrer Schulfreundinnen, die nicht verstehen konnten, warum sie auf einmal einen Privatlehrer bekommen hatte.

So jung und zierlich, wie sie gewesen war, war – auf das Anraten ihres Arztes – eine Ultraschalluntersuchung vorgenommen worden, um festzustellen, ob sie das Kind überhaupt natürlich entbinden könnte. Bei dieser Untersuchung war entdeckt worden, daß das Baby in ihrem Schoß höchstwahrscheinlich ein Mädchen war. Um Laura etwas abzulenken, hatte ihre Mutter ihr vorgeschlagen, sich mit Nähen die Zeit zu vertreiben ... und ein Babykleid aus Satin anzufertigen.

Wochenlang war sie jedoch vor Einsamkeit und Traurigkeit ganz krank gewesen, weil sie ihren ersten richtigen Freund verloren hatte. Die meiste Zeit hatte sie ihre Tränen kaum zurückhalten können. Tiefe Depressionen hatten ihr die Ruhe geraubt. Sie hatte, wenn überhaupt, nur sehr schlecht schlafen können. Wenn sie nachts die Augen schloß, konnte sie nur an ihren beschämenden Zustand und ihre Wut und Schuldgefühle denken, weil sie ihre Unschuld wegen eines Jungen aufgegeben hatte, der sie nie wirklich geliebt hatte.

Charlotte Mayfield, die fürchtete, ihre Tochter stehe vor einem Nervenzusammenbruch, hatte einen Therapeuten zu Rate gezogen. Dieser hatte trotz der fortgeschrittenen Schwangerschaft den Ausflug nach Pennsylvania empfohlen.

In ihrem Auto mit Chauffeur waren sie dem Susquehanna River in Richtung Süden nach Harrisburg gefolgt und von dort aus in Richtung Osten nach Lancaster abgebogen.

Bald waren keine großen Wohnsiedlungen mehr zu sehen gewesen, keine Fabriken und auch keine Einkaufszentren. Die Landschaft hatte sich geöffnet und – wie durch eine Kameralinse – den weiten, blauen Himmel und die großen, saftig grünen Bäume gezeigt. Die Felder waren wie eine bunte Patchworkdecke, ähnlich den handgemachten Decken, die die Amischleute, die in dieser Gegend lebten, anfertigten. In der warmen Sonne hatten Bauern mit den einfachen Geräten der vergangenen Jahrhunderte das Land bearbeitet. Es war eine Szene wie aus einem Bilderbuch gewesen.

Wie durch ein Wunder begann Laura, sich zu entkrampfen. Vielleicht lag das an der Art, wie die Straße sich wie eine Schleife an den fruchtbaren Feldern auf beiden Seiten durch das Land schlängelte. Oder an dem nostalgischen Anblick der Pferdekutschen. Vielleicht an dem sanften Ächzen einer überdachten Brücke, die von Weidenwäldchen auf beiden Seiten umgeben war – deren lange Ruten sich im trägen Wind sanft bewegten.

Was dem auch war, ihre Mutter hatte die Veränderung bei Laura bemerkt und den Fahrer gebeten, das Auto anzuhalten, damit sie einer Gruppe barfüßiger Amischmädchen beim Erdbeerpflücken zusehen konnten. Die Mädchen lachten und verwandelten die harte Knochenarbeit in ein Spiel.

Laura ließ die Handarbeit, die sie mitgebracht hatte – das Babykleid aus Satin – liegen, um ihnen zuzusehen. Diese seltsamen, ungewöhnlichen Menschen strahlten etwas aus. Etwas, das ihr Herz anrührte. War es ihre unschuldige Art? Die friedliche Umgebung?

Seit Monaten rang sie mit der Frage, ob sie das Baby zur Adoption freigeben sollte oder nicht – an einem Tag entschied sie, es sei das Beste für das wertvolle Leben, das in ihr heranwuchs, und am nächsten war sie sicher, daß sie sich von dem Kind, das sie so viele Monate lang trug, nie trennen könnte.

Während sie die einfache Freude der jungen Frauen beobachtete, die an einem Lehmweg im Herzen der amischen Gemeinde reifes Obst ernteten, wußte Laura plötzlich, was sie tun mußte. Sie hatte die Stimme ihres Herzens zu sich sprechen gehört, diese treue, liebevolle Stimme, der sie vertrauen konnte. Sie würde ihr Kind zur Adoption freigeben.

Als unerwartet die Wehen einsetzten, war der Fahrer auf dem schnellsten Weg zum nächsten Krankenhaus gefahren. Dort hatte Laura ihre kleine Tochter zur Welt gebracht, der sie prompt den Namen Katherine gab. Nachdem sie den Säugling eine Weile gehalten hatte, gab sie das kleine Bündel der Krankenschwester, die darauf bestanden hatte, daß sie sich jetzt erst einmal ausruhen müsse.

In den folgenden Minuten, in denen sie immer wieder für kurze Zeit eindöste, hörte sie, wie eine Schwester vor ihrer Tür mit dem diensthabenden Arzt sprach. „Dieses junge amische Paar am anderen Ende des Ganges hat gerade sein Baby verloren. Totgeburt ... voll entwickelt – ein voll ausgereiftes Mädchen."

Sie hatte die eiligen Schritte des Arztes gehört und später das ernste Flüstern einer Krankenschwester. Der Verlust dieses Paares rührte Lauras Herz an, und sie fragte sich, wie es wohl wäre, als amisches Mädchen aufzuwachsen – eine Frage, die sie an diesem Tag ihrer Mutter gegenüber schon einmal formuliert hatte.

Hier lag sie, unverheiratet, und ohne Vater oder richtiges Zuhause für ihr Kind. Aber dieses Ehepaar, das gerade sein eigenes Kind verloren hatte, könnte Katherine alles geben, was gut, einfach und ehrlich war. Die Entscheidung war nicht schwer.

Als sie ihrer Mutter mitteilte, was sie beschlossen hatte, war ihre Stimme überraschend ruhig. „Ich weiß, was mit Katherine werden soll ..."

Ein kalter Windstoß rüttelte an den kahlen Bäumen. Instinktiv legte Laura ihre dünnen Arme enger um sich und zitterte in der Novembersonne, die plötzlich die Kraft verloren hatte, sie zu wärmen. Sie sollte Rosie rufen und sie bitten, ihr eine Decke zu bringen.

Sie sehnte sich danach, sich ohne die ständige Hilfe von anderen Menschen bewegen zu können, und fragte sich, ob die Tage, in denen sie vollständig mobil war, endgültig hinter ihr lägen. Aber sie entschied sich, nicht schon wieder nach Rosie zu läuten. Sie wollte noch einen Moment sitzen bleiben.

Ein unheilverkündendes Gefühl der Einsamkeit überschattete den strahlenden Tag, und sie ließ den Gedanken zu, der sich im Laufe der Jahre so oft in ihr Bewußtsein gedrängt hatte. *Was ist, wenn Katherine, mein geliebtes Kind, schon in ihren ersten Jahren gestorben ist? Was ist, wenn ihr irgend etwas Schlimmes zugestoßen ist?*

Sie schüttelte diesen beunruhigenden Gedanken von sich ab und richtete ihr Denken auf ihren Ausflug nach Lancaster, der gewiß ihr letzter Ausflug gewesen war. Die Erinnerung an ihre Zeit dort hob, so enttäuschend das Ergebnis auch gewesen war, ihre Stimmung – wenigstens für den Augenblick.

Sie erinnerte sich an den lieben Jungen von acht oder neun Jahren – mit strahlenden Augen und goldenen Haaren und Sommersprossen auf der Nase –, der die Tür des Bauernhauses geöffnet hatte. Als Antwort auf ihre Frage hatte er ihr den Weg beschrieben und ihr trotz seines jungen Alters eine ausgezeichnete Beschreibung gegeben.

Die Kinder... Sie waren überall aufgetaucht, scharenweise. In ihren seltsamen schwarzen Filzhüten und Wintermützen hatten sie hinten auf einem Marktwagen gesessen oder waren am Straßenrand zu Fuß zur Schule unterwegs gewesen. Hauptsächlich blonde Kinder, erinnerte sie sich, wenn auch einige ältere dunklere Haare gehabt hatten. Sie hatte besonders nach einem einsamen Rotschopf Ausschau gehalten.

Wohin waren all die Jahre gegangen? Verlorene Jahre. Jahre, die sie nie zurückholen könnte. Jahre voll Leere und Schmerz. Aber damals – als deprimierte Jugendliche – hatte sie getan, was sie für das Beste für die kleine Katherine gehalten hatte. Das Beste ...

Laura nahm ihre Sonnenbrille ab und wischte sich die Tränen aus dem Gesicht. *Katherine, mein liebes Mädchen. Wie sehr ich mich danach sehne, dich kennenzulernen.*

Sie lehnte sich auf der Liege zurück und badete ihr Gesicht in der Wärme und im Licht der Sonne. Dabei fragte sie sich, ob auch andere Frauen wohl solche Schmerzen empfanden, nachdem sie ein Baby weggegeben hatten – Schmerzen, die genauso deutlich zu spüren waren wie die Wehen bei einer Geburt.

„Wenn ich damals nur gewußt hätte, was ich jetzt weiß", sagte sie laut. „Dann hätte ich dich nie, *niemals,* weggegeben." Sie sprach in die Luft und träumte in die Stille des Morgens hinein und hoffte, daß die Engel des Himmels die Worte aus dem gebrochenen Herzen einer Mutter direkt in den Süden tragen würden – dorthin, wo Katherine vielleicht lebte. Wenn sie überhaupt noch lebte ...

22

Ganz Hickory Hollow traf Vorbereitungen für die Hochzeit am nächsten Dienstag. Zu dieser Hochzeit kamen fast dreihundert Gäste. Dafür hatte Mattie höchstpersönlich gesorgt. Sie hatte eine lange Gästeliste für ihre Enkelin erstellt – sie hatte sogar angeboten, die Hochzeit in ihrem Haus abzuhalten.

Mattie stockte bei Prediger Yoder gerade ihren Bestand an weißem Zucker auf, als Rachel Stoltzfus und Rebekka Lapp gemeinsam das Geschäft betraten. Mattie wartete, bis Rebekka außer Hörweite war, bevor sie hinüberschlenderte, um mit Rachel zu plaudern. „Das wird eine großartige Hochzeit – wenn meine Enkelin und der King-Junge heiraten."

„Ja, wirklich großartig."

„Hickory-Johannes und Levi Beiler sind zwei der Pferdeknechte. Und soviel ich weiß, hat Bischof Johannes zugesagt zu predigen."

„Das ist schön." Rachel steuerte auf den Gang mit den Nähsachen zu und wandte Mattie bewußt den Rücken zu.

„Ihr kommt doch auch, nicht wahr?" erkundigte sich Mattie.

„Vielleicht ... wenn es Maria bessergeht."

Mattie nickte. „Oh ja, ich habe ganz vergessen zu fragen. Wie geht es denn eurem Mädchen inzwischen?"

„Ich denke, es ist nichts Ernstes." Rachel ging eilig weiter, darauf bedacht, weiteren Fragen zu entkommen. Die Wahrheit war, daß Maria das Bett hütete, seit Hühner-Josef Sarah Beiler aufgefordert hatte, mit ihm zum Singen zu gehen. Die Sorge, möglicherweise nie einen Mann zu bekommen, hatte bei ihrer Tochter eine schwere Magenverstimmung ausgelöst. Diese Sorge ... und die Verhängung des Banns über Katie Lapp.

In diesem Augenblick bog Rebekka um die Ecke, und Rachel sagte nichts mehr. Rebekka sollte nicht meinen, sie und Mattie flüsterten wie die besten Freundinnen miteinander.

„Oh, hallo, Mattie", begrüßte Rebekka ihre Kusine.

„Guten Morgen, Rebekka."

Als sie die zwei Frauen, Rebekka Lapp und Mattie Beiler, so friedlich nebeneinander stehen sah, war Rachel klar, daß sie ihre alte Fehde wohl beigelegt hatten. Die Atmosphäre zwischen den beiden war spürbar anders geworden. Rachel vermutete, daß die Nachrichten um Katies Geburt etwas damit zu tun haben mußten. Anscheinend hatte

Rebekkas Geheimnis Mattie barmherziger gestimmt, auch wenn sie, und zwar sie allein, diese heikle, zutiefst persönliche Information in Windeseile verbreitet hatte.

Sie war erleichtert, Rebekka zu sehen, weil ihre Anwesenheit Matties Hochzeitsgeplapper ein Ende setzen würde. Rachel bot an, ihrer Freundin den Korb zu halten, während diese ihre Einkaufsliste abhakte. Es würde Rebekka Lapp bestimmt nicht erbauen, etwas davon zu Ohren zu bekommen. Immerhin mußte sie sich erst von der Schande erholen, die ihre Tochter über ihre ganze Familie gebracht hatte.

Aber wie sie schon befürchtet hatte, war Mattie ganz und gar nicht geneigt, sich um ihre eigenen Angelegenheiten zu kümmern, sondern blieb ihnen dicht auf den Fersen und versuchte weiterhin, sie in ein Gespräch über die Hochzeit ihrer Enkelin zu verwickeln.

Mehrmals erwähnte sie Katie und fragte, wie es dem „lieben Mädchen" denn ginge. „Ist sie denn jetzt eher bereit zu beichten? Was meinst du?"

Das genügte. Rachel drehte sich um und schaute Mattie direkt in die Augen. „Bete doch einfach für Katie!"

„Das will ich selbstverständlich tun." Mattie lächelte ein wenig unsicher und begab sich dann schleunigst zur Kasse, um ihre Sachen zu bezahlen.

Jetzt konnten Rachel und Rebekka wieder unbesorgt getrennte Wege gehen – Rachel zu dem Fach mit dem frischen Kaffee und Rebekka zu den Eisenwaren.

Mattie war gerade dabei, den Laden zu verlassen, als Bischof Johannes mit seinem Sohn Jakob eintrat. Als Rachel sah, daß die beiden sich an der Tür begegneten, fürchtete sie schon, die Klatschbase könnte es sich anders überlegen und doch noch ein Weilchen im Laden bleiben. Aber zu ihrer großen Erleichterung ging Mattie weiter und begab sich zu ihrem Einspänner.

Bischof Johannes nahm seinen Hut ab und trat mit einem freundlichen Lächeln auf Rachel zu. „Wir haben Maria beim letzten Sonntagsgottesdienst vermißt."

„Es geht ihr in letzter Zeit nicht besonders gut."

„Es tut mir leid, das zu hören." Johannes fuhr seinem kleinen Sohn mit den Fingern durch die Haare.

Jakob grinste und schaute zu Rachel auf. „Maria kocht gut, nicht wahr?"

Rachel nickte. „Das tut sie. Und ich hoffe, sie fühlt sich gut genug, um am kommenden Dienstag zur nächsten Hochzeit in Hickory Hollow zu gehen.“ Als ihr bewußt wurde, was sie soeben gesagt hatte, hätte sich Rachel auf die Zunge beißen können. Der arme Bischof Johannes! Wie mußte er sich fühlen, wenn er kurz nach dem eigenen traurigen Hochzeitstag vor der ganzen Gemeinde aufstehen und eine Hochzeitspredigt halten sollte!

„Es ist also nicht Maria, die heiratet?“ fragte Jakob mit leuchtenden Augen.

„Nein. Es ist nicht Maria.“ Rachel schmunzelte über den eifrigen Blick in den Augen des Kindes. „Ich finde, du bist noch ein bißchen zu klein für meine Maria. Aber ich werde ihr sagen, daß du dich nach ihr erkundigt hast.“

Jakob kratzte sich am Kopf und schaute zu seinem Vater auf. Dann eilte er davon zum Regal mit den Süßigkeiten.

Der Bischof wischte sich über die Stirn. „Anscheinend schaut die heutige Jugend schon sehr früh den Mädchen hinterher, was?“

Rachel lachte wieder. Dann verabschiedete sie sich und ging Rebekka suchen. Aber sie wurde das seltsame Gefühl nicht los, daß der kleine Jakob einen anderen Grund gehabt hatte, sich nach Maria zu erkundigen. Könnte es sein ... daß er hoffte, Maria könnte seine neue Mama werden, wenn Katie Lapp es nicht wurde? Hmmm. Am besten verlor sie über *diese* Spekulation kein Wort. Und wenn doch, dann wäre Rebekka Lapp die *letzte,* der sie davon erzählen würde.

* * *

Katie wartete, bis sie absolut sicher war, daß Abe und Rachel Stoltzfus tief und fest schliefen, bevor sie ihr Haus betrat. Sie hatte Melasse und den Wagen auf der Straße stehen gelassen und das Pferd an einem Baum angebunden, um kein Aufsehen zu erregen. *Es muß so sein,* entschied sie. *So oder überhaupt nicht.*

Die vorletzte Stufe vor dem oberen Treppenabsatz knarrte. Katie blieb eine Sekunde wie versteinert stehen, dann schlich sie den Gang entlang zu Marias Zimmer.

Maria atmete vor Überraschung hörbar ein, als Katie im Türrahmen auftauchte. Sie war gut zu sehen, weil sie einen Augenblick lang von dem fahlen Mondlicht beschienen wurde. Katie eilte hinein und schloß die Tür leise hinter sich.

„Pscht. Hab keine Angst. Ich bin es nur. Ich habe eine Taschenlampe dabei. Spar dir also die Mühe mit einer Laterne." Sie stand am Fuß des Bettes und war etwas unsicher, weil sie so ungebeten in die Privatsphäre ihrer Freundin eingedrungen war. „Ich weiß, daß du nicht mit mir sprechen darfst, aber ich kann nicht weggehen, ohne dich noch ein letztes Mal gesehen zu haben."

Maria setzte sich plötzlich auf und griff nach Katies Arm. Dann tastete sie nach der Taschenlampe. Sie nahm sie Katie aus der Hand und richtete den Lichtstrahl auf sich selbst. Sie schüttelte den Kopf. Ihr Gesicht war ganz weiß, und ihre Augen waren riesengroß.

„Wenn du jetzt mit mir sprichst, werde ich das bestimmt keiner Menschenseele verraten. Du brauchst dir wegen der Meidung keine Sorgen zu machen, Maria. In diesem Punkt kannst du mir vertrauen. Das verspreche ich dir."

Maria schaute sie mit noch größeren Augen an. „Geh nicht weg, Katie", flehte sie leise. „Wenn du uns verläßt, kann ich dir das nie vergeben."

„Wie könnte ich denn bleiben? Ich würde für immer gebannt werden. Siehst du das denn nicht ein? Damit bin ich so gut wie tot. Meine Familie darf keine Gemeinschaft mit mir haben, wenn ich bleibe, ohne zu beichten."

Diesen traurigen Worten folgte ein unbehagliches Schweigen. Katie faßte betrübt nach ihrem langen Zopf.

„Du willst also *überhaupt nicht* beichten? Willst du das damit sagen?"

Katie seufzte. „Ja."

„Wohin willst du denn gehen?"

„Zu Mamas mennonitischen Verwandten unten in der Straße – Peter und Lydia Miller." Sie reichte Maria einen Zettel. „Das ist meine neue Adresse, wenigstens vorübergehend. Wenn ich genug Geld gespart habe, fahre ich nach New York."

„Nein, Katie, bitte tu das nicht!"

„Ich muß ... meine richtige Mutter finden", erklärte Katie. „Sie liegt im Sterben. Wenn ich mich nicht beeile, sehe ich sie vielleicht gar nicht mehr."

Es folgte erneut langes Schweigen, bevor Maria flüsterte: „Ich habe ein Gerücht gehört – die Leute sagen, du seist adoptiert worden –, aber ich wollte es nicht glauben. Und jetzt sagst du selbst, daß du noch eine andere Mutter hast?" Maria rümpfte die Nase. „Oh, Katie, ich wünschte, du könntest einfach hier bleiben, wo dein Platz ist."

Katie ergriff die Hand ihrer Freundin und drückte sie mit beiden Händen. „Ich gehöre nicht hierher. Ich habe nie hierher gehört."

„Katie, in diesem Punkt irrst du dich. Du irrst dich so sehr."

„Und du hast recht?" Katie schmunzelte leise. „Du hattest immer recht, Maria. Immer. Bis jetzt. Aber das ändert nichts daran, daß ich dich liebe und immer lieben werde."

„Ich sterbe, wenn du weggehst", drohte Maria.

Katie lächelte über die theatralische Übertreibung ihrer Freundin. „Du wirst nicht sterben. Das verspreche ich dir."

„Aber schau mich doch an. Ich bin schon krank. Siehst du es nicht?"

„Du bist jung und stark. Ich bin sicher, du wirst bald wieder fit sein. Außerdem will ich ja nur meine richtige Familie finden. Mach dir also keine Sorgen um mich. Mir wird es gutgehen." Katie seufzte. „Und es wird nicht lang dauern, bis ein guter junger Mann zu dir kommt. Dann heiratest du und bekommst all die Babys, die du dir schon immer gewünscht hast."

Beide schwiegen. Schließlich flüsterte Maria: „Du wirst mich nie vergessen, nicht wahr?"

„Wie könnte ich?" Katies Augen hatten sich an das schwache Licht im Raum gewöhnt. Ihr entging das Zittern von Marias Unterlippe nicht. „Du bist für mich wie meine eigene Schwester." Sie umarmten einander herzlich. Die Taschenlampe flackerte und ging beinahe aus.

„Wann willst du weggehen?" flüsterte Maria.

„Nächsten Dienstag, wenn alle unten bei den Zooks sind . . . bei der Hochzeit." Katie stand auf.

„Werde ich dich jemals wiedersehen?"

„Eines Tages, Maria. Eines Tages werde ich wiederkommen." Katie verließ das Zimmer und wollte in ihrer Erinnerung ihre im Bett sitzende Freundin Maria bewußt festhalten. Dann schlich sie auf Zehenspitzen die Treppe hinab und huschte geräuschlos aus dem Stoltzfus-Haus.

So schwer es ihr auch fiel, drehte sie sich kein einziges Mal um, um zu sehen, ob Maria, die Katies Herz besser als jeder andere kannte, ihr warmes Bett verlassen hatte und durch das Fenster spähte, um ihr ein letztes Lebewohl zuzuflüstern.

* * *

Annie stillte gerade ihren kleinen Daniel, als ein Einspänner gegen Mitternacht an ihrem Haus vorbeifuhr. Sie erhob sich von ihrem Schaukelstuhl, um ihrem Kleinen leicht auf den Rücken zu klopfen. Sie trat an das Wohnzimmerfenster und schaute zu, wie der Mond am Horizont aufging. In diesem Augenblick erspähte sie die einsame Gestalt in der Kutsche.

Es war unmöglich zu erkennen, wer um diese späte Stunde noch auf der Straße unterwegs war. Aber als sie genauer hinschaute, erkannte sie das Pferd an seinem leichten Hinken. Es war der alte Melasse, das Pferd der Lapps.

Am nächsten Morgen erwähnte sie beim Frühstück Elam gegenüber, was sie nachts gesehen hatte. „Deine Schwester war gestern nacht ganz spät noch unterwegs. Wenigstens bin ich mir ziemlich sicher, daß es Katie war, die ich gesehen habe."

Elam goß sich eine zweite Tasse Kaffee ein. „Man sollte meinen, sie würde versuchen, in sich zu gehen und sich zu benehmen – immerhin wurde die Meidung durch die ganze Gemeinde über sie verhängt. Aber nicht die starrköpfige Katie!" Er schlürfte an seinem Kaffee. „Wahrscheinlich hätte ich es schon viel früher wissen müssen, daß dieses Mädchen nicht dasselbe Blut hat wie ich."

Wie kann er nur so etwas Schreckliches sagen! dachte Annie, behielt aber ihre Gedanken für sich.

Mittlerweile begann Daniel, in seiner Wiege neben dem Holzofen zu weinen. Annie stand schnell auf. „Na, na, Kleiner", flüsterte sie und küßte seinen flaumigen Kopf, während sie ihn hochnahm. Sie setzte sich wieder an den Tisch und begann ihn zu stillen. „Findest du nicht, daß es falsch war, Katie nicht einmal ihren Neffen halten zu lassen?"

„Das Mädchen ist gebannt, um Himmels willen!" platzte Elam heraus. „Ich will nicht, daß sie unser Baby hält, wenn sie im Ungehorsam gegenüber der Gemeinde lebt. Je härter die Meidung ist, um so früher ist sie bereit zur Buße."

„Vielleicht", sagte Annie, „aber du hast gerade selbst gesagt, daß sie starrköpfig ist."

„Sie ist eigensinnig, das stimmt. Wer weiß, wie lange sie das noch durchhält."

„Was ist, wenn sie nicht Buße tut? Was dann?"

Elam schüttelte den Kopf und war von ihrer Frage sichtlich unangenehm berührt. „Nun, das wäre ein schrecklicher, schlimmer Fehler von ihr."

Katie wird diesen Fehler nicht begehen, hoffte Annie leidenschaftlich.

Einen Augenblick lang dachte sie an ihren verstorbenen Bruder und wünschte, Daniel wäre noch am Leben, um ihren ersten Sohn zu sehen und um Katie – der Herr segne die liebe, eigensinnige Seele – zu helfen, die Meidung zu überstehen und das Richtige zu tun.

* * *

Der Dienstag kam, und bevor Samuel, Rebekka und die Jungen das Haus verließen, um zu der Hochzeit der Zooks und Kings zu fahren, drehte sich Katie von ihrem einsamen Tisch in der Küchenecke zu ihnen um und sprach sie an. „Wenn ihr nach Hause kommt, habe ich gepackt und das Haus verlassen", erklärte sie, als sie zu Ende gefrühstückt hatten.

Niemand drehte sich um, um auf ihre Worte zu reagieren. Aber Katie wußte, daß sie ihr zuhörten, und sprach weiter. „Ihr habt ja die Adresse von Peter und Lydia Miller. Ich miete ein Zimmer bei ihnen; falls es nötig sein sollte, mir zu schreiben." Ihre Brüder starrten sie mit offenem Mund an.

„Ich weiß, daß ihr wegen der Meidung kein Wort mit mir sprechen dürft", fuhr sie fort. „Und ich verstehe das auch. Aber wenn ihr etwas sagen *könntet,* wenn ihr mit mir sprechen und euch von mir verabschieden könntet – mir *Der Herr sei mit dir, Katie,* wünschen könntet – nun, ich weiß, daß ihr es so meinen würdet ... daß ihr es von ganzem Herzen so meinen würdet."

Sie drehte sich um, damit sie ihre plötzlichen Tränen nicht merken würden, und begann, ihren kleinen Tisch abzuräumen. Die Tränen tropften in das Spülwasser, während sie über der Spüle stand und ihr bewußt wurde, daß sie nun das letzte Mal das Geschirr für ihre Familie spülte. Sie würde wirklich weggehen, und der Abschied war noch schmerzlicher, als sie ihn sich vorgestellt hatte.

Sie bot sich an, die Küche sauber zu machen, damit sie aufbrechen konnten. Natürlich sagte niemand ein Wort. Einige Minuten später, als Katie davon ausging, daß alle weg waren, blickte sie überrascht auf, als ihre Mutter in die Küche geeilt kam, als habe sie etwas vergessen.

„Hier, Katie", sagte sie atemlos. „Ich will, daß du das mitnimmst." Sie drückte ihrer Tochter einen Umschlag in die nasse Hand.

Als Katie nach unten blickte, wußte sie sofort, daß es das Geld war, das sie als Mitgift hätte bekommen sollen. „Aber nein, Mama. Ich kann das nicht annehmen. Es wäre nicht richtig."

„Unsinn. Du wirst dir etwas anderes zum Anziehen kaufen müssen, wenn du nach New York fährst, um deine ... deine Mutter zu suchen. Jetzt nimm es und verrate niemandem ein Wort davon. Versprichst du mir das?"

Bevor Katie sich erneut weigern oder ihrer Mutter danke sagen konnte, hatte sich Rebekka schon umgedreht und war zur Hintertür geeilt.

„Mama ... warte!" Katie lief auf sie zu, warf die Arme um sie und hielt ihre Mutter in einer herzlichen Umarmung fest. „Ich liebe dich, Mama. Ehrlich. Und ... was du auch denken magst, ich werde dich immer vermissen."

Rebekka nickte. Tränen traten ihr in die Augen. „Du kannst nicht länger hier bleiben, Katie ... das weiß ich."

„Oh, danke", flüsterte sie, als ihre Mutter sich zum Gehen wandte. „Danke, daß du mich so sehr liebst."

* * *

Katie war fest entschlossen, ihr Zimmer sauber zu hinterlassen – und auch die Küche. Ein guter Teil des Vormittags verging also mit Putzen, Abwaschen und Staubwischen. Als sie alles zu ihrer Zufriedenheit eingepackt hatte – mehrere alte Kleider und Umhänge hatte sie an dem Holzhaken hängen lassen – holte sie das Säuglingskleid aus der Schublade ihrer Kommode. Sie trat damit ans Fenster. Dort betrachtete sie es noch einmal liebevoll.

Mit den Fingern fuhr sie leicht die winzigen Stiche nach, die den Namen *Katherine Mayfield* schrieben. Im Sonnenlicht bemerkte sie einen winzigen Fleck auf dem Kleid. Sie schaute es genauer an ... und kam zu dem Schluß, daß Mama wahrscheinlich in ihr Zimmer gekommen war, das kleine Kleid gefunden und geweint hatte. Dieser Fleck sah nach einer Träne aus.

Starke Gefühle regten sich wie eine wogende Welle in ihr – Traurigkeit ... und Freude, Vertrauen ... und Unsicherheit. Tat sie das Richtige? Maria hatte ihr in den Jahren, in denen sie miteinander aufgewachsen waren, diese Frage so oft eingetrichtert. Aber jetzt? War es „das Richtige", Hickory Hollow zu verlassen?

Stunden später, als ihr Koffer gepackt war, sie die Gitarre in der Hand hielt und den Inhalt ihrer Truhe sauber in Kisten auf den Dachboden geräumt hatte, ging Katie zur Scheune. Ihr Pony war unruhig, als sie neben ihm stand. „Ich wünschte, ich könnte dich mitnehmen, Satin Boy. Wirklich. Aber dir geht es hier bei den anderen Tieren viel besser als bei mir."

Sie stellte die Gitarre ab und holte die Bürste. Während sie ihm mit weit ausholenden Bewegungen das Fell striegelte, sprach sie mit dem Pony. Sie ließ ihren Tränen freien Lauf und fing an, eines ihrer Lieblingslieder zu summen. „Vielleicht komme ich eines Tages zu dir zurück und hole dich zu mir nach Hause – wo auch immer mein Zuhause ist."

Sie fütterte ihn mit Heu und streichelte seine Nüstern. „Wachse nicht zu schnell und schau nicht so traurig. Es ist wirklich nicht so schlimm. Eli und Benjamin werden sich um dich kümmern ... und Papa auch." Als sie die Namen ihrer Brüder und den vertrauten Kosenamen ihres Vaters laut aussprach, bildete sich ein dicker Kloß in ihrer Kehle. Sie wußte, daß sie weggehen sollte, ohne zurückzublicken – so wie sie es bei Maria getan hatte. Vielleicht würde es ihr dann nicht ganz so weh tun.

Sie atmete tief ein und küßte den weißen Fleck unter Satin Boys rechtem Auge. Dann hob sie ihre Gitarre auf und eilte schnell zur Tür und in den Hof hinaus.

* * *

Das Haus erschien Rebekka viel zu still, als sie nach der Hochzeit in ihre Küche trat. Während die Männer zum Melken gingen, lief sie, in der Hoffnung, eine letzte Nachricht von ihrer geliebten Tochter zu finden, in Katies Zimmer hinauf. Ein paar Abschiedsworte, die sie immer wieder lesen könnte ...

Katies Zimmer sah aus wie immer. Es fehlten nur ein paar Kleider; sie hatte nur wenige mitgenommen. Die ganzen alten Arbeitskleider hingen immer noch zusammen mit den Kopfbedeckungen an ihren Holzhaken.

Als Rebekka die oberste Schublade aufzog, sah sie, daß der Handspiegel fort war und auch Katies Bürste und Kamm. Die Fliedersäckchen fehlten ebenfalls in den Schubladen.

Lydias Zimmer wird bald herrlich nach Flieder duften, dachte sie. Bei diesem Gedanken ging ein Stich durch ihr Herz. Sie legte die Hand auf ihre Brust und ließ sie darauf liegen, während sie den Gang entlang in das Schlafzimmer ging, das sie mit Samuel teilte.

Auf dem Bett erblickte sie das kleine Satinkleid. Es lag auf ihrem Kissen. *Oh, Katie, du hast mir tatsächlich etwas gelassen. Du hast mir das kleine Kleid gelassen.*

Ihr Herz strömte vor Liebe zu ihrer Tochter über, zu ihrer geliebten, aber unnachgiebigen Katie. Sie beugte sich vor und nahm das kleine Kleidungsstück in die Hand. Als sie es an ihr Gesicht drückte, stieg ihr ein leichter Fliederduft in die Nase.

* * *

Lydia Miller verlangsamte das Tempo, als sie sich dem schattigen Friedhof näherten. „Ich fahre dich gern bis zum Grab", bot sie an. „Dann brauchst du nicht so weit zu gehen."

Katie schüttelte den Kopf. „Danke, aber von hier aus ist es wirklich nicht mehr weit. Und ich brauche ein wenig Bewegung." Sie stieg auf der Gehwegseite aus dem Auto und ging die kleine Anhöhe hinauf zu dem hügeligen Gelände, das zu Daniel Fischers hölzerner Grabmarkierung führte.

Was siehst du, wenn du in deine Zukunft schaust? hatte er sie vor Jahren gefragt.

„Das nicht", murmelte sie bei sich. „Das bestimmt nicht."

Sie konnte nur hoffen, daß Daniel jetzt im Himmel war. Bald würde auch sie Hickory Hollow verlassen. *Die Dinge kommen anscheinend nie so, wie man sie geplant hat,* dachte sie.

Katie trat auf die flache Stelle zu, die Daniels Grab markierte. Die Erde lag kalt und leer vor ihr. Sie schaute auf das trockene, tote Gras hinab. „Ich gehe weg", flüsterte sie. „Ich bin im Herzen keine Amisch. Aber vielleicht weißt du das ja schon." Ihr Blick wanderte zu den dichten, grauen Wolken hinauf. „Weißt du, ich bin eitel in meinem Inneren – und bald werde ich es auch äußerlich sein. Und die Musik – unsere Musik ... von nun an werde ich so viel und so oft singen und Gitarre spielen können, wie ich will."

Sie weinte nicht bei diesem Besuch, aber sie bückte sich und kniete an der Stelle nieder, an der Dan begraben worden wäre, wenn man ihn gefunden hätte. „Ich passe gut auf deine Gitarre auf. Das verspreche ich dir", sagte sie und beugte den Kopf bis zur Erde hinunter. „Das verspreche ich dir."

23

Am nächsten Morgen fuhr Katie mit Lydia in die Stadt, um das Geld auf ein Konto einzuzahlen. Dann begleitete sie Lydia zum Markt. Aufgrund des großzügigen Geschenks ihrer Mutter hatte Katie beschlossen, ihre Suche nach einer Stelle als Hausmädchen auf später zu verschieben und sich jetzt lieber darauf zu konzentrieren, Nachforschungen nach dem Wohnort ihrer leiblichen Mutter anzustellen.

„Bevor ich irgend etwas unternehme, gibt es noch ein Haus, zu dem ich fahren muß", bat Katie Lydia. „Macht das zu viele Umstände?"

„Sprich nur ein Wort." Lydia lächelte. „Ich helfe gern einer Verwandten, die in der Klemme sitzt."

Katie nickte. Ihre Situation war verzweifelter als nur eine „Klemme", aber sie sagte nichts und hielt Ausschau nach der Abbiegung zu Matties Hof.

Das glänzende blaue Auto hielt im Hof hinter dem Haupthaus. Katie stieg aus. Dieses Mal, um sich von der *Weisen Frau* zu verabschieden.

Als Ella Mae am Fenster erschien, gab es keine herzliche Begrüßung, kein einladendes Lächeln. Nur einen glasigen, leeren Blick.

Katies Mut sank. Die Meidung und ihre Auswirkungen hatten jetzt auch Ella Mae eingeholt. Entweder das, oder die alte Frau hatte den Verstand verloren.

Eine schattenhafte Bewegung verriet ihr jedoch den wahren Grund für den leeren Blick in den haselnußbraunen Augen. Hinter Ella Mae stand Mattie Beiler und schüttelte ernst den Kopf.

„Ich bin nur gekommen, um Lebewohl zu sagen", rief Katie so laut, daß Ella Mae sie auch durch die geschlossene Tür hören konnte. „Ich gehe weg von Hickory Hollow." Sie drehte sich um und deutete auf das Auto. „Das ist Lydia Miller. Du erinnerst dich wahrscheinlich an sie ..." Ihre Stimme versagte, als sie wieder zum Fenster schaute und sah, daß Mattie immer noch dort stand und sie durch die Fensterscheibe streng anschaute.

Die einsame Träne, die über die Falten in Ella Maes Gesicht lief, brach Katie fast das Herz. Aber sie war dadurch gleichzeitig auch getröstet. Sie war trotzdem nicht allein auf der Welt.

„Ich werde dich immer vermissen", rief Katie und hatte alle Mühe, die Tränen zurückzuhalten, die ihr fast den Blick versperrten.

Die *Weise Frau* blinzelte langsam und bewußt, dann lächelte sie ganz leicht und zeigte die vertrauten Grübchen auf ihren Wangen. Viele in der engeren Verwandtschaft hatten solche Grübchen, und Katie hatte sie immer so geliebt.

Ein letzter, langer Blick, und Katie drehte sich um und ging zu dem wartenden Auto zurück.

* * *

Samuel trug seinen Schaukelstuhl neben den Ofen, zog seine Socken aus, krümmte die Zehen und wärmte sich, während er auf das Mittagessen wartete. Rebekka fühlte erneut eine Leere, als sie ohne Katies Hilfe den Tisch deckte. Sie warf einen Blick zu ihrem Mann hinüber, für den anscheinend der Alltag weiterging, als wäre nichts geschehen.

Ich frage mich, wie es ihm wirklich dabei ergeht? dachte sie und schaute Samuel mehrmals forschend an, bevor sie verkündigte, daß das Essen fertig sei.

Der Platz an dem großen Tisch, an dem Katie immer gesessen hatte, war im hellen Tageslicht schmerzlich leer, obwohl sie schon in den letzten zehn Tagen nicht mehr dort saß – seit die Meidung begonnen hatte. Aber Rebekka konnte sich immer noch nicht daran gewöhnen. Das würde sie nie können.

Sie warf einen schnellen Blick über ihre Schulter und erwartete, den kleinen Tisch in der Ecke zu sehen. Deprimiert stellte sie fest, daß sie sich nicht daran erinnern konnte, gesehen zu haben, wie Samuel ihn weggeräumt hatte – wahrscheinlich irgendwann gestern abend. War sie so in ihrer eigenen Verzweiflung aufgegangen, daß sie das aus ihrem Bewußtsein verloren hatte?

„Wann hast du Katies Tisch weggeräumt?" fragte sie Samuel, der sich hungrig über den Rindereintopf hermachte.

„Ich habe überhaupt nichts damit gemacht", antwortete er und drehte sich um, um einen Blick auf die leere Stelle in der Ecke zu werfen.

Rebekka dachte darüber nach, während sie das Fleisch auf ihrem Teller schnitt. Verlor sie denn schon den Verstand?

Dann hatte sie die Antwort, und sie wußte genau, was geschehen war. Katie hatte selbst den Tisch zusammengeklappt und ihn in den Keller gestellt. Eine liebevolle Geste – eine Geste, die ihrer Mutter den Schmerz ein wenig leichter machen würde, wie Katie genau wußte.

Rebekka wollte Samuel gerade sagen, was sie dachte, als ihr Mann sie abrupt unterbrach. „Vom heutigen Tag an wird in diesem Haus kein einziges Wort mehr über Katie gesprochen. Wir werden ihren Namen nicht mehr in den Mund nehmen – niemals mehr!“

Bestürzt und zutiefst verletzt ließ Rebekka den Kopf hängen. Ihre Hände fuhren zu ihrem Gesicht und versteckten die heißen Tränen. Doch dann fühlte sie Samuels warme Hand auf ihrem Arm. Seine Hand blieb noch lange dort liegen, auch als sie ihre Fassung wiedergewonnen hatte. Und aus diesem Grund fühlte sie sich getröstet.

* * *

Annie versorgte an einem eiskalten Januarmorgen ihr Baby, als an der Haustür ein Klopfen erklang. Sie legte das Baby in der warmen Küche in seine Wiege und eilte in die Wohnstube, um die Haustür zu öffnen.

Ein Postbote mit rundem, leicht geröteten Gesicht stand auf der Veranda. „Ich habe hier einen Brief für Annie Lapp“, sagte er und las den Namen auf dem Umschlag des Eilbriefes.

„*Ich* bin Annie Lapp“, erwiderte sie zögernd und fragte sich, wer um alles in der Welt so viel Geld für einen kleinen Brief bezahlte – und warum derjenige es auch noch so eilig damit hatte.

„Bitte schön, Madam.“ Er reichte ihr den Umschlag. „Einen schönen Tag noch.“

Sie schloß die Tür vor dem beißenden Wind und setzte sich ins Wohnzimmer. Ihre ganze Aufmerksamkeit galt jetzt dem festen Umschlag. Ein kleiner Pfeil deutete auf einen perforierten Streifen. Als sie daran zog, stellte sie überrascht fest, wie leicht er sich öffnen ließ.

Bevor sie hineingriff, drehte sie den Umschlag um und suchte nach einem Absender, fand jedoch keinen. „Das ist aber seltsam“, sagte sie laut.

Der Gedanke, daß es vielleicht ein verspäteter Neujahrsgruß von Katie sein könnte, ließ ihr Herz schneller schlagen. Rasch zog sie den kleinen Umschlag heraus, der darin steckte, und hoffte, sie habe recht. Annie ließ den äußeren Umschlag fallen und las ihren Namen auf der Vorderseite des kleineren Umschlags. Die Schrift sah nicht nach Katies Handschrift aus, aber andererseits konnte sie sich auch irren; immerhin hatte sie die Handschrift ihrer Schwägerin nicht allzuoft gesehen. Aber diese . . . diese Schrift kam ihr seltsam bekannt vor. Wo hatte sie sie schon einmal gesehen?

Sie öffnete den Umschlag und zog ein Blatt liniertes Papier heraus, das sehr viel Ähnlichkeit mit dem Papier hatte, auf dem sie vor Jahren in der amischen Schule das Schreiben gelernt hatte.

Neugierig begann sie zu lesen:

Meine liebe Annie,
seit mehreren Jahren warte ich nun schon darauf, heimlich Kontakt zu dir aufzunehmen. Ich hoffe, dieser Brief wird dich nicht über Gebühr aufregen. Wenn du noch nicht sitzt, dann solltest du dich vielleicht setzen, denn ... ich, dein Bruder Daniel, bin am Leben.

Annie sprang von ihrem Stuhl hoch. Sie zitterte und umklammerte verkrampft den Brief. „Aber, wie kann das sein?“ Sie schritt aufgewühlt auf und ab, trat ans Fenster und schaute hinaus, sah aber nichts. Dann setzte sie sich wieder und las die nächste Zeile.

Es gab wirklich einen Unfall auf dem Meer, aber ich bin an meinem neunzehnten Geburtstag nicht ertrunken, wie du in all den Jahren vielleicht geglaubt hast.

Sie stürmte in die Küche, an der Wiege vorbei, in der ihr schlafender Sohn lag, und durch die Küchentür hinaus, um ihren Mann zu suchen. „Elam! Komm schnell!“

Als sie ihn nicht in der Scheune fand, eilte sie zum Milchhaus. „Elam, wo bist du?“

Sie fühlte, wie ihr Herz hart gegen ihre Brust schlug und ihr Atem in einem kurzen, panikartigen Keuchen kam. Als ihr Mann nirgends zu finden war, stand sie im Hof, zitterte vor Kälte und Aufregung und las den Brief von ihrem längst verstorben geglaubten Bruder.

Aber jetzt möchte ich gern zu einem Besuch nach Hickory Hollow kommen. Ich will meine Christenpflicht erfüllen und Abbitte leisten. Dabei muß ich zuerst mit Vater sprechen, denn ihm gegenüber habe ich mich sehr verfehlt.

Wenn es nicht zu aufdringlich ist, werde ich in ein paar Tagen noch einmal schriftlich Kontakt zu dir aufnehmen, und später, wenn du einverstanden bist, will ich persönlich mit dir darüber sprechen, wie wir unserem Vater diese Nachricht am schonendsten beibringen können.

Und mit Katie Lapp will ich sprechen. Ich wüßte gern, wie es ihr geht, und hoffe, sie hat noch nicht geheiratet, auch wenn ich mir kaum vorstellen kann, daß sie all die Jahre auf einen Toten gewartet hat.

Wenn ich nach Hickory Hollow kommen darf, möchte ich als erstes Katie Lapp sehen …

In Annies Kopf drehte sich nach der kurzen Erklärung ihres Bruders alles. So vieles blieb ungesagt. Ihr brach fast das Herz – wegen Katie. Das arme, liebe Mädchen. Selbst wenn irgend jemand bereit wäre, das Risiko auf sich zu nehmen, ihr von dieser unerwarteten Wende zu erzählen – selbst dann war Katie bereits nach New York abgereist.

Sie schüttelte traurig den Kopf und ging benommen zum Haus zurück. Gefühle der Vorfreude – wegen der Aussicht auf ein Wiedersehen mit ihrem geliebten Bruder – regten sich in ihr.

Als ihr Sohn zu strampeln und zu schreien anfing, nahm sie ihn hoch und ging in der Küche herum. Nachdenklich begann sie, ihm die Geschichte von einem gutaussehenden Onkel zu erzählen, der tot gewesen war, aber jetzt wieder lebte, und von einer eigensinnigen Tante, die wegen der Meidung so gut wie tot war – und wie sehr die beiden einander geliebt hatten.

Sie legte die Lippen auf seinen zarten Kopf und küßte die warme, pulsierende, weiche Haut. Eine beängstigende Geschichte – diese traurige Liebesgeschichte –, deren Ende so überhaupt nicht zu ihrem einfachen Anfang paßte.

„Einiges im Leben ist wirklich nicht einfach", hörte sie sich sagen. „Wirklich nicht."

Sie drehte sich zum Küchenfenster um, das nach Westen hinauszeigte. Während sie den kleinen Daniel eng an sich drückte, wanderte ihr Blick über das Weideland, das an den Wald angrenzte. Die Sonne war hinter dem Horizont untergegangen und hatte lange, rote Streifen an den Himmel gezeichnet – die aussahen wie die Haare einer Frau, die frei und ungehindert im Wind wehten.

Epilog

Wie schnell sich mein Leben geändert hat, auch wenn ich vermute, daß die Dinge in Hickory Hollow genauso bedächtig weiterlaufen wie immer. Die Zungen stehen in diesen Tagen überhaupt nicht mehr still, aber alles, was ich *wirklich* gehört habe, weiß ich nur vom Hörensagen.

Mit Klatsch ist man schnell bei der Hand, aber es geht das Gerücht um, daß Mama aufgehört hat, ihre Geschichten zu erzählen. Mein Herz leidet schrecklich unter dem, was sie bestimmt durchmacht. Trotzdem weiß ich nicht, wie ich bei der Meidung und in der ganzen Situation noch länger hätte bleiben können. Ich wäre für meine Familie wie ein Joch um ihren Hals gewesen. Letztlich hätten die Amischleute mich sowieso fortgeschickt. Dieser schmerzliche Abschied war gleichzeitig mit einer Hoffnung verbunden.

Es heißt, Maria Stoltzfus' Onkel – der jüngste Bruder ihres Vaters – sei daran interessiert, sich irgendwo im Bundesstaat Indiana niederzulassen. Höchstwahrscheinlich will er sich dort nach gutem Ackerland umsehen. Ich hoffe nur, daß mein Weggang keine Unruhe unter den Amischleuten ausgelöst hat.

Aber eines steht unverrückbar fest: Ich bin jetzt frei. Keine Ordnung schwebt mehr über meinem Kopf. Kein Bischof sagt mir mehr, wie ich mich anziehen soll, wie ich meine Haare hochstecken muß, daß ich *nicht* singen oder summen darf.

Aber diese Freiheit habe ich mir zu einem schrecklich hohen Preis erkauft – ich mußte meine Familie verlassen und dem einzigen Leben, das ich kannte, den Rücken kehren. Ehrlich gesagt, muß ich mir manchmal selbst Mut zusprechen. In solchen Augenblicken halte ich inne und bete: *„Oh, Gott, hilf mir, guten Mutes zu sein.“*

Trotzdem bleibt die Meidung in meinem Kopf sehr lebendig, und wenn ich die Wahrheit sagen soll, dann muß ich zugeben, daß ich sie als einen schmerzlichen Segen betrachte – als Sprungbrett zur Freiheit. Zu einer Freiheit, das zu erleben, was die geliebte *Weise Frau* sich nur ansatzweise vorstellen konnte. Einer Freiheit, meine Wurzeln zu suchen und sie hoffentlich zu finden.

Aber noch mehr als das alles bin ich von alten Bindungen befreit, um zu entdecken, wer ich wirklich bin ... als welcher Mensch ich eigentlich auf die Welt kam. Und für den Teil in mir, der Katherine Mayfield heißt, ist das etwas wunderbar Gutes.

Eine Frau zwischen zwei Welten. Die Abenteuer der Katie Lapp.

Die Abenteuer der Katie Lapp, die Geschichte einer Frau zwischen zwei Welten, werden von Beverly Lewis in den beiden folgenden Büchern fortgeführt:

Kannst du mir vergeben?

ISBN 3-86122-419-4
Fester Einband, 278 Seiten

Nachdem Katherine Lapp ihre wahre Identität erfahren hat, verläßt sie die Amisch-Gemeinschaft. Dabei gerät sie in die unbarmherzige mitleidlose Welt, die ihr völlig neu und völlig fremd ist. Katherines neue Welt läßt sich nicht mehr mit den liebgewonnenen Traditionen vereinbaren.

Werden wir uns finden?

ISBN 3-86122-447-X
Fester Einband, 240 Seiten

Katherine, neue Herrin der Mayfield-Villa, genießt das vornehme „englische Leben“. Dennoch schmerzt sie die Trennung von ihrer Amisch-Familie mit jedem Tag mehr. Aus ihrem früheren Leben verbannt, findet sie Trost in einer ehrenamtlichen Tätigkeit in einem Sterbehospiz.
Von Katherine unbemerkt versucht Daniel, ihre erste große Liebe, verzweifelt, seine geliebte Jugendfreundin ausfindig zu machen. Daniel war untrennbar mit Katherines Kindheit und Jugend verbunden, aber ihr jetziger Alltag ist meilenweit von Lancaster County entfernt. Erneut ist sie herausgefordert, sich dem Erbe der Vergangenheit zu stellen.

Eine packende Erzählung!

Beverly LaHaye/Terri Blackstock
Ein Geschenk des Himmels
ISBN 3-86122-448-8
Fester Einband, 304 Seiten

In der kleinen Gemeinde Cedar Circle scheint die Welt noch in Ordnung. Mehrere Familien leben hier in einer Nachbarschaft harmonisch zusammen. Doch hinter den Kulissen rumort es, hier gibt es die gleichen Krisen und Nöte wie bei anderen Familien auch.

Als der neunjährige Joseph Dodd plötzlich schwer erkrankt, treten die sonst so dominierenden Probleme in den Hintergrund, alle in der Nachbarschaft entscheiden sich, mit Joseph und seinen Eltern um das Leben des herzkranken Jungen zu kämpfen. Und es wird ein schwerer Kampf voller Niederlagen und Rückschläge ...

Wie das Ringen um das Leben eines einzelnen neue Perspektiven auf das Leben der Menschen in Cedar Circle wirft, schildern die Autorinnen eindrucksvoll in dieser spannenden und ergreifenden Erzählung voller Emotionen und Glaubenszuversicht.

FRANCKE
Verlag der Francke-Buchhandlung GmbH